本书由"哈尔滨师范大学学术著作出版基金项目"

（编号：SZ2014-01）资助出版

宋喜坤 著

萧军和哈尔滨
《文化报》

中国社会科学出版社

图书在版编目(CIP)数据

萧军和哈尔滨《文化报》/宋喜坤著.—北京:中国社会科学出版社,
2015.7

ISBN 978-7-5161-6522-5

Ⅰ.①萧… Ⅱ.①宋… Ⅲ.①萧军(1907~1988) –文学研究
Ⅳ.①I206.6

中国版本图书馆 CIP 数据核字(2015)第 159970 号

出 版 人	赵剑英
选题策划	曲弘梅
责任编辑	慈明亮
责任校对	李 楠
责任印制	戴 宽

出 版	中国社会科学出版社
社 址	北京鼓楼西大街甲 158 号
邮 编	100720
网 址	http://www.csspw.cn
发 行 部	010-84083685
门 市 部	010-84029450
经 销	新华书店及其他书店

印刷装订	三河市君旺印务有限公司
版 次	2015 年 7 月第 1 版
印 次	2015 年 7 月第 1 次印刷

开 本	710×1000 1/16
印 张	19
插 页	2
字 数	288 千字
定 价	69.00 元

目　录

序

关于《萧军和哈尔滨〈文化报〉》的话

　　宋喜坤博士把他的论著《萧军和哈尔滨〈文化报〉》送来，嘱我说几句话，我自然承诺下来。这有几层因由：一是，萧军与我的生活和工作，有几分关联。记得在 1947 年，我去佳木斯东北大学学习的时候，萧军就是我们学校的文学院院长，虽然当时未能一面，但是他的书和稍后的《文化报》，还是大家非常关注的。读起《八月的乡村》来，感受着东北人格外亲切的泥土气息，感受到萧军是和我们在一起的。鲁迅说："作者的心血和失去的天空、土地，受难的人民，以至失去的茂草，高粱，蝈蝈，蚊子，搅成一团，鲜红的在读者眼前展开显示着中国的一份和全部，现在和未来，死路和活路。凡有人心的读者，是看得到的，而且是有所得的。"（田军作《八月的乡村》序）鲁迅直观、凝练的语言，萧军在东北烽烟中，粗犷、沉滞而绝不屈服的神情，使我们这些东北的青年感到亲切的和由衷的诚敬。

　　二是关于《文化报》事件。萧军主办的《文化报》是 1947 年 5 月 4 日在哈尔滨创刊的；到了 1948 年 5 月 1 日，在同一个城市又出现了一份由东北局委托，东北文化协会主办的刊物《生活报》。《文化报》的读者群是以"学生、店员、职员，一般小市民为主"，注重青年人的教育启蒙的刊物；比较来说，《生活报》则是"专以知识分子为读者对象"的刊物。就作者角度看，《文化报》是以非党作者为主的民间性的群体；《生活报》则多系党员作家组成的文化群体。应该说，这两者互相促进，会预示着东北文化的美好未来。可是谁又想到，到了 1948 年顷，却出现两者相向，《生活报》展开了对《文化报》的大批判运动。一时之间，政治思想和批判的文章，铺天盖地而来。仅在一个月内，《生活报》竟以百篇批判文章指向萧军及其《文化报》，可见势头的猛烈。其结果是在1949年4月1日中共中央东北局出面作出了《关于萧军问题的决定》，指称他反共、反人民，挑拨中苏关系，并且"停止对萧军文学活动的物质方面的资助"，要求东北各地的机关、工厂、学校按照指示开展大规模的萧军反动思想的批判活动。这时节，我仍是大学里的一名学员。在学校的组织中，也同样以正式学习的模式，卷入到斗争的旋涡中来。

不过，历史从久远的意义来说，是公允的。但它却是在动态中运行的。按照《大英百科全书》的说法，"历史一词在使用中有两种含义：第一，指构成人类往事的行动；第二，指对往事的记述及其研究模式。前者是实际发生的事情，后者是对发生的事件进行研究和描述"。因此，许多历史事件发生后，经过沉淀，在不同时代、时期，不同的人们中间，会有不同的解读模式和结论。萧军和《文化报》事件，也是如此。用宋喜坤的话说："萧军及其《文化报》，在经历了一次次的'朝花夕拾'，一回回的恶意把弄玩味，一轮轮的陪榜批判之后终于迎来了期盼已久的时刻。"这便是1980年4月1日经中共中央批复，由北京市委发布的《关于萧军同志的复查结论》，肯定了

萧军（高莽的速写）

萧军拥护中国共产党、拥护社会主义，是一位有民族气节的革命作家，为人民做过不少有益的工作；提出要为萧军恢复名誉，重返文坛，发挥所长。至此，萧军已经是告别文坛32年73岁的老人了。

正是在这个时期，敏感的香港报刊（《开卷》），不仅发表了魏子明的《不肯屈服的萧军》一文，还刊载了董玉的萧军专访以及大幅萧军的照片、高莽给萧军的速写。一切似乎都步入了常态。

那么，历史是否至此会戛然而止了呢？否。只能是告一段落。因为历史在

沉淀与深化中会不断地演化出新的命题；会有不同的声音和解读的方式。史实也会在真实的基础上不断地丰富。正是在这个意义上，宋喜坤的论著，应运而生，构成21世纪的现代版。对于过去的研究来说，它是一个传承，也是一种拓新。在我的解读中，一，它本真地探寻了萧军及其《文化报》的史料。近代学者梁启超有言，"治科学者，无论其为自然科学，为社会科学，罔不恃客观所能得之材料，以为研究的对象""史料为史之组织细胞，史料不具或不确，则无复史之可言"（《中国历史研究法》）。对于史料的精心考释，构成宋著的显著特征。诸如，《文化报》的出刊日期，萧军在《文化报》著录的次数，乃至某人批判萧军时文章的篇名和次数，都考察得精细到位。这给予论著以切实的生命。在这个意义上，论著的附录部分，也具有一定的价值取向。

　　二，论著以萧军和他的《文化报》为中心，纵横地构建成一个历史的思想和文化流脉。这就在个别中容纳着一般。在萧军的文化足迹中，上溯到"五四"时期的文化启蒙运动；20世纪30年代左翼文化和鲁迅的关联；延安时期的整风运动和解放战争的东北文化和思想的潮流。这就在论著中，或隐或显地梳理出中国现代的思想和文化史来。时代、社会、政治、文化、思潮，交互作用，使得文本充实而又丰富起来，从而具有了它的生命力和可读性。

　　三，它对某些命题的演化探求，同样闪现着自我的创新意识。在这方面，萧军的"新英雄主义"的形成与阐释，是比较有说服力的。从含义到建构过程以及多种表现，都有所表述。如果说，在这方面，主要体现在系统地阐发中；那么，第五章，"《文化报》事件"引发的思考，则更具思辨的理性精神。其中的某些见解，自然尚待历史的考释，但勇于探索的精神，给予本书以不少的可读性。如果说，前面的时代、历史性的梳理，尚属于事理的阐发，那么，有关"解放区重构的"主流话语和民间话语之间的冲突，其间宗派主义的考释，以及萧军的性格及命运的言说，则由表及里，比较细密地论证了这次事件的历史。正是如此，这一研究成果，对于重写现代思潮史，特别是东北解放区的文化思想史具有重要的参考价值。

　　匆匆地读过这部论著，浓郁的历史记忆，再现在生活过的海洋中，只能略述所怀，权且为序。

孙中田

2014 年 9 月 9 日于长春

引 言

白云原自一身轻

萧军，原名刘鸿霖，曾用三郎、田倪、田军等笔名发表作品。萧军是东北作家群的领军人物，1935 年出版的小说《八月的乡村》，被当时的评论家称为中国现代文坛上第一部正面描写满洲抗日革命战争的小说①，被誉为抵抗日本侵略者的一面文学旗帜，在当时文坛产生了积极的影响，"从此奠定了他在中国现代文学史上牢不可破的地位"②。萧军是一位勤奋、多产的作家，著有小说、散文、诗歌、剧本等各种体裁作品，加上日记和通信集共计八百余万字。萧军的作品体裁多样，显示了作家极高的文学天分，为中国现代文学留下了宝贵的精神财富。

萧军一生都在为民族解放、人类解放而奋斗，献身于中国共产党领导的文艺事业。自 1931 年 24 岁时接触中共地下组织起，他就开始为党工作。曾将住所当作党的联络点，掩护地下党负责同志。1939 年萧军到达延安后，积极投入到延安文化工作中，参加鲁艺教学工作，编辑《文艺月报》，并为"延安文艺座谈会"的召开提出过建设性意见。回到哈尔滨后，为配合党报做好宣传工作，创办了鲁迅文化出版社和《文化报》，积极践行新启蒙运动。尽管后来因与《生活报》论争而"因言获罪"，被诬陷为"反党、反苏、反人民"而含冤32 载，但是萧军从没有与党离德分心，无负于党和人民，忠诚地以党的"同路人"身份为党工作。

---

① 乔木：《八月的乡村》，《时事新报》1936 年 2 月 25 日。乔木文中有"中国文坛上也有许多作品写过革命的战争，却不曾有一部从正面写，像这本书的样子。这本书使我们看到了在满洲的革命战争的真实图画"。

② 陈隄：《萧军的一生》，《东北文学研究史料》1988 年第 7 期。

　　文学批评和文学创作总是相随相生，萧军及其作品一直受到人们的热切关注。据不完全统计，80 年来研究萧军及其作品的论著近 10 部，论文超千篇。这些著述从不同的角度对萧军进行了研究：或生平，或婚恋，或作品，或思想；有的是平行研究，有的是交叉研究，有的是影响研究，有的是阐发研究。对萧军作品的研究，主要分新中国成立前研究和新时期研究两部分。新中国成立前的研究主要指《八月的乡村》以其强悍壮阔的美学风骨征服读者后，文艺界对其有力的回应。第二个阶段是新时期的研究，萧军研究所取得的丰硕成果主要集中在这一时期。

　　通观 80 多年的萧军研究，既取得了丰硕的成果，又有不足和缺憾。新时期以来，文艺界成立了"萧军研究会"，出版了张毓茂、秋石、徐塞等人的多部萧军研究专著，发表了近千篇学术论文，形成了一个庞大的萧军研究学术体系。从研究成果上可以看出，作品研究中对小说的研究最多，其次是散文、戏剧，而对诗歌研究的文章最少。这种状况一方面显示了萧军研究的不均衡，另一方面也为接下来的萧军研究提供了拓展空间的可能。对萧军研究的成果较多，但在萧军思想的研究上却很薄弱，只有刘芝明批判萧军的小册子《萧军思想批判》以及张如心、李希凡、严文井等人的萧军批判文章。这些著述都是在特定历史背景下有失公允的大批判文章，并不能谈得上萧军的思想研究。研究萧军思想，尤其是研究"《文化报》事件"时期的萧军思想，是萧军研究中的一个空白。研究萧军与"《文化报》事件"是萧军研究中的一个重要的增长点。

　　"《文化报》事件"发生在 1948 年，是指《文化报》和《生活报》的论争及中共中央东北局和"东北文协"对所谓"萧军问题"的处理、批判。为同《文化报》争夺文艺领导权，受宗派主义严重影响的《生活报》诬陷萧军"反党、反苏、反人民"。在政治因素的作用下，中共中央东北局发布《关于萧军问题的决定》，停止对萧军及《文化报》的一切资助，《文化报》被迫停刊。此后，东北开展了数月之久的对萧军思想的批判活动。1981 年 4 月 1 日，中共北京市委给萧军做出了正式的结论，推翻了当年强加在他身上的一切诬陷不实之词，称其为"具有民族气节的革命作家"。"《文化报》事件"是萧军文学和生活的重要转折点，事件发生后萧军被迫离开文坛32年，除经毛泽东批示，萧军的《第三代》和《五月的矿山》得以发表外，这32年萧军几乎与文学界绝缘。"《文化报》事件"也可以看成是主流话语和民间话语的一场交锋，是党在东北解放区文艺界的试验场，是建构新的文艺体制的一场实验。研究《文化报》，回归历史现场，还原历史真实，对萧军研究、东北地域文学思想研究，甚至对中国现代文学史研究都有十分重要的意义。

　　以往对"《文化报》事件"记述的资料不少，既有省市史志、文学史，又有文学专著和学术论文。如黑龙江省志、哈尔滨市志；张毓茂的《萧军传》，王科、徐塞的《萧军评传》，秋石的《聚讼纷纭说萧军》，张毓茂主编的《东北现代文学大系》和王建中、任惜时、李春林主编的《东北解放区文学史》，以及何青志主编的《东北文学五十年》、金汉主编的《新编中国当代文学发展史》、李春燕主编的《东北文学的历史变迁》、杨义的《中国现代小说史》等。在论文研究方面，比较有影响的是铁峰、钱理群、徐塞和张毓茂等人的文章，客观地还原了事件真相，反映了历史真实。如铁峰的《对萧军及其〈文化报〉批判的再认识》、钱理群的《批判萧军——1948年8月》、张毓茂的《萧军与"〈文化报〉事件"》、《萧军与"文化报事件"——为萧军先生逝世十周年而作》、《重评"〈文化报〉事件"》等系列文章。这些著述中都提到了《文化报》及"《文化报》事件"，叙述了对萧军《文化报》批判的全过程，指出了《生活报》的谬误。然而所有文章都只是简单地分析事件发生的原因，辨析了所谓"三反"的罪名，并没有对事件的实质做根本性的研究。造成这种只记述不研究或简单研究的原因主要有两点：一是新中国成立后到改革开放初期这段时间国内政治文化环境的影响，二是《文化报》研究资料的缺乏，尤其是研究者"没有完整可供研究的《文化报》原本"①。

---

① 参见宋喜坤、张丽娟《〈文化报〉研究资料考辨》，《中国现代文学研究丛刊》2012年第12期。

　　《文化报》研究资料的缺失，不仅影响了对萧军"《文化报》事件"的深入研究，而且还导致以往《文化报》研究的相关著述，甚至一些权威学者的著作文章中的研究资料出现错误。比如关于《文化报》总的期数、办刊时间、与《生活报》论争的时间、《生活报》创刊时间等方面，还存在模糊不清或错误的地方。研究者对一些数据相互借鉴搬用，以讹传讹情况明显。据笔者统计，现今可查阅到的有关《文化报》的记载中，几乎全部认定《文化报》出版的总期数为八十期，即"正刊七十二期，增刊八期，共计八十期"[1]。而经笔者查阅《文化报》验证，该报准确期数应为"正刊七十三期，增刊八期，共计八十一期"。同样，《文化报》终刊的时间也出现了"1948 年 11 月 2 日被迫终刊"[2] 和"1948 年 10 月 12 日被迫终刊"[3] 两种说法。而事实上，《文化报》第七十三期上清楚地写着出版日期是民国三十七年十一月廿五日，即 1948 年 11 月 25 日。不仅《文化报》的研究数据出现错误，就连相关的《生活报》研究数据也出现了错误。《生活报》本创刊于 1948 年 5 月 1 日，但是王科、徐塞的《萧军评传》和王建中的《东北解放区文学史》中却记载成"1947 年夏季创刊"[4]，本来是刊登在《生活报》创刊号第二版上的《今古王通》却被无端改在"创刊号头版"[5] 上。甚至连两报论争的时间也被记成"1947 年春夏之交"[6] 和"从 1948 年秋到 1949 年春"[7]，而不是原本的 1948 年秋。这些问题看似不大，但其不确定性却比较容易将后来的研究者引上歧路，造成研究混乱。一直沿用这些不准确的信息，会给《文化报》研究带来负面影响。

---

①　张毓茂：《萧军与"〈文化报〉事件"》，《新文学史料》2007 年第 8 期。

②　张毓茂：《萧军传》，重庆出版社 1992 年版，第 256 页。

③　黑龙江史志办：《黑龙江省志·报业志》第 50 卷，黑龙江人民出版社 1994 年版，第 117 页。

④　王建中等：《东北解放区文学史》，辽宁大学出版社 1995 年版，第 100 页。

⑤　张毓茂：《萧军传》，重庆出版社 1992 年版，第 257 页。

⑥　徐塞：《萧军的文学世界》，春风文艺出版社 2008 年版，第 87 页。

⑦　张毓茂：《萧军与"〈文化报〉事件"》，《新文学史料》2007 年第 8 期。

　　对于萧军生平、思想及其作品，当下学者已经做了大量卓有成效的探索，这些成果对于后续研究者启发良多，同时也为本书整个研究体系的构建奠定了基础。但是就现有的研究状况来说，萧军研究仍有一定的拓展空间。首先，针对性的专著较少，基本上是个案研究论文的海洋。其次，尽管也有一些著作研究成果问世，但其对萧军思想、对研究中国现代知识分子的心灵史关注还不够，特别是对萧军的"《文化报》事件"缺少统一的认识。最后，尽管前学在研究方法上对多学科的交叉也进行了很多尝试，但笔者认为对文学与报刊的结合研究，还有待更全面、更深入地挖掘。由此看来，《文化报》尚有很大的研究空间。除上述原因外，更重要的是"《文化报》事件"不仅是萧军文学和生活的重要转折点，同时也是新中国成立前解放区文艺界最后一次重要的思想论争。对《文化报》及其事件的研究，既是东北地域文学的文本研究，又是东北解放区文学史研究，同时还是对萧军文艺思想的研究，也可以看成对党在东北解放区文艺界知识分子政策的研究。

　　本书以"《文化报》事件"为精神脉络，包含了文本分析、文学事件、文艺思想等方面的综合研究。从思想史的角度入手，运用传播学、社会学、政治文化学、革命心理学、文本细读等方法和理论，结合丰富的萧军研究和现代文学史料，以"新英雄主义"和"新启蒙思想"为主线，对《文化报》文本进行系统研究。文中论证了萧军新英雄主义精神对其恪守"五四"知识分子独立品性和精神立场的作用和影响；点明《文化报》上的新文化运动的实质是一场"新启蒙实践"；分析了《文化报》的文学创作和美学贡献；探讨了两报论争的主客观原因。最后得出结论，对萧军和《文化报》的批判既是党对知识分子的进一步改造，又是延安文学对东北地域文学的改造。

　　本书的创新之处在于：第一，在萧军研究领域内第一次对萧军和《文化报》进行系统的整理、研究，突破了前学简单论述事件过程及表层原因分析的研究模式。提出"萧军新英雄主义"的概念，指出它不仅是萧军性格核心的概括，而且是他的文艺观和价值观。在对新英雄主义的研究中，用革命心理学理论分析新英雄主义的构建过程，并提出"双核心思想"和"半步主义"的观点。第二,认定萧军《文化报》的文学活动是一场"新启蒙"实践,它的本质是五四启蒙,而实行新启蒙的方式是"双轨道启蒙"。第三,对《文化报》文学进行了较深刻的分析,迈开了《文化报》文学研究的第一步。第四,将东北解放区时期对《夏红秋》《一个农民的真实故事》论争,和对《网和地和鱼》的批判与对《文化报》的批判联系起来研究,指出前者是"《文化报》事件"前奏,有别于以往只是认为对《网和地和鱼》的批判是前奏的提法。以"没有结局的结局"喻指萧军的蒙冤,以"不该再有的续曲"将"《文化报》事件"与"后文革"时期串联起来。第五,对"《文化报》事件"的反思不仅仅局限在萧军性格和宗派主义上,通过研究认为对《文化报》的批判实际上是延安对知识分子改造运动的继续,是延安文学对东北地域文学的改造。最后指出,"《文化报》事件"是中国共产党在东北构建新秩序中的一个试验场,是民间话语和主流话语的一场正面交锋。

第一章

萧军及其新英雄主义思想

　　萧军是中国现代文学史上的著名作家，他以传奇性的经历、游侠般的姿态闯入中国现代文坛，在"带给了中国文坛一个全新的场面"① 的同时，也成为东北作家群的领军人物。1930 年至 1940 年的萧军，以其独特的文学贡献、正直孤傲的独立品性，在国内外文学界享有较高声誉。鲁迅先生曾当面向埃德加·斯诺郑重推荐，将萧军（田军）与茅盾、丁玲、郭沫若、张天翼、郁达夫、沈从文等一同列为"最优秀的短篇小说家"行列②；1937 年，日本文学评论界将萧军比作"中国的'萧洛霍夫'"③，称其为"二十世纪文艺复兴者"④；延安时期，中国共产党曾给予他"鲁迅死后唯一旗手的地位"⑤。由此观之，萧军当时的影响确实很大。正是因为这种社会影响，作为一位占据抗战文学先声地位的作家，又身为"鲁门小弟子"，萧军在当时的文艺界有较高声誉，但其独特的个性也让他成为一个集毁誉于一

---

　　① 乔木：《八月的乡村》，《时事新报》1936 年 2 月 25 日。

　　② ［美］埃德加·斯诺：《鲁迅同斯诺谈话整理稿》，《新文学史料》1987 年第 3 期。

　　③ 萧军：《萧军全集》第 17 卷，华夏出版社 2008 年版，第 215 页。1937 年 5 月 1 日，萧军在《致 中野重治》中谈到，鹿地亘对萧军说："日本的某个杂志把您比作中国的萧洛霍夫。"

　　④ 萧军：《萧军全集》第 18 卷，华夏出版社 2008 年版，第 27 页。萧军在 1937 年 7 月 12 日的日记中记载："日本《中国文学研究》正在研究《第三代》，他们是那样的热心研究我，说我是'二十世纪文艺复兴者'。"

　　⑤ 萧军：《萧军全集》第 19 卷，华夏出版社 2008 年版，第 539 页。萧军 1944 年 12 月 18 日日记，中央党校三部支部书记程谷梁同萧军谈话。原文为："党方面不是尽看一个人缺点或错误的，比方对于你的功绩，能力，鲁迅死后唯一旗手的地位……全是明了的……但有些问题是要双方负责的……"

身且具有争议性的作家。"延安文艺座谈会"后，萧军开始向文学的边缘游走。哈尔滨"《文化报》事件"的发生，使萧军成了真正意义上的"精神流亡者"和"文学边缘人"。

20世纪40年代，萧军一直坚持从事党的文艺工作，但无论是延安时期还是哈尔滨时期，其文学创作和社会生活都不顺利，甚至可以说是曲折坎坷。在延安，萧军曾一度成为毛泽东的"座上宾"，并与毛泽东建立了"半宾半朋"的关系，然而不久就因发表《论同志的"爱"与"耐"》和《杂文还废不得说》等文章，与延安党内文艺界人士交恶。又加上看不过对"钦点托派分子"王实味的斗争方式，代王实味向毛泽东递交《备忘录》而被毛泽东冷落。结果由萧军编辑了近两年的《文艺月报》于1942年10月23日被停刊，导致萧军失去了发表文章的阵地。从1942年10月20日在《解放日报》上发表《纪念鲁迅要用真正的业绩》一文，到1945年《解放日报》的《大勇者的精神——要做的伟大！而不是装作伟大！——〈裴多菲传〉序言》，有三年多的时间里，萧军竟无处可发表文章。在哈尔滨，为配合党报《东北日报》对东北人民进行思想和革命的启蒙，萧军创办了《文化报》。后因党内知识分子编辑的《生活报》和萧军争夺所谓的"文化领导权"，引发了两报的论争。原本是一场革命作家内部的思想分歧，最后竟由中共中央东北局以组织上的名义，给萧军戴上了"反党、反苏、反人民"的帽子。《文化报》被停刊，萧军也又一次失去了驳斥反击对手的文艺阵地和话语权。

综观这两个时期萧军的经历，人们不禁要思考导致这些事情发生的原因。难道仅仅归罪于文艺界的"宗派主义""关门主义"？仅仅是因为萧军的性格孤傲和倔强？抛却前者，萧军的性格因素肯定是一个重要原因，但绝不只是性格孤傲和倔强所能概括得了的，他性格的精髓是长期被萧军研究者所忽视的一种精神：它贯穿了萧军的后半生，是萧军性格的集中概括，直接影响了他延安时期、哈尔滨时期、抚顺时期的文学创作和社会生活——这便是形成于20世纪40年代初期的延安，发展、成熟于哈尔滨时期的"萧军式"的个性品格——新英雄主义①。值得一提的是新英雄主义虽是萧军的专属，却也带有时代的共性。同时期的丁玲、胡风、冯雪峰、舒群、罗烽以及与萧军同为"延安四怪"的塞克、王实味、冼星海等人身上都有类似的"新英雄主义"，他们的命运也或多或少地与自己的新英雄主义精神相关联。

第一节 新英雄主义含义、表现及成因

新英雄主义精神即所谓的"萧军精神"②，是对萧军思想性格高度凝练的概括，是萧军价值体系的核心。它既是萧军在生活中用来抵御外来侵袭的掩心甲，也是其文学创作的指导思想。它包含着萧军思想中的智慧因子，影响着他后期的文学创作和社会生活。研究萧军离不开品谈其德行性格，了解萧军在延安的文学和社会行为，剖析其在哈尔滨的东北新启蒙实践活动，分析"《文化报》事件"的经过都离不开对萧军新英雄主义精神的解读，它是开启萧军研究大门的第一把钥匙。

一、新英雄主义含义

萧军新英雄主义的前身是英雄主义。英雄主义是指具有英雄的气概和行为，表现出一种勇敢、奋不顾身和自我牺牲精神的意志品质和精神风貌。国家不同、民族不同、时代不同，英雄主义的含义也不尽相同。在中国，英雄主义包括革命英雄主义和个人英雄主义。萧军的新英雄主义脱胎于英雄主义，是对英雄主义解构后的重构，它将萧军身上的英雄主义解构，剔除了英雄主义中的极端自由主义、利己个人主义、风头主义、冒险主义、无政府主义等落后因素，保留了爱国主义、民主主义等进步成分，加以马克思主义、毛泽东思想和鲁迅精神予以重构，便产生了"萧军式"的新英雄主义。

① 文中所提到的新英雄主义均是特指，为萧军性格所特有，打有萧军的个性烙印。
② 陈隄：《萧军的一生》，《东北文学研究史料》1988 年第 7 期。

依照萧军的解释，所谓新英雄主义是以工、农、兵为服务对象，以鲁迅、毛泽东思想为武器，以马克思主义为指导，以实现共产主义为奋斗目标的革命英雄主义。新英雄主义是由萧军提出并倡导的，打有萧军的专属烙印。从"萧军日记"和《也算试笔》、《目前东北文艺运动我见》等文章可以看出，新英雄主义形成于20世纪40年代延安时期，发展、成熟于哈尔滨时期，是萧军运用"毛泽东思想、马列主义、鲁迅精神对小资产阶级的浪漫主义、自由主义、个人英雄主义进行革命，最终形成的一种革命英雄主义精神。它是实现对落后国民改造的一种必要途径，它的原则是'为人类，强健自己，竞取第一'"①。为区别于传统英雄主义，故称为"新英雄主义"。

新英雄主义尽管源自英雄主义，却与英雄主义有着本质的区别，主要体现在价值核心和思想核心两个方面，这是新英雄主义的两个特征。首先，在价值取向方面，新旧英雄主义的根本区别是"为谁服务"的问题。英雄主义出发点是为个人，一切以个人利益为主，追求绝对的自由。相比之下，新英雄主义的着眼点却是为人类，为人民，为工、农、兵服务，尽管它也追求自由，但是这种自由却是有限制的，是以大众利益为根本目的。其次，指导思想方面也不相同。前者的思想核心是朴素的民主主义思想，后者是以鲁迅精神和毛泽东思想为指导。此外，新英雄主义还具有保持健康、不断竞争、坚持正义和追求真理等方面的特点。

二、新英雄主义表现

新英雄主义精神是萧军价值体系的核心，对其文学创作和社会生活的指导作用明显。除价值核心和思想核心两大特征外，新英雄主义还表现出崇尚英雄、热爱自由、坚持正义和不断竞争的特点。虽然这几方面与传统英雄主义看似相同，实则却有很大的区别。

（一）崇尚英雄

萧军自小就崇尚英雄，自身也是英雄。在满洲，他是反日的民族

---

① 萧军：《也算试笔》，《解放日报·文艺》1942 年 1 月 1 日。

英雄；在国统区，他是反汪蒋的民主英雄；在解放区，他是反对宗派主义和行帮作风的孤胆英雄。但是这个英雄是个体的、民间的，是为主流政治意识形态所不容许的、没有话语权的英雄。他所崇尚的英雄有别于英雄主义里的英雄，既不同于古希腊、古罗马的英雄，也不同于法国大革命时代的英雄，更不同于中国古代的伟人英雄。萧军的英雄是去魅后的英雄，是对传统英雄的解构，是对旧英雄的颠覆。在他的字典中，英雄"首先是强健身体，其次是思想知识，其次是工作能力表现的质和量，一切所学为致用。这就是新英雄主义精神和具体思想内容"①。而对于健康，萧军尤为看重，在他的日记里多次提到健康，如 1944 年 10 月 11 日的日记中记载：

> 如果有人问我，我最爱的是什么？我将毫不迟疑回答是"健康"。健康在我是一切的根本——从身体到精神——我厌恶一切病态的东西。其次是"自由""孩子""女人""艺术"。……没有健康，即失去了一切幸福。所以我要终生锻炼身体。要保持一个猴子那样敏捷，一匹马那样欢腾一直到老。②

健康是一切力量的根源，萧军一生没有离开这根绳。生活中，萧军也是一直实践着自己的这一原则，自小习武且终生坚持不辍。另外，萧军还有很强的作家崇拜心理，只要文艺领域有成就的作家都被他称为英雄。所以除却鲁迅、毛泽东、朱德外，苏格拉底、司马迁、高尔基、托尔斯泰、普世庚（普希金）、绥拉菲摩维支、拜伦、贝多芬、米克哲兰罗（米开朗基罗）、罗丹、罗曼·罗兰，等等，这些文艺家在萧军看来都是英雄。到后期，萧军更是把这种新英雄推及到新中国建设的各行各业，这在《目前东北文艺运动我见》中表达得十分清楚。崇尚英雄的思想涵盖了萧军的个体经验和人生记忆，逐渐成为新英雄主义的重要特征。

---

① 萧军：《萧军全集》第 20 卷，华夏出版社 2008 年版，第 559 页。
② 萧军：《萧军全集》第 19 卷，华夏出版社 2008 年版，第 488 页。

（二）热爱自由

罗尔斯给自由的定义是"这个或那个人（或一些人）自由地（或不自由地）免除这种或那种限制（或一组限制）而这样做或不这样做"①。自由是有限制的，一旦被限制，自由就相对消失了。所以，对于萧军这个"不爱守秩序又爱守秩序"的人来说，追求自由是其新英雄主义的核心。萧军的这种自由是从无政府主义中剥离出来的，更接近自由的本义。早期在哲学上表现为无政府主义和小资产阶级的自由，追求的是个人的自由，这使得其自由主义倾向浓厚，追求极端的自由。20世纪30年代，萧军受新启蒙的影响，追求的是思想的自由和自由的思想。到延安后，则转向追求民族的自由、人类的自由。萧军一生都在为追求自由而奋斗，这在他上文的日记中写得很明白。萧军把健康放在第一位，第二位的就是自由。萧军在和彭真谈话的时候说："……我是属于中国游侠思想一个体系……"② 将自己比作游侠，而游侠除了伸张正义外，必须要有一个自由身。萧军不入党，与其说不是特殊材料制成的，更主要的是怕组织纪律束缚他行动的自由；一再要求离开延安，是因为延安文艺政策束缚了他思想的自由；因饥饿和孩子的吵闹而发怒，是因为影响了他写作的自由；在延安文艺座谈会上与胡乔木的争论，是因为萧军认为作家要有独立意识的自由。他不做官，辞去鲁迅文学院院长职务等都是为了"自由"，甚至在情感的选择上，也以自由为先，"我爱你，同情你……但是我不能要你！因为我更爱我的自由"③。虽然这种自由过于绝对，但却仍有某种缺憾的价值。更为重要的是萧军的新英雄主义的自由，可以看成是萧军独立意识的体现，代表了当时知识分子的独立意识。

（三）坚持正义

"'正义'（justice）一词的使用由来已久，在亚里士多德那里，

① ［美］约翰·罗尔斯：《正义论》，何怀宏等译，中国社会科学出版社1988年版，第191页。
② 萧军：《萧军全集》第19卷，华夏出版社2008年版，第606页。
③ 萧军：《萧军全集》第18卷，华夏出版社2008年版，第292页。

它主要用于人的行为。然而，在近现代西方思想家那里，'正义'的概念越来越多地被专门用作评价社会制度的一种道德标准，被看作社会制度的首要价值。"① 在萧军的新英雄主义概念里，正义多指它的本义。正义是社会制度的首要价值，是以人类平等地追求更大自由为基础的，其前提必须是真实的。艺术家需要真实，所以他认为真理和正义都是必须以"真实"为基础，萧军追求正义和真理。他曾说："我愿意为了真实而堕地狱，让虚伪的火焰烧焦我，我也不愿在欺诈的土壤上去开花。"② 这句话充分显示出了萧军对真实、对真理的执着和痛苦的追求，让人不禁想起鲁迅《野草》的序言。萧军认为真理必须是真实的，正义又总在真理这边，正义的真理一定是真实的。在现实生活中，萧军用韧性的战斗精神同非正义的宗派主义、官僚主义等各色主义斗争，才有抱不平讲武堂怒劈队长、伸正义上海滩摔打张春桥、欢迎会怒斥汉奸汪精卫、护小鬼文抗内暴打程追等英雄壮举。对正义的追求还表现了萧军不与敌人同流合污的铮铮傲骨。1937年，萧军获大公报文艺奖，尽管生活贫困，因不屑与反动文人同台领奖而断然拒绝大公报的奖金。此外，在对待王实味的问题上，尽管萧军与王实味并无来往，萧军还是坚持正义，敢于质疑会议斗争的方式，仗义执言；在胡风的问题上，萧军对人、对事都有清醒的认识，坚决不写批判揭露文章，不做落井下石之事。无论哈尔滨时期，还是"文革"时期，无论是刘芝明还是红卫兵都拿他没有办法，真正是打不倒、吓不怕、骂不起，成为红色世界中的一张白纸，一个"勇斗风车的独行侠"③。

（四）不断竞取

不断竞取是新英雄主义的又一个特征。"懂得自己的任务和价值，让一切侮辱和折磨来罢。——我将做一个殉道者"④，斗士般的战斗

---

① ［美］约翰·罗尔斯：《正义论》，何怀宏等译，中国社会科学出版社 1988 年版，第 5 页。

② 萧军：《萧军全集》第 20 卷，华夏出版社 2008 年版，第 353 页。

③ 李振声：《我是鲁迅的学生》，北京广播学院出版社 2000 年版，第 2 页。

④ 萧军：《萧军全集》第 19 卷，华夏出版社 2008 年版，第 275 页。

格言，体现出萧军为正义献身的精神。萧军是个斗士，他不断竞争，永不服输。其"拜师不如访友，访友不如交手……当场不让步，举手不留情"① 的名言，阐释的就是这种竞争意识。萧军一生都在追求真理和自由，同时一生又都在斗争。与自身的小资产阶级庸俗思想斗争，与日本侵略者斗争，与国民党反动派斗争，与解放区的宗派主义斗争，与"四人帮"斗争。同先师鲁迅一样，作为斗士，斗争使其快乐。在下面的独白中，这种战斗精神可窥一斑。

　　我就是我，我是完全野生的，我是用笔和拳头，从一种卑俗、势利、冷淡、压迫、偏见……冲击过来——不，应该说是拼命滚爬过来——的，因此我具备了一种"亡命徒"和盗匪式的百跌无怕的性格。我只有一个愿望，我不愿被什么所战败！我永远要做个战胜者！我不要同情，不要怜悯，不可惜任何牺牲……凡是我要获得的我就获得它。即获得之后我就能够保有它，除非我不想要它了，否则就不会失落或被夺取。我生在现社会，我要用哲学者的头脑，政治者的手段，科学者的方法，军人的勇气，艺术者的热情，剑斗士、拳斗手的体态……来武装自己，否则我就要被战败。不哭泣，不叹怨……要行动，要战斗，要征服，要坚持……就是我一生的为自己而立的箴言！

　　我觉得无愧于那些大作家的，就是我一直走着文学的路，不为任何卑俗的虚荣所引诱，一直追求真理而战斗。不为任何威胁所压倒，一直补充自己的知识，锻炼自己的身体和情操……一直为民族、人类解放而工作，一直和共产党——这个进步的力量——保持着忠诚和"谏友"的地位关系。

　　我就是我……②

萧军在文中将他的战斗方法、战斗箴言、战斗的策略以及与中共

---

① 萧军:《文坛上的"布尔巴"精神》,《解放日报》1942 年 6 月 13 日。
② 萧军:《萧军全集》第 20 卷,华夏出版社 2008 年版,第 11 页。

的关系清楚地表达出来，体现了从鲁迅那里继承得来的韧性战斗精神。"我是完全野生的"表现出作者的独来独往、无牵无挂的斗争状态的同时也映射出战士的孤寂心境，他是一头靠舔自己手掌生活下去的熊！对于真理，萧军无比热爱。对于敌人，他却表现出异于常人的、令人惊讶的态度——"爱敌人"。生活中的萧军一刻不能忘怀那些想要"咬倒"他的人，但他并不恨他们，反而认为"他们"能给自己力量，使自己前进，使自己战胜。他说："我是喜欢敌人的，因为他可以毫不容情底攻击我的短处，使我有所补充"[1]；"我不需要爱人、朋友、同伴……以及一切可以软弱我的东西。我只需要敌人，我爱它……我要杀死它……只有从这战斗中，我才能看见我生命的价值和力量！"[2] 这种对战斗的渴望、对真理的执着、对敌人的重视，让萧军成为一个不折不扣的斗士、一个新型的英雄。正是在这种精神的支撑下，现实生活中的萧军从未承认过失败。舒群曾经预测萧军在东北事件后的三条路，一是自杀，二是疯掉，三是封笔。他的预言没有实现，萧军哪条路都没走，仍然坚持创作，奋力践行着自己对时代文艺的誓言。在东北局对他下结论时，他拒绝签字盖章。他拒绝失败，从未服输。从1950年到1981年间，萧军持续不断地向相关部门和国家领导人写信反映两报论争的真实情况，用海浪冲岩般的毅力，洗刷着真理表面的浮尘。1981年，中组部终于在其蒙冤32年后为其平反。在其身上，人们可以看到一种强健的力、一种张扬的力，透露出一种个性的英雄欲望，他恪守五四以来新文学的个性主义精神因素，在沸腾的时代大潮中吹出了属于自己的螺号声。

三、新英雄主义成因

　　萧军的新英雄主义精神是特定历史环境的产物，建立在萧军正直、豪爽、孤傲的独特性格和小资产阶级思想基础之上。它形成于多重矛盾之中，是解决各类矛盾、改造旧思想的成果。它是萧军自身进

---

[1]　萧军：《萧军全集》第18卷，华夏出版社2008年版，第11页。
[2]　同上书，第315页。

发出的道德律令，是自觉抵御外来侵袭的精神盔甲。

新英雄主义产生的时间是在 1942 年左右，这一时期是萧军精神相对痛苦的时期，这种精神痛苦源于内外两方面的矛盾。一方面是现实的矛盾，即其独立的品格和张扬的个性与现实的矛盾，另一方面是自身旧有的自由主义和无政府主义与进步的共产主义思想之间的矛盾。这两种矛盾，一种是外在的、客观的，一种是内在的、主观的。

外部矛盾是个体与群体的矛盾，首先表现在萧军和延安宗派主义群体间的矛盾冲突。延安时期，革命文艺队伍内自上海左联时期就出现的宗派主义仍然存在。连周扬自己也承认延安的宗派主义，他在20 世纪 70 年代末接受赵浩生采访的一次谈话中说：

> 当时延安有两派，一派以"鲁艺"为代表，包括何其芳，当然是以我为首。一派是以"文抗"为代表，以丁玲为首。这两派本来在上海就有点闹宗派主义。大体上是这样：我们"鲁艺"这一派人主张歌颂光明，虽然不能和工农兵结合，和他们打成一片，但还是主张歌颂光明。而"文抗"这一派主张暴露黑暗。①

延安文艺界的这种宗派主义和关门主义作风困扰着萧军，使萧军苦恼、烦躁，对这些同志的宗派主义和行帮作风很反感。萧军找毛泽东谈话，在毛泽东的开导和一再挽留下，萧军才在延安坚持工作下来。为此，萧军写了《论同志的"爱"与"耐"》、《对于当前文艺诸问题底我见》、《文坛上的"布尔巴"精神》和《杂文还废不得说》等一系列批评规劝的文章。然而此举换来的却是对他的批判和孤立。再加上牵扯进王实味事件，萧军编辑的《文艺月报》被停刊，全家无奈下乡。乡下的劳动磨砺了他，劳动人民的朴素情怀教育了他，促其成长、使其成熟，他开始思考自己和共产党的关系问题。在饥饿面前，萧军为了妻儿放弃了做一个"殉道者"的想法，决心成为"家族内的人"，第一次主动向规劝他回城的胡乔木提出了入党的

---

① 赵浩生：《周扬笑谈历史功过》，《新文学史料》1979 年第 2 辑。

请求。

其次是和朋友的矛盾，主要是与丁玲、罗烽、舒群、白朗等人的情感开始恶化。萧军是一个重情重义的关东大汉，敢爱敢恨、敢说敢当。为朋友、为正义可以两肋插刀、舍弃自己，在陆军讲武堂为同学打抱不平，锹劈队长险些丧命而后被开除就是最好的证明。丁玲在1939年到1941年间和萧军关系亲密，从文学、戏剧到人生几乎无话不谈，经常在一起去买酒，买回酒来他们"就在路上一替一口地喝着"①。特别是在丁玲因历史上曾被国民党抓捕囚禁，遭党组织误解其叛变、不承认她的党员身份而痛苦时，萧军更是鼓励丁玲并为她出了很多主意，成为丁玲度过精神痛苦时期的主要支柱。在此情感基础上，双方甚至还考虑过未来的前途，萧军1940年9月2日的日记中对丁玲的内心独白是："我爱你，同情你……但是我不能要你！因为我更爱我的自由。"在1940年9月4日日记中记载丁玲"在病中思索了我们底前途，'不可能的'"②。令人惋惜的是，这种患难友情竟然在丁玲恢复党籍之后因与萧军在文艺上的意见分歧而宣告终结。到1941年4月，丁玲和萧军"几近成为仇人"③。

除丁玲外，哈尔滨时期的好友罗烽、白朗、舒群、金人以及延安时期的朋友陈布文、张汀等人对萧军的伤害也是一个原因。对于朋友，萧军认为："我当然很喜欢朋友，但当这朋友感到我是他底'负担'了，那就让他去罢。我无留恋。我喜欢朋友，但也决不恐惧孤独……"④延安整风和"肃反"时期，萧军仗义执言为陈布文夫妇写证明，说了很多好话。尤其是和原东北作家群的好友，更是有十多年的患难交情。无论生活上还是事业上，萧军都曾无私地帮助过他们，他们全是为萧军的影响"带领下强健起来的人"⑤。然而在一些重要的文艺问题上，他们和萧军还是因"家族"的内外之分，选择了反

---

① 萧军：《萧军全集》第18卷，华夏出版社2008年版，第324页。
② 同上书，第293页。
③ 同上书，第402页。
④ 萧军：《萧军全集》第20卷，华夏出版社2008年版，第610页。
⑤ 萧军：《萧军全集》第18卷，华夏出版社2008年版，第392页。

对和打击萧军。1947 年，在哈尔滨对于萧军和秦友梅"恋爱事件"的处理上，萧军甚至感到罗烽和白朗对于此次事件的处理，"——更是白朗——她几乎要毁灭我底一切名誉和历史，而使她底丈夫得以独尊……至于金人和舒群，他们是无私心的，只是怯懦而已！"① 对此，萧军有着"鲁迅式"的无可把握的悲哀！"我是一柄斧头，在人们需要使用我时，他们会称赞我；当用过以后，就要抛到一边，而且还要加上一句这样的诅咒：'这是多么蠢笨而蛮野的斧头啊！……'"② 此时的萧军感觉自己就是匕首和投枪，"这些人总是在他们感到苦痛、无助的时候，才来投向我的面前。等我孤身奋战的时候，他们总是冷淡的观战者，甚至于帮助了我的'敌人'"③，从这些哀叹中可以看出当时萧军的悲凉心境。然而，倔强的萧军并未就此屈服，先师鲁迅的韧性战斗精神一直鼓舞着他，那种"竞争第一"的原则始终未变。这种心境使萧军很悲壮，但却从没有气馁过、妥协过、放弃过，而且终生做了这样一把永远砍削着人生丑恶与不平的斧头。对于朋友的背叛和"敌意的存在"④，萧军没有更多的埋怨，反倒是对朋友给予了更多的宽容和理解。

　　我感到和一些"故人"们是越来越遥远了，当然每人全是以为真理是在自己这方面，自己走的路才是正确的。我不愿批评或否定他们的路，在他们的观点上来看，以至为了当前一种政治上的需要是对的，但我不乐意也不必要和他们一样走，在我也是对的。只要彼此不太妨害了，还是各走各的路方便些，只要大家目的是一个，这倒不在乎谁怎样走法，或采取什么路线。⑤

　　除了给朋友们建议，他还为朋友开出了药方，"譬如我说些自己

① 萧军：《萧军全集》第 20 卷，华夏出版社 2008 年版，第 60 页。
② 萧军：《萧军全集》第 9 卷，华夏出版社 2008 年版，第 225 页。
③ 萧军：《萧军全集》第 19 卷，华夏出版社 2008 年版，第 70 页。
④ 萧军：《萧军全集》第 20 卷，华夏出版社 2008 年版，第 351 页。
⑤ 萧军：《萧军全集》第 19 卷，华夏出版社 2008 年版，第 71 页。

底小缺点，甚至是'污点'，我却并不要求别人也这样做。他们还是可以保持他们现有的'尊严'，不过可以拿我做面镜子，有则改之，无则加勉，岂不一举数得？岂不快哉？千万不要自欺"①。就这样，东北作家群继上海解散后，在延安时期和哈尔滨时期出现了两次分裂。

内部矛盾是萧军身上新旧思想的矛盾，表现为萧军身上的个人英雄主义、自由主义和鲁迅思想、共产主义思想之间的矛盾冲突。萧军到延安后，一方面为解放区的广阔天地和斗争形势所激励，打算干出一番事业，希望能凭借自己的能力拯救文艺界，所以要做"中国第一，乃至世界第一"②。另一方面又极端地反感解放区文艺界的宗派主义和关门主义行为，恰逢当时延安文艺界确实有些不良的风气，他曾经多次和一些有官僚主义作风的干部吵过架，痛打了文抗的指导员程追，并因此被判刑"6个月，缓刑两年"③。这使得萧军对中国共产党和革命产生怀疑，内心十分痛苦。对于自身的不足萧军从不回避，这从他的一系列日记中可以看出。在1941年5月5日的日记中萧军这样写道："小资产阶级根性，无政府倾向，个人主义……在我是全具备着。"④ 1943年4月18日的日记中记着："小资产阶级自由主义的倾向，无政府主义倾向，在我全很浓厚，什么事一妨害到自己时，就觉得'不便'！这还是自己客观精神不够，应该克服这感情。"⑤ 直到1969年，萧军在《致：北京市文化局第八连宣传队总指挥部徐同志》的信中还回顾了当年自身的这些缺点，他说："对于一些无政府主义的人物如巴枯宁、克鲁泡特金等以及一些俄国的、朝鲜的虚无主义者们却发生了一种感情上的偏爱。同时也还梦想做'侠客'做'石达开'式的'英雄'或荆轲式的刺客一类人物。"⑥ 在深刻解剖的

① 萧军：《萧军全集》第20卷，华夏出版社2008年版，第65页。
② 雪苇：《记萧军》，《新文史资料》1989年第2期。
③ 萧军：《萧军全集》第18卷，华夏出版社2008年版，第777页。
④ 同上书，第420页。
⑤ 萧军：《萧军全集》第19卷，华夏出版社2008年版，第73页。
⑥ 萧军：《萧军全集》第17卷，华夏出版社2008年版，第279页。

同时，他也在不断督促和严格要求自己，不断向党靠近，和自由主义思想告别——"我愿意尽可能遵守这些纪律。革命就是为建立一种合理的纪律，于一人不便的事常常是于大家方便。"① 虽然毛泽东和彭真等人一再邀请他加入中国共产党，他却都谨慎地以中共的"诤友"和"同行人"的身份留在党外。此时，萧军想做拯救文艺界的英雄却没有话语权，想做游侠离开延安又不可得。在内外矛盾的情境下，经进步革命思想的改造，萧军的新英雄主义精神开始形成。

"人在痛苦中从来不能从他自己思考的东西那里得到帮助，只能从一种比他自己的智慧更伟大的智慧的启示中得到帮助，只有这种启示能够把他从痛苦中提升起来。"② 萧军便是在内心极端痛苦的情况下，从鲁迅、高尔基、列宁、毛泽东、朱德等更伟大的智慧中得到帮助。萧军曾经说过，"……影响我的不是主义，而是'人'……"③ 列宁、斯大林、孙中山等都对萧军有过影响，而影响最大的莫过于毛泽东和鲁迅。萧军曾比较过二人，他说："从鲁迅先生那里我学得了坚强，从毛这里我学得了柔韧。他们全是这时代的精华，我应该承继这些长处。"④ 萧军一生始终以传播鲁迅精神和鲁迅的影响为己任，以鲁迅先生之路为路，坚持鲁迅所提倡的韧性的战斗精神，像鲁迅《这样的战士》中的孤寂的英雄一样，和一些宗派主义战斗下去，咬住不放，"坚持在革命队伍中保持一种独来独往的姿态，以近于游勇的方式作战"⑤。尤其是当萧军被定为"三反分子"时，鲁迅精神更是成了萧军的主要精神支柱，他在1959年的日记里这样写道：

　　　　每当我要疲倦，要懒惰、要自暴自弃的时候，我就听到我那

---

① 萧军：《萧军全集》第19卷，华夏出版社2008年版，第81页。

② ［瑞士］卡尔·古斯塔夫·荣格：《未发现的自我》，张敦福译，国际文化出版公司2001年版，第295。

③ 萧军：《萧军全集》第19卷，华夏出版社2008年版，第164页。

④ 萧军：《萧军全集》第18卷，华夏出版社2008年版，第566页。

⑤ 邢富君：《"半宾半友式的交往"——毛泽东与萧军》，《党史纵横》1992年第4期。

已死去二十年的导师、引路者、我平生至高无上，唯一所最尊敬的人——鲁迅先生——向我召唤：

　　"要战斗啊！韧性地战斗啊！我的孩子！"

　　于是我又坚强起来了。他像咪吉尔引导但丁那样引导着我！①

　　除鲁迅外，萧军对毛泽东也无比敬重。萧军说起毛泽东，"总是充满尊敬和爱戴的感情。他认为毛泽东是中国历史上罕见的伟大人物，文治武功都是前人所无法比拟的"②。萧军两次上延安，毛泽东都给予了非常规的礼遇。毛泽东曾和萧军来往密切，萧军也为"延安文艺座谈会"的召开做过很大贡献，并因延安文艺界之事向毛泽东发过不少牢骚。毛泽东也多次安慰萧军，并在给他的信中要求他"要故意地强制地省察自己的弱点，方有出路，方能'安心立命'。否则天天不安心，痛苦甚大"③。意见中肯，言之切切，对此意见萧军也是真心接受的。对于鲁迅和毛泽东这两位"英雄"，萧军的看法也是不一样的，他认为"在文学上、精神上鲁迅先生是我唯一的先生，对于毛在政治上，我也愿以他为先生，为这政治理想而战斗！但我却以兄长的地位看待他"④。可见，从对萧军影响的这一点上看，鲁迅还是要多于毛泽东。

第二节　新英雄主义的理论构建过程

　　在中国现代文学史上，作家们都有自己的指导思想。如李金发的象征主义、徐志摩的唯美主义、胡适的实验主义、鲁迅前期的进化论、郭沫若的泛神论等⑤，这些主义、思想、精神、理论既是他们的哲学观，在某种意义上又可以看成是他们的文艺观。萧军也不例外，

---

①　萧军：《萧军全集》第20卷，华夏出版社2008年版，第823页。

②　张毓茂：《萧军与毛泽东》，《炎黄春秋》2007年第9期。

③　毛泽东：《致萧军》，《毛泽东文集》第2卷，人民出版社1993年版，第364页。

④　萧军：《萧军全集》第19卷，华夏出版社2008年版，第345页。

⑤　主义、思想、精神、理论这四者没有本质上的区别，都是社会科学中不同时期的一种哲学概括，即指导，在范畴上"渐渐小而强"。

影响和指导他的是新英雄主义。新英雄主义的实质是革命英雄主义，它包含着萧军思想中的智慧因子，影响着他后期的文学创作和社会生活。新英雄主义是萧军价值体系的核心，是在特定的历史维度和文化结构中，为保持独立品性自觉抵制外来侵袭而形成的。在其发展成熟过程中，主要经历了思想建构和行为建构两个阶段。

一、新英雄主义思想建构

萧军的新英雄主义是特定历史环境的产物，是实现自我价值和自我认可获得成功的重要途径。它形成于多重矛盾之中，是解决各类矛盾、改造旧思想的成果，是萧军自身迸发出的道德律令，是自觉抵御外来侵袭的精神盔甲。新英雄主义的思想构建，经历了对原英雄主义的由解构到重构、由单一到多元的过程。这种从模糊到清晰再到成型的渐进发展可以散见于萧军的文章和日记中。

"新英雄主义"一词最早出现在萧军《也算试笔》一文中，文中写道："我是一个新英雄主义者，它的原则是——为人类，强健自己，竞取第一。"① 这是在公开发表的文章中所能看到最早的关于萧军"新英雄主义"的记述。可以看出，新英雄主义的服务对象是"人类"，方式是"强健自己"，目的是"竞取第一"。这里萧军虽没有指明"为人类"的范畴是什么，但却指出了新英雄主义的价值取向是"为人类服务"。这时期，作家的新英雄主义思想还很朦胧。在1942年6月26日的日记中，他写道：

> 针对着中国这落后的国民，新英雄主义是需要的，它对于市侩的机会主义，农民的自得自发性的保守主义，乡愿的"不求有功但求无过"的消极的懦怯的主义，"有饭大家吃""持众"的"随龙"的尾巴主义，陈腐的，缺乏朝气的混混主义……是一个革命。中国不用新英雄主义的精神改造一番，它将要是无望的改到别人。这是一种国民的——人类的——质底提高。我要做一个

① 萧军：《也算试笔》，《解放日报·文艺》1942年1月第1期。

这样的但始者。

……

在文学上由革命的浪漫主义到现实主义，到革命的古典主义；将以鲁迅的战斗精神，毛泽东、朱德等忍耐精神，以及马列精神方法，形成我新英雄主义的精神，以贯穿我一生。①

萧军在这段日记中回答了以下问题。第一，指出新英雄主义是对旧英雄主义的解构和重构的结果，即将解构后的旧英雄主义中的"机会主义""保守主义""懦怯主义""尾巴主义"和"混混主义"等落后因子剔除出来，然后辅以鲁迅的战斗精神，毛泽东、朱德的忍耐精神，以及马列精神方法，重构成萧军的新英雄主义精神。第二，指出这是对这些"主义"的一个革命，点出新英雄主义精神的实质是革命英雄主义。第三，表明新英雄主义的思想核心是鲁迅的战斗精神，毛泽东、朱德的忍耐精神以及马列精神。第四，将上文中的"人类"进一步落实到"落后的国民"身上。第五，声明自己在文学上受新英雄主义精神的指导。第六，指出这场革命是国民素质提高的必经之路。萧军要敢为天下先，这也是他新英雄主义的一种表现，是做了新英雄主义的一种表率。

值得一提的是，这一天的日记中有"继续写'英雄主义与观念论'"的记录，也就是说萧军当时正在写《英雄主义与观念论》这篇文章，但后来未见发表，大抵是没有完成，即使于 10 月份完成了，在当时延安的那种情况下——《文艺月报》被停刊，《解放日报》不给刊载——这篇文章也就没有机会发表。据笔者访谈时萧军之女萧耘女士证实，她没有见过这篇文章，因为"文革"中多次被抄家，"文革"后返还给萧军的资料中也没有这篇文章，所以《萧军全集》并未收录②。另外一个证据是在徐塞先生的"萧军著作年表③"中，也

---

① 萧军：《萧军全集》第 18 卷，华夏出版社 2008 年版，第 665 页。

② 电话专题访谈，有录音。

③ 徐塞：《萧军的文学世界》，春风文艺出版社 2008 年版，第 153—227 页。

无这篇文章的记载。相信如果有这篇文章的话，从题目上看，此文当是萧军对新英雄主义比较全面的论述，应是对新英雄主义精神的重要补充。

到 1943 年，新英雄主义的内涵被不断丰富。在 7 月 10 日的日记中有这样的记载：

> 由没落的个人反抗的封建主义倾向，转向了小资产阶级民主浪漫主义、英雄主义倾向，俄国式虚无主义，巴枯宁无政府主义，列宁、史塔林、孙中山……总之，影响我的不是主义，而是"人"。
> 由文学上的革命的浪漫主义，到社会主义现实主义，由旧英雄主义到新英雄主义——现在我是共产主义者，同时也是新英雄主义者。①

这则日记中，萧军为人们勾勒出了他思想变化的轨迹，即从封建主义到新英雄主义的过程。萧军没有刻意回避自己曾经有过的小资产阶级思想和英雄主义思想，同时指出新英雄主义就是对旧民主主义和英雄主义的改造结果。尽管萧军一再拒绝承认受"主义"的影响，声称主要是受"人"的影响，受世界上的所谓英雄人物的影响，这些英雄人物对其有示范的作用。但在最后宣称"现在我是共产主义者，同时也是新英雄主义者"时，无疑告诉世界，自己受共产主义的影响。需要指出的是，萧军将新英雄主义和共产主义等同是不大合适的，但同时也证明了萧军的新英雄主义和旧英雄主义是有很大差别的。至此，萧军的新英雄主义精神基本形成。

如果说 1942—1943 年这段时间是萧军新英雄主义的形成期的话，那么 1945—1946 年就是它的发展期。延安文艺座谈会之后，新英雄主义原则中服务对象的范畴则逐渐清晰起来，从"人类"到"国民"，最后明确为"为人民"，也就是工、农、兵。萧军在《目前东北文艺运动我见》中写道：

---

① 萧军:《萧军全集》第 19 卷，华夏出版社 2008 年版，第 164 页。

人类之所以能进步……"为人民服务，强健自己，竞取第一"这种新型的"英雄主义"，以及英雄们。只有用这种英雄主义，才能够打败那些反人民的假英雄、旧式英雄以至"个人"英雄主义或"英雄"……事实上，年来在军队，在农村，在工厂……这新型的英雄已经在大量产生了，还正在产生着，就是在文艺方面，也已经有了不少。这些文艺英雄们用了自己的作品，不独冲进了本国的"文艺坛"，而且已经冲进了世界的文艺坛，获得了相当高度的评价，为祖国挣得了光荣，这就是这种新型英雄主义所发生的效能。……不独要扶植新军……使这些新军成为新型的英雄主义者以至英雄，另一面也还要改造"旧部"……也要使他们成为终生为人民服务的新型英雄主义者或英雄们。①

文中不仅明确了"人类"即为"人民"，重要的是最终将"人民"明确为工、农、兵，并且指出新英雄主义中英雄的土壤是"军队、农村、工厂"。此时，新英雄主义不再是萧军自己的私产了，他将这种新型的英雄主义推及到更广阔的空间和对象身上，无论工、农、兵还是文艺坛，无论新兵还是旧部。至此，新英雄主义的实质、奋斗目标、价值取向、思想核心、表现形式都得以确定，思想建构基本完成。

二、新英雄主义行为构建

新英雄主义的核心概念是"英雄"，它是英雄的价值观，是英雄实现自身价值和自我认同的重要途径，它有自己独特的行为构建过程，它的行为建构主要经历了三个阶段。

第一个阶段是英雄的示范作用。在萧军的新英雄主义构建过程中，英雄的示范作用是关键的，体现在民族禀性和个体经验两方面。

民族禀性是一个民族历经几千年积累下来的民族共性，也就是民族精神。勒庞认为，"我们有意识的行为，是主要受遗传影响而造成

---

① 萧军：《目前东北文艺运动我见》，《东北文艺·创刊号》1946 年 11 月 24 日。

的无意识的深层心理结构的产物，这个深层结构中包含着世代相传的无数共同特征，它们构成一个种族先天的禀性"①。民族禀性是历史积淀下来的种族基因，是一种历史无意识，是人类共同的集体记忆。世界上各个民族都有崇尚英雄的心理，并有自己的英雄谱系。中华民族历史悠久，谱系中的英雄上自远古神话下至历朝历代，不可胜数。由于教育的普及和封建文化制度等原因，人们对英雄的认知和传播多以口耳相传的民间方式进行。谱系中的英雄又多来自民间，基本不为官方所认可和宣扬，如《水浒传》中反抗朝廷的梁山英雄、《七侠五义》中的草莽英豪等。然而这些英雄的故事在一代一代的口耳相传中，对一个民族精神的形成所起到的重要示范作用是无可估量的。哈布瓦赫说过，"一个民族或一个社会的记忆是对过去的重构"②，比如岳飞的精忠报国，刘、关、张的桃园结义，五鼠的大闹东京等故事，经社会的集体记忆重构后，这些英雄的行为内核便成了"忠"、"义"、"侠"，并成为中华民族精神的重要组成部分。而岳飞，刘、关、张和展昭等也就成为忠、义、侠的榜样。对于萧军，这种英雄的示范从小到大，如影相随。据萧军回忆，驴皮影和大鼓书等各类民间传说和历史故事，使他受到良好的民间"教育启蒙"，"对那些敢同恶鬼争高下、不向奸佞让寸分的英雄豪杰、绿林好汉、响马侠客，他都寄予了无限的尊敬与同情"③。岳飞、呼家将、杨家将、薛家将等英雄，大都有过反抗外族侵略的经历，是为国为民的，萧军的新英雄主义原则中的"为人类"和发展到后来的"为人民"或许就是由此而来的。

　　构成英雄示范的另一方面是个体经验，这是一种个体生活记忆。"个体通过把自己置于群体的位置来进行回忆，但也可以确信，群体

---

　　①　[法]古斯塔夫·勒庞：《乌合之众——大众心理研究》，冯克利译，中央编译出版社2000年版，第19页。

　　②　[法]莫里斯·哈布瓦赫：《论集体记忆》，毕然等译，上海世纪出版集团2002年版，第58页。

　　③　王科、徐塞：《萧军评传》，重庆出版社1993年版，第15页。

的记忆是通过个体记忆来实现的，并且在个体记忆之中体现自身。"①
从民族禀性那里继承来的英雄的示范在萧军的个人生活经历中不时出
现，这种个体经验也十分丰富。比如萧军认为"我生长的环境，只能
做军阀和土匪……"② 这是受他当"胡子"（东北地区称土匪为"胡
子"）、当义勇军的二叔、三叔的影响。因父亲的暴力他产生了反抗
思想，为反抗父亲的暴力、为不成为"靶子"，他开始习武，并将
"强健身体"作为新英雄主义的重要原则。萧军的父亲很崇拜安重
根，因为朝鲜爱国志士安重根在哈尔滨刺死日本的伊藤博文（时任日
本首相）。萧军曾说："尽管我们父子在别的方面彼此全有隔膜、距
离、差距……但在崇拜安重根这一点上却默默地统一起来了。"③ 安
重根的英雄示范作用，在萧军的民主主义思想和爱国主义思想的形成
方面，给他注入了不可忽视的力量。再后来，鲁迅、毛泽东和各国文
豪都成了萧军的英雄示范榜样。

　　第二个阶段是英雄行为的模仿。除却示范，英雄的行为还有传染
作用，这是模仿产生的原因。模仿和重复是心理暗示过程，是思想上
的模仿和重复。模仿是人的本性，尤其是对英雄的模仿。在新英雄主
义行为构建过程中，对英雄行为的模仿可分为想象的模仿和行为的模
仿，萧军是以"英雄的身份"去模仿的。在想象模仿上，因当时缺
少现实条件和思想模仿的土壤，致使大多模仿都没有成功，但这是有
别于"语言上的巨人"的。这类不断重复的模仿有"我是以义侠身
份参加革命的；我应为军阀或胡子；我要做文学上的'列宁'；我有
获诺贝尔奖的想法；我要去参加义勇军抗日；要去参加游击战；我不
仅要成为中国的第一，还要成为世界的第一"④ 等话语。在行为模仿
方面，对鲁迅精神的模仿到继承，对毛泽东的柔韧性和包容性的学习
和吸收，都取得了相对的成功。事实上，不管是想象的模仿还是行为

---

　　① ［法］莫里斯·哈布瓦赫：《论集体记忆》，毕然等译，上海世纪出版集团 2002 年版，第 71 页。

　　② 萧军：《萧军全集》第 20 卷，华夏出版社 2008 年版，第 831 页。

　　③ 萧军：《萧军全集》第 1 卷，华夏出版社 2008 年版，第 14 页。

　　④ 所引皆出自《萧军全集》之第 18、19、20 卷中不同时期的日记。

的模仿，这种模仿的不断重复，在萧军心中产生重要的暗示作用，使英雄的形象凸显并逐渐清晰，成为英雄的自信心和竞争意识得以加强。在这种情况下，模仿的功效已经不能满足模仿者的需要，情感的加速度使模仿者有了要做真正英雄的需求。"人们往往根据自己的智力做出判断，而其行动却受自己性格的支配。"① 对于萧军，尽管理性告诉他在一些特殊时候和特殊场合，他不适合做英雄，但他的暴烈的脾气和张扬的个性，却很快将他由模仿者转化为英雄的角色。

第三个阶段是英雄角色的扮演。在模仿和重复的基础上，理想中的英雄价值得到了自我的实现，现实生活中真实的英雄角色得以走上前台。英雄角色的成功扮演，是新英雄主义构建的最后一个环节。萧军是人格型英雄，他有一种独特的气质，这种气质属于劳动人民的，属于"好汉型"的气质。所以，坚持真实、正义，打抱不平，不怕牺牲，敢作敢为，仗义执言都成了这种英雄主义的特点。他在国统区和敌人斗争的方式上可以得到印证，"'武器'牛角尖刀一把，经常置于衣袋中。'资本'——脑袋一颗。'方法'——两手换"②。对敌人绝不手软，对朋友古道热肠，萧军的英雄行为不断表现出来。在国统区，怒骂汪精卫的讲话是放屁，单挑马吉峰和张春桥，蔑视阎锡山；在延安，为陈布文夫妇写证明材料，敢为王实味说话；"文革"中，拒绝写胡风的黑材料；"文革"后为丁玲写证明材料。虽自己仍蒙冤处在逆境中，仍不忘真诚地关心、帮助别人，不做任何落井下石的事情。最有代表性的英雄行为，是萧军敢冒众矢为文艺工作者说话，将自己放在一个文艺工作者代言人的位置上。1942 年 4 月 12 日，毛泽东写信给萧军，约他下午谈话。萧军在这天的日记中写道："我懂得了这大概是日间博古所谈那军人方面不高兴文艺作家写部队黑暗方面的事。我本想不参加这类事，自己旅行去算了，可是这又不可能，还得参加。我知道，如果我不参加，一些文人是要吃亏的，而且

---

① ［法］古斯塔夫·勒庞：《革命心理学》，佟德志等译，吉林人民出版社 2004 年版，第 191 页。

② 萧军：《淡淡的回忆》，《文化报》1948 年 3 月 26 日。

有些问题也不会得到解决。"① 正是在这次谈话中，毛泽东听取了萧军关于制定文艺政策的建议，决定召开延安文艺座谈会。萧军回东北之前，毛泽东最后一次找他谈话，萧军表示自己这次到哈尔滨是去挖东北青年头脑中坏思想的根，带着这个目的，萧军回到哈尔滨并创办了《文化报》，开始了东北解放区青年进行新启蒙的实践。萧军的新英雄主义精神在经过英雄的示范、英雄行为的模仿和英雄角色的扮演三个阶段后，最终得以建构。

新英雄主义的思想建构和行为建构是同步的，行为的构建来自思想的指导，反过来，思想的成熟又依靠行为来检验和修正，这从萧军文学创作的几个重要阶段可以得到验证。萧军在延安时期、哈尔滨时期和抚顺时期的散文和小说创作，都是在新英雄主义的思想指导下进行的。每个阶段的创作结束后，萧军都对下一个时期的创作思想进行了调整。如在延安的创作主要遵循的是鲁迅精神，重批评、暴露黑暗，表现在《论同志的"爱"与"耐"》等系列杂文和《第三代》的后几部。哈尔滨时期受鲁迅精神和毛泽东思想双核影响，批判和歌颂并举，两报论争时的文章就是例子。"《文化报》事件"之后，在抚顺时期，受双核心中的毛泽东思想影响较大，其表现是以颂扬为主，最具代表性的是小说《五月的矿山》。

第三节　新英雄主义与萧军的文学创作

萧军在文坛拥有的声誉和地位，除来自作家的创作天分和鲁迅的帮助外，还得益于他终身奉行的、已内化为其思想性格和美学风格的新英雄主义观念。新英雄主义是萧军固属的个性，其核心思想是鲁迅思想和毛泽东思想，双核心思想的英雄主义具有鲜明的个性，这种个性在生活中凝结为萧军抵御外来侵袭的掩心甲，在文学上则固化成独特的文学风格。自 1943 年萧军的新英雄主义观念形成之日起，他的

---

① 萧军：《萧军全集》第 18 卷，华夏出版社 2008 年版，第 598 页。

作品中便时时闪烁着新英雄主义的光辉。从萧军的小说和散文中可以清晰地看到新英雄主义的发展轨迹，以及双核心文艺思想对萧军文学创作的影响。

一、新英雄主义与散文

散文方面，除自传体《我的童年》、《从临汾到延安》、《忆长春》和《哈尔滨之歌》外，最能体现萧军新英雄主义精神的就是杂文。萧军是一个游侠类的斗士，他曾在 1947 年 3 月 4 日的日记中说："……我只有一个愿望，我不愿被什么所战败！我永远要做个战胜者！……要行动，要战斗，要征服，要坚持……就是我一生的为自己而立的箴言。……一直追求真理而战斗……"① 他恪守着战斗的格言，用从鲁迅先生那里继承来的独特的战斗性文体驰骋在现代中国的文艺坛，向旧的社会制度、反动文人，向革命文艺内的宗派主义、关门主义、官僚主义亮剑。

萧军的散文创作颇丰，从 1929 年 5 月在沈阳《盛京时报》发表《懦……》起到 1984 年的 55 年中，在各类报刊上共发表了 549 篇散文②。其中杂文 273 篇，占总数的一半。萧军对杂文的重视和偏爱可窥一斑。以 1937 年为界，这之前萧军的杂文共 15 篇，其中只有《欺骗恫吓》和《小亡国奴》等两三篇杂文是站在时代的前沿来揭露国民党反动统治的，其余的篇什都是一些对国民陋习进行批评的小品文，文章的战斗性不够强，如《漫记——关于骂》、《漫记——出卖》等。1937—1940 年这段时期共创作杂文 89 篇，这时萧军的新英雄主义精神还没有正式提出，但从其日记中可以看出，他已经在思考新英雄主义，潜意识里已经受这种新英雄主义的指引。萧军在《谁该入"拔舌地狱"》一文中谈到，"鲁迅没有为了'自己'骂过一个人；也没有为了自己骂过一件事物。他骂的是这社会上的'不合理'的事

---

① 萧军：《萧军全集》第 20 卷，华夏出版社 2008 年版，第 11 页。
② 不包括自传体散文集《我的童年》、《从临汾到延安》、《忆长春》和《哈尔滨之歌》以及书信体的散文集《鲁迅给萧军、萧红书简辑存注释录》、《萧红书简辑存注释录》。

物和思想底本身，以及积极、消极、直接、间接……执行、拥护这不合理的思想、不合理的事物底人们。"①鲁迅的杂文是"嬉笑怒骂皆成文章"，他的"骂"不是为自己而是为大众。受鲁迅先生的影响，萧军的文章不再是仅仅拘于身边的生活琐事或个人的是非恩怨，而是上升到了阶级、民族的高度。这一时期，一方面，他高举鲁迅的旗帜，宣扬鲁迅的韧性战斗精神，著文批评那些攻击、污蔑鲁迅的国民党右翼文人，如《死者的血债》、《奴隶文学和奴才文学》、《阴险者流》、《不够朋友论》、《杀无赦的精神》，等等。另一方面，揭露国民党的丑恶嘴脸和卖国行径，如《和平解决》、《不是战胜就是死亡》、《第几个"九一八"了?》、《中国的报告文学和神秘的中国》、《有何脸面相见? ——兼致日本真正为正义和真理而战的作家》、《从日本说到中国，再说"中国是愿意进步的吗?"》等文。这一时期，他的创作不再是为了个人，而是为了整个民族、为了人类，单在这一点上，就已远远超出了传统英雄主义的范畴，"为人类"奋斗正是萧军新英雄主义的一个重要特征。

　　然而，此时萧军的新英雄主义观念毕竟没有形成，只是模模糊糊地存在，新英雄主义还处在不自觉运用的阶段。所以，他的不少作品还是受传统的、个人的英雄主义影响较多。萧军就曾因成仿吾批评《八月的乡村》而做《有所感——关于一本"不够真实"的书》来回敬对方，讽刺成仿吾"是'创造社'的健将，和郭沫若等曾围剿过鲁迅。据说鲁迅的'转变'也还是这围剿的功劳"②。也曾因鲁迅的死因和自己哀悼鲁迅的表达方式被批评而著文诘问郭沫若："为了承继这'不灭的光辉'，'哭丧婆子式'的'××式''××式'等等固然是要不得的，而躲在一角说空头大话，摆大旗……之类这样一九三×年×式的战斗者，我以为也是要不得的。不知郭君以为然否?"③对于此，萧军认为这是个立场问题：是站在中国人民大众的立场，还

---

① 萧军：《谁该入"拔舌地狱"》，《大公报·战线》1937 年 10 月 19 日。

② 萧军：《有所感——关于一本"不够真实"的书》，《中流》1937 年第 2 卷第 9 期。

③ 萧军：《致郭沫若君关于"不灭的光辉"》，《报告》1937 年第 1 卷第 1 期。

是站在日本帝国主义、国民党反动派的立场？文风泼辣、耿直，言辞犀利，咄咄逼人。为此，郭沫若也发表《答田军先生》，解释事情经过，指出"在'战斗'的时期，摇旗呐喊也有必要，而做得技巧一点，倒也无伤乎'瓦全'"①。回击了萧军的批评。从这一时期的杂文作品中可以清晰地看到传统英雄主义对萧军的影响正在减弱，新英雄主义的影响正在增强。

1942 年到 1948 年间，是萧军新英雄主义的成熟期。从 1942 年 1 月第 1 期在《解放日报·文艺》上发表的《也算试笔》中提出新英雄主义，到 1946 年 3 月 12 日在《东北文艺》刊载的《目前东北文艺运动我见》中将人民确定为工农兵，新英雄主义已逐渐成熟，思想核心也由鲁迅思想的单一主体过渡成鲁迅思想与毛泽东思想共存的双核心思想。本时期萧军的杂文主要分为三类，分别体现着新英雄主义的坚持正义和对真理的执着追求、坚持斗争不断进取和为工农兵服务三个方面的特征。

一是坚持正义、追求真理，主要表现在萧军对革命文艺内部的宗派主义和关门主义批判的杂文中。延安时期，歌颂和暴露等问题上的分歧致使"文协"和"文抗"成为对立的两派，宗派主义、关门主义表现明显。党对延安知识分子进行改造时，萧军不属于任何一派，也不是共产党"家族内"成员。正如丁玲所说的那样，"他什么派也不会参加，他就是萧军派"②。对于延安的不良现象，萧军本着说实话、讲正义、求真理、促团结的立场出发点写了一系列杂文，如《论同志的"爱"与"耐"》、《杂文还废不得说》、《文坛上的"布尔巴"精神》、《对当前文艺运动之我见》、《作家面前的坑》等。这些文章多发表于延安文艺座谈会之前，与 1940 年之前的风格相近，受鲁迅思想影响较多，仍然保持着鲁迅杂文的遗风。这些杂文言语间常伤人情感，虽然出发点是好的，却难以使人接受。对于"暴露"和"歌颂"问题，萧军在延安文艺座谈会上发言认为，"党内人士、非党人

---

① 郭沫若：《答田军先生》，载于 1937 年 1 月 25 日上海《大晚报·火炬》。

② 丁玲：《丁玲全集》第 8 卷，河北人民出版社 2001 年版，第 78 页。

士、进步人士是一家；政治、军事、文艺也是一家。虽说是一家，但它们的辈分是平等的，谁也不能领导谁。我们革命，就要像鲁迅先生一样，将旧世界砸得粉碎，绝不写歌功颂德的文章"①，受鲁迅影响极深。

二是为人民——为工农兵服务，主要表现在萧军对新启蒙的提倡的杂文中。延安文艺座谈会以后，特别是萧军到乡下刘庄的经历让他认识到自己的任务和价值。这种"改造"终使萧军清醒，主动向胡乔木提出回城并要求入党。此时，双核心的新英雄主义开始向毛泽东思想方向倾斜。这之后萧军创作发表了多篇关于东北问题的启蒙文章，如《新"五四"运动在东北》、《再来一个"五四"运动》、《"新启蒙"运动在东北》、《再谈东北问题》、《东北文艺运动之我见》、《青年问题和文化报》等。这些杂文既有思想上的启蒙，又有文化方面的启蒙。同时，为了配合理论启蒙，萧军还创办《文化报》进行实践启蒙。总的来说，这时期萧军的新英雄主义创作主要受毛泽东思想的影响。

三是坚持斗争、不断竞争，主要表现在哈尔滨《文化报》和《生活报》论争时期所作的杂文。鲁迅曾经对萧军说过，我们"现在需要的是斗争的文学"②。产生于左联时代的宗派主义在哈尔滨不但没有被消灭，反而越来越强盛。为了同党外知识分子萧军争夺文艺舆论阵地，争夺对人民群众的领导权，《生活报》刻意曲解萧军的文章本意而引发两报的论争。《风风雨雨话王通》、《夏夜抄》系列、《古潭的钟声》系列、《谈萧军的"九点九"与〈生活报〉的"零点一"》等文就是在这种情境中发表的。出于对宗派主义的痛恨和对个别思想狭隘党员的厌恶，萧军运用从鲁迅先生那里继承的韧性的战斗精神，不断竞取，同《生活报》论争。尽管如此，萧军最终还是以大局为主，放弃个人得失，服从东北局对他的处理决定。哈尔滨时期，双核心思想的天平又倾向了鲁迅。

---

① 杜忠明：《延安文艺座谈会纪实》，中央文献出版社 2012 年版，第 24 页。
② 鲁迅：《致萧军》，《鲁迅全集》第 12 卷，人民文学出版社 1981 年版，第 532 页。

二、新英雄主义与小说

　　萧军的小说创作始于《跋涉集》，他是以一个小资产阶级知识分子的视角来看待阶级对立现象的，劳动人民萌芽状态的反抗意识因此进入他的书写范围。萧军如游侠般闯入现代文坛，独特的民间启蒙使其具有很深的英雄主义情结，这情结也将他的小说打上了英雄主义的烙印。与散文一样，萧军的小说创作也有一个从英雄主义到新英雄主义的转化过程，这一转变在《八月的乡村》、《第三代》和《五月的矿山》三部长篇中有着清晰的脉络。这三部小说，如果说前两部是萧军英雄主义无意识参与下的书写，那么《五月的矿山》则是作者新英雄主义有意识的创作。

　　萧军的新英雄主义理想集中体现在小说的人物身上，这些小说塑造了一批鲜活的形象。如《八月的乡村》中胡子出身的铁鹰队长、小资产阶级出身的萧明、农民出身的唐老疙瘩、李三弟等；《第三代》中的井泉龙、林青、土匪海交、半截塔、刘元；《五月的矿山》中的鲁东山、张洪乐、杨平山、林风德、艾秀春等。总的来说，可以分成旧式英雄群像和新儿女英雄谱系。旧式英雄群像中又分为三类，即知识分子群像、农民群像和胡子群像。知识分子群像中的人物不多，主要有安娜和萧明，他们都是顺应时代的要求走上抗日救国道路的英雄。尤其是萧明，他热爱革命、相信革命，并不是懦夫和叛徒，但是革命的信念竟然被恋爱和革命的矛盾击碎，为了个人的私欲最终放弃了对队伍的领导、放弃伟大的革命事业，这种极端自私利己的"思想面貌基本上反映了中国广大知识分子对待革命的态度"①。胡子群像中的人物较多，如红胡子出身当过兵又参加义勇军的铁鹰队长，他勇猛、机智、敏捷，具有很强的领导才能，使敌人闻风丧胆。农民出身的海交、半截塔、刘元等土匪，与农民有着天然的血缘关系，同传统意义上的胡子有很大的区别，这些人当胡子完全是被旧社会逼迫的。所以，他们为匪而不乱杀，占山而不扰民，忠肝义胆、义薄云

---

① 徐塞：《萧军的文学世界》，春风文艺出版社 2008 年版，第 11 页。

天，在他们身上体现出浓郁的个人英雄主义精神。尤其是海交和刘元，两代土匪有着相同的命运，最终连胡子都当不成，他们的结局预示着被逼上梁山的农民面临的终是绝路。萧军笔下的土匪形象与同时代的其他作家，如端木蕻良、梁山丁等人笔下的土匪截然不同，有着萧军固有的独特审美情趣和美学风格。最后一类群像是农民，表明了萧军对农民命运的热切关注。李三弟、唐老疙瘩、井泉龙、林青等人被作者塑造得有血有肉。唐老疙瘩健壮勇敢，但为救倒下的情人敢于离开队伍就死；默默无闻的李三弟能在部队危难之时担负起领导重任；倔强，具有路见不平、拔刀相助性格的义和拳老英雄井泉龙，敢于面对地主无所畏惧；还有乐天而叛逆、足智而多谋，关键时刻带头请愿的林青，强权下不低头的翠屏等。这些人物身上都有一种强烈的反抗性格和叛逆精神，萧军着重揭示了他们反抗意识的觉醒，挖掘他们历史深层结构积淀下所形成的文化基因。上述人物的反抗行为大都是被迫的，是个人主义的。尽管有些人的行为，如井泉龙敢于顶撞地主杨洛中与其为敌，林青带头请愿有为群众争得利益的表象，但是这些仅仅是作家无意识的描写，而不是新英雄主义有目的的指导。

　　萧军的小说中，最能代表新英雄主义的人物是工业题材小说《五月的矿山》中的新英雄儿女谱系中的人物形象。这里有新中国第一代矿山领导、老一代煤矿工人和新一代模范矿工。作为矿山领导，严和、骆刚夫以及裴玉峰都曾经历过革命烽火的洗礼，有着丰富的斗争经验和革命热情，但却不熟悉新中国的工业建设，摸着石头过河，边工作边探索。严和工作能力强、讲原则、待人随和、为人宽厚、善于挖掘人的长处，是党的工人阶级的领路人。骆刚夫为人大度、无私，具有广阔的革命胸怀。裴玉峰年轻有为，长于思想工作，拖抱病之躯，大公无私。这些人都是矿山党的好干部形象，在新一代矿山领导的身上，体现出了他们旺盛的革命意志力和强烈的革命英雄主义精神。老一代的矿工代表是杨春，这个走过冬天迎来春天的老煤矿工人，新社会的矿山生活仿佛为他残疾的身体注入了新的活力，他参加培训、参加代表大会，提高觉悟。他情系矿山，60 岁仍申请下坑号头，坚信"人对于自己所愿意进行的工作，所愿意进行的战斗，这工作和战斗将是唯一美丽的、愉快的"①。在新英雄儿女谱系中，萧军着墨最多的是新一代的矿山主人——鲁东山、张洪乐、杨平山、林风德、艾秀春等劳动模范。这是一群具有崇高思想品质的先进工人，在他们身上寄托了萧军新英雄主义的革命理想。他们个个公而忘私，将自身的利益和矿山的利益结合在一起，与矿山同呼吸、共命运，其自我价值的实现即是获得最高的革命利益。他们"每个人几乎全要把自己底根，在这矿山四周的土地上深深的埋下来，开花结果"②。他们的无私境界几乎是一种极端，杨平山固执地坚持先入党、入团之后才能结婚，张洪乐的妻子生产时他却不在身边。最能代表萧军新英雄主义精神的鲁东山，为实现这种自我价值，不顾特务的谣言、落后群众的嘲讽、领导的官僚而拼命工作，甚至连送病中的女儿上医院的时间都没有，致使女儿夭亡。最后在其不懈的努力和党的培养下，鲁东山终于成为一名光荣的共产党员。这些优秀的矿山儿女，被萧军注入了英雄主义灵魂，成了社会主义新中国工业建设的排头兵。

萧军作品中没有理想化的人物，这些新英雄主义人物的形象，并非是高大全。作家也刻画了他们身上与自身的无私境界不协调的一些缺点和不足，这缺点和不足是英雄人物在发展成熟过程中不可回避的问题。但正是这样的描写才使得这些新英雄主义的形象有血有肉，更加丰满。除新英雄儿女谱系外，作品中还塑造了一批反面形象如皮长寿、胖股长、谢志敬、牛必行等人，不过他们只是英雄儿女们的衬托、反官僚主义的靶子，作者力图通过先进和落后思想的比较和冲突，来展现新时代工人阶级的英雄姿态。

萧军的新英雄主义具有双核心思想，毛泽东文艺思想和鲁迅文艺思想各占半分。与同时期其他知识分子不同，有些作家在新中国成立前言必谈鲁迅，奉之如神明，而在党对知识分子思想改造后谈到鲁迅，却唯恐避之不及。萧军则不然，延安文艺座谈会之前萧军完全受

---

① 萧军：《五月的矿山》，《萧军全集》第 4 卷，华夏出版社 2008 年版，第 105 页。
② 同上书，第 97 页。

鲁迅思想的影响，鲁迅是他的精神导师。座谈会后，由于文艺界整风和与毛泽东的亲密接触，萧军开始接受马克思主义和毛泽东思想，直到新中国成立前，鲁迅对其影响都要大于毛泽东。新中国成立后，毛泽东对其影响的比重加大，但是萧军并没有放弃鲁迅思想。他一方面用马克思主义、毛泽东思想、党的文艺政策改造自己，另一方面不忘高举鲁迅精神的伟大旗帜。他是一个用两种文艺思想历练出来的文化斗士。这种拥有双核心思想的新英雄主义，在文学创作上表现出的是暴露和歌颂的二元对立统一。

萧军擅长揭露旧制度的黑暗，像鲁迅一样用手中的笔作为手术刀给旧中国腐烂的肌体动手术，挖去烂肉。在国统区，他批判旧的社会制度，暴露国民党的黑暗反动统治；在解放区，他敢于批判不良现象和宗派主义行径。与众不同的是，萧军在批判黑暗的同时不忘歌颂光明，他还是一个歌颂新社会新生活的作家。延安文艺座谈会之后，萧军受毛泽东讲话的指引，新英雄主义的文艺创作有意识地转向歌颂光明。事实上，并不是所有暴露旧社会黑暗的作家都歌颂新社会，他们乐于批判、暴露旧社会的黑暗，可当新社会建立后，他们思想上也有与新社会不适应的地方，于是或失望或回避，苏联作家高尔基、中国五四时期的翻译家林纾即如是。与他们不同，萧军却是中国现代文学史上为数不多的一个特殊存在。他既能批判黑暗，又能歌颂光明，是一个敲响旧社会丧钟的同时又吹响新社会号角的歌者。这样，暴露黑暗和歌颂光明这组对立矛盾在萧军新英雄主义思想的双核心——鲁迅思想和毛泽东思想的指导下，实现了二元的对立统一。萧军在创作了反映矿山生活的工业题材小说《五月的矿山》之后，加上先前描写农民的代表作《第三代》和军事题材的成名作《八月的乡村》，真正实践了他新英雄主义的奋斗目标——"为人类、为人民、为工农兵"服务。

第四节　新英雄主义的时代反思

萧军作为东北作家群的领军人物，人们每每谈到这个由鲁迅先生当面向埃德加·斯诺郑重推荐，纳入"自1917年的新文学运动以来中国涌现出来的最优秀的作家"的时候，除了赞叹其反映时代精神、民族命运的作品的思想和艺术成就外，几乎都不忘对其让人津津乐道的独特性格、磊落品格、高尚的人格加以品评。这种本色性格在萧军文学作品和社会生活中的表现就是新英雄主义精神，它是萧军独特个性高度集中的概括。

新英雄主义虽然打有萧军的专属烙印，但是这种精神在同时代其他作家身上也存在，尤其是在左联作家身上。他们与萧军有着相近的人生经历或个性，并且都或多或少受到这种精神潜移默化的影响。同萧军一道被称为"延安四怪"的王实味、冼星海、塞克三人，他们独特的个性几乎是同出一处。同为鲁迅弟子的胡风，无论是在"现实主义"的论争中还是在蒙冤受难时，都坚持真理不肯低头。丁玲在上海时期虽然结识了不少共产党员，但是她根本不提入党的要求。"二十年代初期，在平民女校和上海大学，因为看不惯几位共产党员的夸夸其谈，当时又不能把党的整体组织与个别人的不良作风冷静区分，她甚至因此而疏远了党的队伍。"① 这种认识使丁玲在中国共产党敞开的大门之外整整徘徊了十年，与萧军的入党历程简直有异曲同工之妙。这些作家在坚持真理问题上，在大是大非面前，以执着的信念保持着中国知识分子独立、自由的品性。此外，萧军的新英雄主义精神也或多或少、直接或间接地影响着身边的东北作家群的朋友，如舒群、罗烽、白朗、方未艾、陈隄、关沫南、金人等人。不仅在生活中，这种影响还表现在文学创作上，很多人都是从萧军的作品中解读出了这种英雄主义，并被其粗犷的文风感染，成为萧军的崇拜者。

"文学评论也罢，人物评论也罢，总是不能脱离历史而作孤立的评价。"② 对萧军本人是这样，当然对影响他后半生的新英雄主义也一样适用。对待新英雄主义，用一分为二的方法来辩证分析，可以看

---

① 宗诚：《丁玲》，中国华侨出版社1999年版，第66页。

② 骆宾基：《点点滴滴忆犹新——为了悼念萧军先生》，载《东北文学研究史料·萧军纪念专辑》1988年第7期。

到在不同的历史时期、不同的社会政治环境中，新英雄主义为萧军带来了不同的影响，既有积极的一面，又有消极不利的一面。

一、新英雄主义的进步作用

新英雄主义既是萧军思想价值体系的核心，同时也影响着他的人生观和文艺观，对萧军的人生有重大指导意义。从延安时期开始到走完人生旅程，新英雄主义精神一直陪伴着他，是他坚持自我、不断竞取、勇于同外来侵袭做斗争的思想武器，是萧军坎坷人生的精神食粮。新英雄主义精神的进步性主要表现在：

第一，帮助萧军建立正确的价值观。英雄主义贯穿萧军的一生，以 1942 年为界，之前受传统英雄主义的影响，之后受新英雄主义的影响。在受传统英雄主义思想影响时，人的价值追求是以个人名誉或利益为主。尽管受旧民主主义思想的影响转向了为人类奋斗，但是这一概念还是模糊不清的。在新英雄主义精神形成的过程中，这一概念从民主主义的为人类到共产主义的为人民，再到毛泽东思想的为工农兵，萧军的价值观得以最终确立，为人民——工农兵服务的奋斗目标成为了萧军一生的追求。

第二，帮助萧军确立正确的人生观。萧军的新英雄主义在形成的过程中，不断地修正他的人生观。从早期的立志武力救国到安心文化救国到最后的献身无产阶级文化事业，萧军的人生观发生了很大变化。萧军的新英雄主义具有双核心思想，其一是鲁迅精神，其二是毛泽东思想。萧军一生坚持继承发扬鲁迅精神，走鲁迅的道路。他曾说，"鲁迅先生只走了半段党外共产主义的路，我继承它，除开走下来后半段党外的路，更进一步，后半段必须走进来，否则将不合历史发展规律"[1]。萧军继承鲁迅精神的同时也坚持了鲁迅所走的道路，加之毛泽东思想的教育，最终将共产主义作为自己的人生终极理想。在萧军后半生的坎坷道路上，"他始终坚信马克思主义，一贯拥护中国共产党的政治理想，以鲁迅先生战斗的硬骨头精神和治学为人的态

---

[1]　萧军：《萧军全集》第 20 卷，华夏出版社 2008 年版，第 275 页。

度，指导自己的一切"①。

第三，影响和指导萧军的文学创作。英雄主义对萧军的创作影响极大，在其受传统的个人英雄主义思想影响时，文学上表现的个性创作风格和个人英雄的气质相吻合，于是文学上产生了《八月的乡村》这样的作品，生活中成为传承鲁迅精神的旗手。当从旧英雄主义中剥离出来成为新英雄主义者的时候，这种精神个性又渗入《第三代》和《五月的矿山》中，在这两部作品中的人物身上，寄托了作者浓厚的新英雄主义情结。此外，新英雄主义还在东北新启蒙运动中直接影响了《文化报》的启蒙，导致了"双轨道启蒙"方式的产生。

第四，它是萧军抵御外来侵袭的精神盔甲。无论是在延安时期、哈尔滨时期还是"文化大革命"时期，新英雄主义都是萧军坚持斗争、维护尊严的精神武器。在延安，萧军坚持鲁迅杂文风骨敢于暴露黑暗，为王实味仗义执言独斗宗派势力，也因此被严文井批成"俨然以文化界、文艺界的代言人自居"②。"东北事件"中，刘芝明曾把自己写的文章给萧军看并问觉得怎么样，萧军坦率地回答"不怎么样！"接着说：

> 若是我批判萧军就不这么写。你把萧军比作什么狼、虫、虎、豹、鹰等猛禽山兽，但凶兽毕竟不是巴儿狗！你还记得吗，鲁迅说过，"自己的血肉宁愿喂鹰喂虎，也不给巴儿狗吃，养肥了癞皮狗乱钻乱叫，可有多么讨厌！"……后来，刘芝明问萧军："你和共产党玩什么硬骨头！"萧军反问："难道共产党就需要缺钙质的软骨头吗？"③

在和刘芝明的对话中，萧军用犀利的语言驳斥反击对方，维护了自身的尊严。在"文革"中他铮铮铁骨、不畏强暴、宁折不弯的英

---

① 陈隄：《萧军的一生》，载《东北文学研究史料》1988 年第 7 期。
② 严文井、公木：《萧军思想再批判》，《文艺报》1958 年第 7 期。
③ 张毓茂：《萧军传》，重庆出版社 1992 年版，第 270 页。

雄品质使红卫兵对他也不得不另眼相看，不敢胡来。这种对自身尊严的维护简直和阿基米德的"别碰我的圆"是一样的。在对待丁玲、胡乔木、周扬以及刘芝明等个人的恩怨上，萧军表现出的是大气、包容和相逢一笑泯恩仇。从这类不胜枚举的事件中足以看出，此时的萧军已经把鲁迅的硬骨头精神与毛泽东的韧性和包容精神，完全融入了自己的新英雄主义中了。

萧军不但自己对新英雄主义情有独钟，还积极向社会推广新英雄主义。萧军提议将新型英雄主义，从文艺方面推广到军队、农村、工厂等各个部门，从《目前东北文艺运动我见》这篇文章中可见萧军对新英雄主义的喜爱程度。

二、新英雄主义的历史局限

产生于延安时期的新英雄主义，本身就是一个折中的思想产物。是萧军为排定影响自己的鲁迅精神和毛泽东思想主次地位，运用"半步主义"方法合成的，"双核心思想"就是在这种历史情境中提出的。虽然产生在特殊背景下，但是新英雄主义精神却迎合了当时的政治历史环境，适应了当时的政治文化土壤，帮助萧军解决了很多难题。这里面既有偶然的原因，又有必然的因素。

总的来说，萧军是受益于新英雄主义思想的，这种思想自身有一定的进步意义。然而新英雄主义毕竟是脱胎于传统英雄主义，并与之有着千丝万缕的联系，所以也有着自身的历史局限性。当社会历史环境发生变化时，新英雄主义的不足也开始显露。如当个人受到重大打击或无法调和生活与现实的矛盾时，小资产阶级的个人主义、个人英雄主义和冒险主义又会抬头，来侵袭新英雄主义的肌肤。此时，新英雄主义便会有不团结、不顾大局、是非观念淡泊等表现。尤其是在萧军孤军奋战时，英雄的孤寂使他对个人主义产生旧情。当对待温情时，从小失去母爱和家庭温暖的个体记忆也常常让他英雄气短，这在对待秦友梅事件（详见后文）上体现得十分明显。

历史是生产悖论的工厂，利与弊、对与错总是相随而生。尽管打有萧军烙印的新英雄主义精神，对萧军的创作和生活有重要的指导意义并且利大于弊，但是却因为它形成的时间、地点、所处的时代环境而显得不合时宜，几乎从它萌芽的那天起，就预示了拥有它的英雄的悲剧性结局。鲁迅曾经说过，"天才并不是自生自长在深林荒野里的怪物，是由可以使天才生长的民众产生、长育出来的，所以没有这种民众，就没有天才"①。同样，一种思想的存在也需要产生和养育它的"土壤"。当时的中国并不是游侠时代，张扬个性、坚持个人立场的新英雄主义是很难被时代接受的。这是因为一方面，个性解放强调个体作用的思想只是在五四时期有过短暂的辉煌，接下来就为政治的救亡所湮灭。到了延安时期，个体服从集体的原则又使个体失去自身主体性。可以说，萧军的新英雄主义从诞生伊始就显得比较被动和无力。另一方面，萧军是小资产阶级知识分子出身，毛泽东对小资产阶级知识分子的评价是"小资产阶级最容易变，有时他神气十足，把胸膛一拍'老子天下第一'；有时就屁滚尿流"②。基于这种评价和判断，小资产阶级被教育、被改造的命运就成了必然。萧军也不例外，他的新英雄主义也就失去了其抵御外来侵袭的功用。

性格是一个人个性的固有形式。新英雄主义是观念、欲望和感情综合作用的产物，是萧军后半生性格的集中概括，它像冰山一样单纯、透明，望去便能看到它的全部，即使是杂质也绝不隐藏，甚至是水下的部分也要显露出来给世人。为了理想它拥抱光明，最终将自己融化在革命的海洋里，将杂质还给泥沙，将清水献给人民。

---

① 鲁迅：《鲁迅全集》第 1 卷，人民文学出版社 1981 年版，第 166 页。
② 毛泽东：《在中国共产党第七次全国代表大会上的口头政治报告》，《毛泽东著作选编》，中共中央党校出版社 2002 年版，第 310 页。

第二章

萧军与东北新启蒙运动

萧军在哈尔滨时期的文学和社会活动，应归属东北新文化运动，是新启蒙思想的实践活动。萧军新英雄主义的奋斗目标是"为人民"——"为工农兵"服务，知识分子实现这一目标的最好途径莫过于走思想启蒙的道路。萧军在步入文坛伊始就在启蒙主义的影响下，不断实践，不断摸索前行。师从鲁迅后更是高举"五四"启蒙大旗，通过20世纪30年代的新启蒙运动和延安时期对知识分子的思想改造，经毛泽东思想的重塑，萧军加深了对新启蒙思想的理解，在新英雄主义双核心思想的指导下，逐渐形成了对新启蒙的独到见解。1946年，回到东北后的萧军通过演讲、写文章、办报刊和学校等形式来实践这种新启蒙思想。他主办的《文化报》与《东北日报》、《东北文艺》、《生活报》等党的刊物一同成为刚刚解放的东北文化思想启蒙的主要阵地。

然而在哈尔滨统一的启蒙阵营中，萧军所理解的新启蒙思想常常与党的主流启蒙思想发生摩擦并生成不和谐的杂音。萧军的新启蒙思想既单纯而又复杂，说它既单纯是因为它是对延安启蒙思想的移植，而复杂是指这种启蒙初看和党的主流文化所宣传的由20世纪30年代末期的爱国救亡启蒙转化而来的政治革命启蒙并无二样，但仔细研究却会发现，除了对20世纪30年代新启蒙运动的继承外，其新启蒙思想更多的是对五四启蒙思想的翻新和重读。与《生活报》相比，二者的不同在于《生活报》等刊物更重视政治革命启蒙，而《文化报》则更重视文化革命启蒙。

萧军的新启蒙走的是双轨路线，如果说"里道"是五四文化启蒙思想，那么"外道"就是政治革命启蒙思想。萧军本人既是启蒙者

又是被启蒙者，他受五四启蒙思想影响极深，所奉行的一直是五四启
蒙思想。萧军实际是反对五四文化启蒙和政治革命结合的，但是在特
殊的政治环境下，尤其是在延安经历思想改造后，一方面因为自身的
爱国思想确实支持这种救亡启蒙，另一方面为了生存、为了保存自我
本色而不得不向政治低头。在实行了"半步主义"后，萧军的启蒙
思想开始向新启蒙思想靠拢。对于新启蒙，萧军有自己独到的见解。
《文化报》上的新启蒙的实践，既不是革命救亡的单一继承，也不是
五四启蒙的简单再现，而是将这种新启蒙的"新"体现在由五四时
期简单的反帝反封建、反传统文化转向反蒋、反伪满文化，是一种新
的反帝、反封建的细化；由单纯宣扬民主、科学转向了对马克思主义
和共产主义的介绍及普及。虽然如此，萧军在启蒙的实践上还是有意
无意地加大文化启蒙的比重，淡化革命启蒙。这就引起党的主流启蒙
文化领导者，尤其是谙熟毛泽东对五四启蒙态度的领导者的不满。因
为毛泽东对五四启蒙运动一直存有矛盾心理，他更感兴趣的是反抗行
为而不是叛逆思想，认为知识分子必须抛弃五四批评一切的观念，学
会和工农兵打成一片。毛泽东认为知识分子的运动它的"失败是必然
的"[1]。虽然《文化报》"这类非学术性的刊物，在当时如同空谷足
音，既反映了当时社会的生活状况，又推动了不同社会阶层的思想活
跃"[2]，又对刚刚光复的东北人民蒙昧主义加以启蒙，但其还是为主
流政治启蒙所不容，这也是萧军被批评、《文化报》被停刊的一个重
要原因。最终，随着《文化报》被中共中央东北局宣传部的停刊，
萧军的东北新启蒙实践也戛然而止。

第一节　启蒙精神的原始构建与正本清源：
五四启蒙和新启蒙

　　现代"启蒙"思想起源于 18 世纪的欧洲，对于"什么是启蒙"

---

① ［美］薇拉·施瓦支：《中国的启蒙运动》，李国英等译，山西人民出版社 1989 年
版，第 314—315 页。
② 陈乐民：《启蒙札记》，生活·读书·新知三联书店 2009 年版，第 25 页。

这一问题，迄今最著名的回答是康德在 1784 年应策尔纳请求而撰写的论文——《对这个问题的一个回答：什么是启蒙？》。在这篇文章中，康德指出：

> 启蒙就是人类脱离自我招致的不成熟。不成熟就是不经别人的引导就不能运用自己的理智。如果不成熟的原因不在于缺乏理智，而在于不经别人引导就缺乏运用自己理智的决心和勇气，那么这种不成熟就是自我招致的，Sapereaude（敢于知道）！要有勇气运用你自己的理智！这就是启蒙的座右铭。①

从这段论述中可以看出，康德认为启蒙就是要求"人"要坚信自己，有勇气运用理智将自己从蒙昧中解放。在康德回答"启蒙"问题的同时，摩西·门德尔松、约翰·格奥尔格·哈曼、弗里德里希·亨利希·雅阁比、克里斯多夫·马丁·威兰、卡尔·巴尔特等众多德国重要知识分子都参与了"什么是启蒙"的讨论。虽然众人对启蒙与封建、启蒙与宗教、启蒙与政治等问题看法不一，但是在启蒙的理性自由、理性批判这一点上却达成了共识。随着法国大革命的爆发，"启蒙"这个地地道道的德国问题引发的启蒙思想，从最初影响德、法、英等国漫布到整个欧洲，甚至影响到全世界。

中国现代启蒙思想虽然是从欧洲进口的"精神食粮"，但"启蒙"一词对中国人来讲并不陌生，中国人提出传统的启蒙思想已有近三千年的历史，早在周朝就有了启蒙的观念。"汉代应劭（约 153—196）《风俗通》的《皇霸》篇云，'每辄挫衄，亦足以祛弊启蒙矣。'是为'启蒙'一词之首见"②。其核心内容是除却蒙昧，使理智得以彰显。与小学、大学并列的"蒙学"是中国传统的儿童启蒙教育，这在传承文化和普及教育方面具有重要作用。至于儿童开蒙的蒙

---

① ［德］伊曼纽尔·康德：《什么是启蒙运动》，载《历史理性批判文集》，何兆武译，商务印书馆 1991 年版，第 186 页。

② 转引自黄燎宇《以启蒙的名义》，北京大学出版社 2010 年版，第 13 页。

书经典在各朝各代更是层出不穷，较具代表性的有《易经》中的
"蒙卦"、束皙的《发蒙记》、顾恺之的《启蒙记》、唐朝的《开蒙要
训》、宋朝朱熹的《易学启蒙》，等等。此外，诗、文、乐、礼等方
面的蒙书也不计其数。由是观之，中国传统文化中对于启蒙、开智还
是有很深的探究，且成果丰硕。由于有良好的启蒙土壤，当西方启蒙
思想在20世纪初期传入中国的时候，迅速与本土的启蒙思想融合，
为五四启蒙运动准备了条件。

　　欧洲人一提到希腊就有一种家园之感，中国人则是提到启蒙脑海
中马上会想到"五四"。要弄清楚东北新启蒙运动就必须重提五四启
蒙，厘清它们的联系。

　　发生在20世纪40年代末期的东北新启蒙运动，是对30年代末
期的新启蒙运动的继承和发展。1937年，"新哲学者"发起的新启蒙
运动是对五四启蒙的承接和超越，"不仅要求承接五四未竟的使命，
更要求超越五四，在传承五四批判精神的前提下，积极构建中国的新
文化"①，以期实现抗日救亡。从思想文化启蒙到抗日救亡启蒙再到
政治革命启蒙，这三者之间的启蒙精神是一脉相承、逐级发展的。

　　启蒙的现代性很强，总是随时代应运而生。在人类历史发展的进
程中，无论哪个国家、哪个民族，在改朝换代、历史出现较大的转
折、新旧交替的时期，知识分子都是心情最兴奋、思想最为活跃的一
群。他们批评旧的文化、制度，向往新的思想自由。因此，在这样的
历史时期也是最容易产生文化思想的启蒙运动，20世纪的中国便如
此。不说辛亥革命，单从五四思想启蒙算起，就经历了五四启蒙、30
年代新哲学知识分子的新启蒙、40年代的东北新启蒙、80年代的新
启蒙等多个阶段，每一个阶段都是由知识分子引发的，并且都对应着
重大的时代变革和社会变革。

一、五四启蒙运动

　　五四思想启蒙是现代中国启蒙运动的原始构建阶段，是"启蒙"

①　闫润鱼：《比较视野下的新启蒙运动》，《中国人民大学学报》2003年第6期。

这种独特文化范式在中国本土化的开始，"是中国本土化启蒙话语的重要'支援'系统和参照体系"①，五四的核心启蒙思想一直是后来启蒙思想的核心。20 世纪中国的每一次启蒙运动都是在爱国的旗帜下开始的，并不断在民主和民族之间切换变化。五四启蒙运动爆发时期，中国正处在内忧外患之中。内有军阀割据、政府无能，外有帝国主义列强欺辱。随着第一次世界大战的胜利，中国作为战胜国之一却不能收回战败国德国占领的青岛，致使国内民众的反帝情绪达到了顶峰。由于新文化运动做了思想文化方面的准备，在北大知识分子群的领导下，五四启蒙运动如火如荼地发展起来。反帝爱国运动和新文化运动的结合，使得五四启蒙显示出反帝反封建的性质。但是五四的启蒙者们，无论是北大的教师，还是新潮社的学生，更看重的是文化思想的启蒙，对文化和政治的结合并不感兴趣。他们在启蒙运动中表现出的是反传统、去儒化、重理性、追自由的特征。

反抗封建传统思想、扬弃儒家文化是五四启蒙的一个重要特征。如果套用康德所说的西方启蒙"是从宗教神学的禁锢中实现自我的解放"的话，那么五四启蒙就是国人从几千年的封建传统文化中得到的解放，是对儒教文化、传统文化的理性批评，是"一种急切的、甚至不完全的从自我奴役中实现的解放"②。中国的传统文化以儒家文化为主，在中国有几千年的历史。五四时期的启蒙者以批判理性的眼光审视传统文化，他们对传统文化一概否定，认为儒教是中国封建专制制度的源泉，主张非中国化的全盘西化，并提出"打倒孔家店"的口号。以鲁迅、钱玄同等人为代表，将传统文化放入柜中，打上封条；为文言古文喂上哑药，置于墙角。正如黄燎宇所评述：

在现代中国启蒙运动开始之前，恪守儒道的中国人是单纯的社会存在，纯粹生活在社会关系的网络之中。启蒙运动使他有了

---

① 张宝明：《20 世纪：人文思想的全盘反思》，安徽教育出版社 2004 年版，第 64 页。

② ［美］薇拉·施瓦支：《中国的启蒙运动》，李国英等译，山西人民出版社 1989 年版，第 2 页。

个性概念，有了独立运用理性的概念。不服从国家或者父母，在儒家传统中等于犯罪，所以这种现象在旧时代的中国属于例外。自五四运动以后，他鼓起勇气不服从父母和家庭，也鼓起勇气抗拒其他外在权威。恪守儒道的中国人第一次以个人主义者的形象，以叛逆和斗士的形象出现在人生舞台和历史舞台。①

此时的中国人不光反抗家长制度、宗族制度，还反抗一切外来的对个性的压迫，如对那些旧的婚姻制度、教育制度、礼法制度、伦理观念等方面的反抗。在当时，反传统还有一个重要的内容就是对国民性的改造，这是对奴性道德的直接宣战。总之，五四文化启蒙，实际就是去儒化、反传统的文化启蒙。

然而，五四启蒙者的理性批判也并非全部正确，理性批判中也包含着一些非理性的因素，启蒙者对传统儒教文化的全盘否定就缺少理性的眼光。事实上，几千年的传统文化中不光全是糟粕，值得继承的优秀文化遗产还是很多的，如果不是对这种文化传统的继承，启蒙者也就不会成为真正的启蒙者。这正如鲁迅先生如果没有深厚的古典文学的基础，就不会成为新文学的伟大作家一样。1918年，北大成立了"进德会"，提出的"八不"原则实际上就是古老而备受推崇的儒家道义的回归。正是中国古老的启蒙观念为五四启蒙提供了丰富的土壤，所以对传统文化进步意义的通盘抹杀，就是对这土壤的污染，是对启蒙环境的破坏。即便如此，在那以"动"为中心的启蒙时代，这些非理性因素的影响还是微不足道的，在启蒙思想的光环照耀下，这些瑕疵很快就被淹没了。

重理性、追自由是西方启蒙的一个重要特征。康德认为"启蒙并不需要任何其他的东西；实际上，一切事物当中最没有害处的那个东西就可以称为自由，亦即在所有问题上都公开利用一个人的理性的自

---

① 黄燎宇：《以启蒙的名义》，北京大学出版社 2010 年版，第 44 页。

由"①。福柯也认为"启蒙是一种批判的生活态度"②。与欧洲和日本的知识分子相似，在中国重视理性批判、追求思想自由也是五四启蒙的重要表现。启蒙者认为最符合知识分子活动的特点是"批判理性"，它最适合知识分子的天性和需要。《新潮》的创刊者之一，后来成为清华大学校长的罗家伦在《新潮》创刊词中提出"思想自由"的口号，傅斯年也提出"基于公众福利前提的自由地发展个人"③ 的观点，这里"罗家伦和他的新潮社伙伴们为之奋斗的思想自由，就是渴望实现个性自由"④。知识分子的这种源于五四时期的保持独立个性、追求思想自由的品性对中国后来知识分子影响极大，成为一种文化基因，一代代在中国知识分子的血液中流淌。对于启蒙与政治的关系，西方学者认为"启蒙这个过程就是对政治权威所依据的传统信念模式进行破坏，从而把政治学归结为专制和无政府状态之间的野蛮战斗。"⑤ 在中国由于理性的批判和对个性思想自由的追求，五四启蒙知识分子反传统、颠覆传统的叛逆思想严重。一方面因反传统的叛逆心理使他们具有坚持思想启蒙和政治变革的双重要求；另一方面由于对自由的追求，他们又反对文化和政治的完全结合，将"学而优则仕"扫地出门，坚持不为官，以保持知识分子的独立个性，这方面最有说服力的是北大的"进德会"。"进德会"是蔡元培在 1918 年发起成立的，北大的师生有很多人参加。"进德会"要求有"八不（八戒）"原则，又分三种会员："甲种会员不嫖，不赌，不娶妾。乙种会员于前三戒外，加不作官吏、不作议员二戒。丙种会员于前五戒外，加不吸烟、不饮酒、不食肉三戒。"⑥ 这里面的"不作官吏、不

① ［德］伊曼纽尔·康德：《什么是启蒙运动?》，《历史理性批判文集》，何兆武译，商务印书馆 1991 年版，第 187 页。

② ［法］米歇尔·福柯：《什么是批判?》，载詹姆斯·施密特《启蒙运动与现代性》，徐向东等译，上海人民出版社 2005 年版，第 392 页。

③ 傅斯年：《人生问题发端》，《新潮》1919 年第 1 期。

④ ［美］舒衡哲：《中国启蒙运动》，刘京建译，新星出版社 2007 年版，第 125 页。

⑤ ［美］詹姆斯·施密特：《启蒙运动与现代性》，徐向东等译，上海人民出版社 2005 年版，第 15 页。

⑥ 蔡元培：《蔡元培教育论著选》，人民教育出版社 2011 年版，第 124 页。

作议员"的要求，就是否定"学而优则仕"的最有利证明。尽管后期"进德会"的个别成员走上仕途，但是这种独立品性却流传下来，后来的胡风、萧军、丁玲、沈从文等人不愿为官的心理都是对这种精神的一种继承。

五四启蒙者在追求思想自由的同时，从未忽视思想自由的主要障碍——中国缺乏民主。所以，李大钊、陈独秀等人提出了"民主"和"科学"的口号，并以此来代替传统儒学，把它们作为反传统的方法和态度。于是"民主"和"科学"成了启蒙的口号，一直到20世纪30年代"新哲学者"提出"新启蒙运动"以后，才被新启蒙的"民族"和"救亡"的口号所代替。

五四启蒙是资本主义的启蒙，其主力军为知识分子，启蒙的范围也局限在知识分子层面，没有渗入大众中去，没有工人、农民参加，这是它的不足之处。但它所提出的"民主"和"科学"的口号却深入人心，尤其是五四启蒙的反传统、去儒化、重理性、追自由等内容在1937年被重新提起，经批评和反思后加上时代因素，被继承和超越，从而掀起新启蒙运动。

二、新启蒙运动

发生在20世纪30年代末期由"新哲学者"发起的新启蒙运动，是"文化思想上的爱国主义运动、自由主义运动、理性运动"[1]，是中国启蒙运动的正本清源阶段，是在继承五四启蒙思想的基础上由资产阶级的民主文化启蒙向多阶级、多阶层的民族革命的救亡启蒙转变时期，同时也是由五四资产阶级人道主义启蒙向无产阶级马克思主义启蒙的过渡时期。这一时期的知识分子们受社会环境因素的影响，逐渐松动自身的个体意识并向群体意识转换。于是，走出"亭子间"的新启蒙知识分子不仅成为革命的追随者，而且还是革命的合作者。启蒙和救亡得以结合，革命救亡成为新启蒙的载体。

新启蒙运动肇始于1936年，在"九一八"事变后，东北三省此

---

① 何干之:《近代中国启蒙运动史》，生活书店1938年版，第205页。

时已经沦落于日本帝国主义铁蹄下五年之久。当时面临着日本对华的全面侵略，国内民心一致，要求民主、宪法和统一的呼声不断高涨，新启蒙运动就是在这样的时代背景下应运而生。最早提出新启蒙运动建议的是陈伯达，他在上海《读书生活》（1936 年 9 月 10 日出版）杂志第 4 卷第 9 期上发表的《新哲学者的自己批评和关于新启蒙运动的建议》一文中提出这一建议。陈文认为：

> 我们应该组织哲学上的救亡民主的大联合，应该发动一个大规模的新启蒙运动。新哲学者一方面要努力不倦地根据自己独立的根本立场，站在中国思想界的前头，进行各方面之思想的争斗，从事于中国现实之唯物辩证法的阐释；另一方面则应该打破关门主义的门户，在抗敌反礼教反独断反迷信的争斗中，以自己的正确理论为中心，而与哲学上的一切忠心祖国的分子，一切民主主义者，自由主义者，一切理性主义者，一切唯物主义的自然科学家，进行大联合阵线。①

在文中，陈伯达表述的重点一方面宣扬了新哲学的方法——唯物辩证法，另一方面要求建立反封建的文化联盟。不久，陈伯达又在 10 月 1 日这天的《新世纪》第 1 卷第 2 期上发表《论新启蒙运动》一文，提出反异族压迫问题，并将文化救亡和反封建礼教问题归并一起。他指出：

> 我们反对异民族的奴役，反对旧礼教，反对复古，反对武断，反对盲从，反对一切的愚民政策，这就是我们当前的新启蒙运动——也就是我们当前文化上的救亡运动。在这里，我们要和一切忠心祖国的分子，一切爱国主义者，一切自由主义者民主主义者，一切理性主义者，一切自然科学家……结成最广泛的联合

---

① 陈伯达：《新哲学者的自己批评和关于新启蒙运动的建议》，《读书生活》1936 年第 4 卷第 9 期。

阵线。①

　　这篇文章集中体现和反映了陈伯达的新启蒙观念，点出新启蒙运动的本质是爱国文化救亡运动。为声援陈伯达，艾思奇在 10 月 10 日的《生活星期刊》双十特刊上发表《中国目前的文化运动》一文来支持和补充陈伯达的新启蒙运动。对于新启蒙运动的"新"字，启蒙者表示，"是表示它是过去启蒙运动的综合，经过扬弃的作用，已把启蒙工作，提高到一个新的阶段了"②。在一年多的时间里，众多学者参与到新启蒙运动的倡导和讨论中，张申府、朱光潜、蒋弗华、炯之、柳湜、狄超白、沈于田、江陵等人都著文表明观点。1937 年，新启蒙学会在北京成立，五四启蒙中的爱国主义精神以及启蒙的价值在特殊的历史条件下被自觉地传承下来。"'新启蒙'既然是五四启蒙的继承，它的发动就离不开对五四启蒙及其后社会文化情形的反思或批评。"③ 五四启蒙思想是新启蒙运动的理论基点，它的爱国思想、批评理性、思想自由、反封建传统等特征都被新启蒙继承下来，并结合时代要素被重新整合发展。

　　爱国主义是五四启蒙的重要特征，反对"二十一条"、痛恨军阀政府无能、渴望国家富强是五四运动的根本目的。新启蒙运动与五四运动一样，也具有爱国主义特征，同样是一场思想文化上的爱国主义运动。"我们说新启蒙运动是爱国主义运动，只是就它的效果上，就终归的目的上说的。无论一篇科学论文，或是一篇文学作品，只要它是现实的反映，对于我们认识目前的局势有好处，那就可以说是爱国主义。"④ 新启蒙与五四启蒙所不同的是，五四启蒙时的爱国主义运动主要是针对国内政府或具体事件，新启蒙爱国主义运动是直接由外来侵略所引发的，这种启蒙的爱国主义情绪显得更为激昂、高涨。

---

　　① 陈伯达：《论新启蒙运动——第二次的新文化运动——文化上的救亡运动》，《新世纪》1936 年第 1 卷第 2 期。

　　② 何干之：《近代中国启蒙运动史》，生活书店 1938 年版，第 204 页。

　　③ 闫润鱼：《比较视野下的新启蒙运动》，《中国人民大学学报》2003 年第 6 期。

　　④ 何干之：《近代中国启蒙运动史》，生活书店 1938 年版，第 228 页。

理性的批判是启蒙的另一个主要特征，新启蒙运动一样具备这种特征，且新启蒙者将五四的理性批判的意义进一步深化，赋予了新的意义。启蒙者将理性作为态度，批判作为方法，他们认为理性的新启蒙运动是强调思想的积极面。"每个人都要有理性，都应运用思想方法，不应感情用事，常起冲动。想一个问题，做一桩事情，都应该问为什么要这样。不盲从、不迷信、不武断、有理性、有思想、有头脑。"① 启蒙者提倡理性，反对感情化、情绪化。不同的是，对传统文化的批评则是从对封建道德文化的批判转向容易被侵略者和汉奸文人利用的文化糟粕的批判。

在思想解放方面与五四启蒙思想一样，提倡思想自由，主张"思想的自由和自由的思想"。这与陈伯达论述的新启蒙运动是爱国主义的、自由主义理性的运动是一致的。但是在思想自由这方面，新哲学者对自由的论证和五四时期对自由的认识还是有较大的差别的。五四启蒙者所追求的是人道主义自由，是个体的个性自由和思想自由，彻底否定中国传统文化，抵制儒教思想，主张思想的"非中国化"的全盘西化。新启蒙倡导者则认为"所谓思想的自由就是说应该废止思想上外来的权威，思想应该从外来的权威独立起来。一切关于思想上的外来镣铐（物质的镣铐），都不应存在"②。这实际是鼓励自由思考，反对外来思想和外来权威的侵袭，较五四时期对自由的认识更进了一步，更符合新启蒙的理性思想特征。

"只有通过对启蒙运动的历史演变进行一个无情的'否定主义'的批评，才有可能赎回启蒙运动'过去的希望'。"③ 对五四启蒙思想的继承过程中，新启蒙者对五四作了批判性的肯定，他们不断地批评、修正和发展着五四启蒙思想，除对思想自由的重新定义外，新哲学者们还纠正了当年五四启蒙最大的不足和弱点，那就是五四启蒙对

---

① 何干之：《近代中国启蒙运动史》，生活书店 1938 年版，第 243—244 页。

② 同上书，第 236 页。

③ ［美］詹姆斯·施密特：《启蒙运动与现代性》，徐向东等译，上海人民出版社 2005 年版，第 25 页。

象过于单一的问题。五四启蒙的参与者主要是知识分子，没有波及广大的人民群众。没有工农大众的参与在新启蒙运动的倡导者看来是不算成功的启蒙。新启蒙运动最终目的是"要把四万万同胞，从复古、迷信、盲从的愚昧精神生活中唤醒起来，要使四万万同胞过着有文化，有理性的，光明的独立的精神生活"①。他们希望新启蒙能关照全面，不要放弃大多数人的精神生活，不要放弃群众。同五四启蒙比较起来，新启蒙的启蒙对象则显得更广泛、更合理、更加符合启蒙的要求。由于新启蒙的倡导者是由五四时期的老知识分子和共产主义理论家组成的联合阵线，所以文化和政治问题自然不能回避。在经历一系列反革命政变之后，国民政府对共产党人和知识分子的残酷镇压和杀戮终于使知识分子认识到了自己的地位和处境，他们为保持自己人格的完整而苦苦挣扎，革命救亡思想使他们清醒，并在文化启蒙的同时开始试图兼及政治革命，将文化启蒙作为政治革命后的理想来期盼。在担当起救亡重担后的新启蒙者不得不扬弃五四时期知识分子的独立不群的个性，最终实现了文化和政治的结合，救亡正在代替启蒙。

　　经过近两年的讨论，启蒙者对于这一运动的性质内容得出了一个共同的结论，概括起来就是："（一）新启蒙运动是思想文化上的爱国主义运动；（二）新启蒙运动是思想文化上的自由主义运动；（三）新启蒙运动是理性运动；（四）新启蒙运动是建立现代中国新文化运动。"② 新启蒙运动为20世纪30年代的中国注入了一股新鲜空气，使知识分子在清醒地认识到了自身的作用和地位的同时，也找到了前进的方向。虽然后来新启蒙运动随着抗日战争的爆发暂时告一段落，但启蒙思想早已在进步知识分子思想中扎根。新启蒙时期的知识分子不仅变成了革命的追随者，还成为革命的合作者。在经历了上海—北京时期新启蒙的构建后，新启蒙运动就一直在进行。

---

① 何干之：《近代中国启蒙运动史》，生活书店1938年版，第248页。
② 同上书，第224页。

三、延安时期的新启蒙思想

延安时期的革命启蒙思想，是新启蒙思想的延续和变体，故称其为延安新启蒙思想。20 世纪 30 年代新启蒙的倡导者主要由五四老战士和共产主义理论家组成，这些人中有很多共产党人。张申府是中国共产党的重要创始人之一，陈伯达、艾思奇是党内重要的马列理论家和哲学家。伴随着陈伯达、艾思奇等人到达延安，新启蒙部分理论观点开始为中国共产党领导层采纳并接受。这些人中对毛泽东影响较大的是新启蒙哲学家艾思奇。《大众哲学》和《哲学与生活》是艾思奇的两部哲学著作，毛泽东曾在延安窑洞里的煤油灯下仔细阅读《哲学与生活》这本书。1937 年 10 月艾思奇来到延安后，毛泽东还致信与其讨论作品中的哲学问题，而《哲学与生活》正是新启蒙运动讨论时期的作品，这显示了毛泽东当时对新启蒙运动的关注。最后毛泽东得出结论，认为新启蒙精神的复兴是"文化革命深入"[1]，是在反革命阵营中革命的深入，这也是国民党"文化围剿"惨败的原因。这一评价充分体现了毛泽东对新启蒙精神的肯定。

新启蒙运动的思想之所以在延安被共产党文化思想界所接纳，主要应归功于毛泽东和周扬两人，这在他们延安时期所做的讲话和文章中都有体现。本着继承、扬弃和超越的观点，对新启蒙的"中国化"、"文化救亡"、"反专制"和"群众启蒙"等思想加以继承发扬；对"反传统"、"思想自由"、"理性批判"等思想则进行改造或部分扬弃。经毛、周二人及党内其他文艺理论家的发展，延安时期的新启蒙思想体现出鲜明的现代性"四化"特征，即"中国化"、"政治化"、"工具化"和"通俗化"。

（一）中国化和通俗化

启蒙中的"中国化"、"文化救亡"、"反专制"等思想，被全面继承。在延安，直接被毛泽东的民族主义政治理论所认可的是张申府

---

① 毛泽东：《新民主主义论》，《毛泽东选集》第 2 卷，人民出版社 1991 年版，第702 页。

在《论中国化》一文中提出的"启蒙的中国化"思想和陈伯达的"中国化运动"的主张，尤其是陈伯达的观点。毛泽东在1938年中国共产党第六届中央委员会扩大会六次会议上谈道："使马克思主义在中国具体化，使之在其每一个表现中带着必须有的中国特性，即是说，按照中国的特点去应用它，成为全党亟待了解并亟须解决的问题。洋八股必须废止，空洞抽象的调头必须少唱，教条主义必须休息，而代之以新鲜活泼的、为中国老百姓喜闻乐见的中国作风和中国气派。"① 这段讲话既点明了马克思主义要中国化，又指出当前的文化和文学也要中国化，从而在文学领域引发了国统区和解放区的关于"民族形式"的讨论。这种"中国化"的提法，实际是与新启蒙理论家对五四启蒙倡导者的"非中国化"的反驳是一致的。对于民族形式问题，周扬也认为把艺术和大众结合的一个最可靠的办法是利用旧形式，"民间旧有的形式，一则因为它也是反映旧生活的，即反映建立在个体的，半自足的经济之上的比较单纯比较闲静的生活的，二则因为在它里面仍然包含有封建的毒素，所以它并不能够在那一切复杂性上，在那完全的意义上去表现中国现代人的生活"②，所以必须改造。周扬表明自己对民族形式的看法，认为民族形式就是民间形式的观点的同时，指出必须对民间形式的封建毒素进行改造，要利用"旧瓶装新酒"。在周扬看来，中国文艺理论没能得以建构的原因就是由于文艺工作者盲目地追逐西方文艺潮流。这种文艺民族化的态度实际就是文艺的"中国化"。"延安文艺整风后，周扬更是把对这个命题的思考开始贯彻到了马克思主义文艺理论的建设上来。"③ 此时，启蒙思想已经被"通俗化"了。

　　启蒙"通俗化"表现在多方面。在群众启蒙方面，因在新启蒙运动中新哲学者们已经指出了五四启蒙的不足——那就是启蒙运动中没

---

　　① 毛泽东：《中国共产党在民族战争中的地位》，《毛泽东选集》第2卷，人民出版社1991年版，第534页。

　　② 周扬：《对旧形式利用在文学上的一个看法》，《周扬文论选》，人民文学出版社2009年版，第275页。

　　③ 袁盛勇：《通向现代文学的本来》，中国文史出版社2007年版，第197页。

有工农群众的参加，所以新启蒙者要求不要放弃大多数人的精神生活，不要放弃群众这一点也被延安文化界接受。在革命启蒙方面，毛泽东一再坚持走群众路线，主张发动群众、依靠群众。早在洛川会议上毛泽东就指出抗日要依靠人民群众，实行全面抗战，这种观点他多篇作品中都有提及。在文化启蒙方面，表现得最全面的就是他在文艺界整风运动中的讲话，即《在延安文艺座谈会上的讲话》（下文简称《讲话》）。《讲话》中首先提出的就是文艺"为什么人服务"的问题，指出了文艺要为大众服务，具体到"我们的文艺应当为'千千万万劳动人民服务'"①，是为工人、农民、兵士和城市小资产阶级服务。这是对启蒙对象的一个细化，进一步扩大了启蒙对象的范围。

因为契合了抗日的主题，新启蒙的"救亡"思想直接被延安继承，并进一步用"革命救亡"代替了"文化救亡"。毛泽东在《讲话》中明确地提出"无产阶级的文学艺术是无产阶级整个革命事业的一部分……文艺是从属于政治的，但又反转来给予伟大的影响于政治。……任何阶级社会中的任何阶级，总是以政治标准放在第一位，以艺术标准放在第二位的"②。对于这二者的关系，周扬也在《自由人文学理论检讨》一文中指出："文艺和政治是由阶级斗争的实践所辩证法地统一了的，而文艺本身就是政治的一定的形式。"③ 文艺和政治的关系就这样被定性，五四时期启蒙知识分子保持独立不属的个性、拒绝文化与政治结合的时代一去不复返了。

（二）政治化和工具化

对于新启蒙思想，延安思想家并非持"拿来主义"的态度原封不动地取为己用，而是对"反传统"、"思想自由"、"理性批判"等思想观念进行改造，保留了于革命有用的积极要素，扬弃了对革命有害的消极成分。

---

① 毛泽东：《在延安文艺座谈会上的讲话》，《毛泽东选集》第3卷，人民出版社1991年版，第854页。

② 同上书，第865—869页。

③ 周扬：《自由人文学理论检讨》，《周扬文集》第1卷，人民文学出版社1984年版，第49页。

　　在反传统方面，新启蒙者反对国民党右翼的"国粹派"，主张从封建传统下解放自己。他们反传统、反专制、反儒教学说，破除一切封建残余。但是新启蒙者和五四启蒙者不一样，他们反传统显得更加理性，反对感情化、情绪化。对传统文化不是一味批评，而是有选择地继承。新启蒙的这一主张，在延安得到较好的传承。《讲话》中，毛泽东申明对待中外文学遗产的态度是取其精华，去其糟粕。是"必须继承一切优秀的文学艺术遗产，批判地吸收其中一切有益的东西"①。从《讲话》可以看出，毛泽东对传统文化的"批评继承"思想要比五四启蒙和新启蒙思想更加进步。但是在理性的反传统批评的同时，延安文艺思想家和新启蒙者一样因爱国主义的需要和革命政治的需要，同时要兼顾启蒙和政治革命的欲望。为了证明他们从事的文化事业的爱国性，"这种需要促使他们放弃了'五四'对国民性的批判。随着爱国主义的需要越来越迫切，根除民族弱点的决心就越来越弱"②。在延安，革命压倒启蒙，对传统国民性的批评不再是启蒙的重点，启蒙和救亡、启蒙和政治的关系依然紧张。

　　新启蒙提倡理性的批判，"艾思奇在1937年写的一篇文章中把理性和批判等同起来，认为批判最适用于改造自己的思想"③。但是延安革命的领导者却反对对封建的观念的批判，尤其是反感对革命黑暗面的批判。毛泽东在《讲话》中一方面认为"歌颂资产阶级光明者，其作品未必伟大，刻画资产阶级黑暗者，其作品未必渺小，歌颂无产阶级光明者其作品未必不伟大，刻画无产阶级所谓'黑暗'者其作品必定渺小"④，一方面又将解放区文学和苏联文学相比较，批评小资产阶级的"暴露文学"。这是针对解放区关于"歌颂"和"暴露"两派中的暴露解放区社会黑暗面的文学作品而言。从中透露出，"在

---

　　① 毛泽东：《在延安文艺座谈会上的讲话》，《毛泽东选集》第3卷，人民出版社1991年版，第860页。

　　② ［美］舒衡哲：《中国启蒙运动》，刘京建译，新星出版社2007年版，第271页。

　　③ 同上书，第268页。

　　④ 毛泽东：《在延安文艺座谈会上的讲话》，《毛泽东选集》第3卷，人民出版社1991年版，第873页。

共产党的解放区、不再鼓励鲁迅的追随者批判封建的思维习惯，尤其是在共产党领导干部中流行的封建观念。按照毛泽东的观点，知识分子必须抛弃五四批判一切的观念，学会和工农兵群众打成一片"①。毛泽东的讲话使启蒙思想中对封建传统的批判理念被彻底颠覆，延安文学创作也出现了一边倒的现象，歌颂解放区光明成为主题。

　　凡是启蒙运动都具有以下两个重要特征：一是理性的主宰，二是思想的自由。延安思想和文艺界还是相对自由的，一旦文化思想的自由和政治思想相碰撞时，文化思想的自由就要绝对服从政治，新启蒙者提倡的"思想的自由和自由的思想"观念在延安被无情摧毁。知识分子的思想不但没有从外来权威的束缚下独立起来，相反却又被一个个镣铐所拴牢。对于知识分子所追求的自由独立的个性意识，则被冠以"自由主义"之名。毛泽东在《反对自由主义》一文中详细地列出了自由主义的十一种表现，并告诫"一切忠诚、坦白、积极、正直的共产党员团结起来，反对一部分人的自由主义的倾向，使他们改变到正确的方面来，这是思想战线的任务之一"②。由此可见，资产阶级的人道主义启蒙自由，在无产阶级共产主义的社会环境中是没有生存空间的。"马克思的'人的自由发展'和'人类解放'的共产主义理想是彻底超越启蒙的人道主义的表达，共产主义是比启蒙更具深远指向的现实的运动。"③

　　批判地继承新启蒙思想，形成适合当时革命政治需要的延安新启蒙思想的同时，延安的思想文化领域也在不断地进行新启蒙运动的实践。根据中国的国情，在将马克思主义中国化的过程中，把马克思、列宁主义与中国的革命实际相结合，是毛泽东完成的一次历史性的飞跃，并最终发展成毛泽东思想。这一思想体系对中国革命胜利的影

---

　　① ［美］薇拉·施瓦支：《中国的启蒙运动》，李国英等译，山西人民出版社1989年版，第315页。

　　② 毛泽东：《反对自由主义》，《毛泽东选集》第2卷，人民出版社1991年版，第361页。

　　③ 谢安民：《五四启蒙的终结与马克思主义》，《山西高等学校社会科学学报》2008年第10期。

响，乃至对整个共产主义世界的影响都是巨大的。文艺方面的中国化运动，主要表现在文学民间形式的认可上。通过民族形式和民间形式的讨论，启蒙思想在中国化的同时又被通俗化了。对于传统文化的遗产问题的实践，通过《讲话》的精神，做到了既反对"全盘西化"，又要汲取国外的进步文化；既反对封建思想，又要吸收古典文化的精华。在文化启蒙方面，也表现得十分突出。由于国统区大批知识青年和学生在抗日的召唤下来到延安，壮大了队伍。虽然这些人具有较高的文化水平，但是为了解决和磨砺掉他们身上的小资产阶级习性，延安先后成立了红军大学、抗大、陕北公学、中央党校、马列学院、文协、鲁艺、女大、自然科学院、延安大学等干部院校，来加强青年革命者的思想启蒙和革命文化启蒙，为抗日和中国的解放做了革命干部的准备。文化上启蒙具有的明确革命政治目的，使新启蒙拥有了"政治化"和"工具化"的特征。

延安的新启蒙是经毛泽东思想改造的启蒙，这种改造表现为以革命启蒙为主，文化启蒙为辅。需要指出的是，对于新启蒙毛泽东更看重的是启蒙对革命的积极作用，是启蒙思想中体现的对专制主义的反抗行为。经过改造，新启蒙思想在延安已经被"中国化"、"政治化"、"通俗化"和"工具化"了。在延安时期，革命的新启蒙显示了伟大的作用，被周扬认为是中国现代史上的"三次伟大的思想解放运动"之一的延安整风运动，本质上就是一次新启蒙的文化运动。

抗日战争胜利之后，延安新启蒙运动中的"救亡"任务已完成，一个新的历史使命又摆在它的面前，那就是为消灭反动派、解放全中国而进行的思想文化启蒙。随着哈尔滨的率先解放，新启蒙运动历史性地走进了东北。

第二节　启蒙精神的隔代传承：新启蒙运动在东北

启蒙具有普世性，不存在过时之说。它是一项长期持续和反复的社会任务，只要存在封建传统和专制统治，启蒙就会出现。1936年到1939年的新启蒙运动，尽管因抗日战争爆发和战局吃紧被暂时搁置，表面上看，知识分子的启蒙理论发生了变化，启蒙的信念正在逐渐消失，"救亡代替了启蒙"[①]。事实上新启蒙思想并未夭折，这场继五四之后又一次较大的综合文化运动，具有顽强的生命力，它所激发出来的启蒙思想的火花，在共产主义劲风的吹动下得以迅速而广泛地传播。20 世纪 30 年代新启蒙时期的知识分子不仅是革命的追随者，还是革命的合作者，或至少也已有了革命的倾向，这就使新启蒙思想得以传到延安。20 世纪 40 年代上半期，延安共产主义知识分子在坚持新启蒙的革命救亡主题思想下，以毛泽东思想为指导，不断对新启蒙思想进行发展、创新和改造，使新启蒙运动更符合当时的国情和革命政治文化的需要，以便更好地为抗日救亡和解放战争服务，使得新启蒙思想得以扩散并影响了整个解放区。新启蒙运动进入东北前，主要经历了新启蒙的倡导（上海—北京时期）和实践（延安时期）两个阶段。东北新启蒙运动可以说是延安革命启蒙运动的延续，是对延安启蒙思想在新的历史条件下的继承和检验。1946 年哈尔滨解放，随着延安文化团体、学校的北迁，新启蒙思想也得以进入哈尔滨和佳木斯等地，从而开展了一场较有影响的东北解放区的新启蒙运动（以下简称东北新启蒙运动）。

一、东北新启蒙运动的政治、历史文化语境

启蒙思想得以发生，必须有适合其发生的历史、文化语境，必须具备启蒙所必需的条件，否则启蒙便无从谈起。通常构成启蒙历史文化语境的必备条件有三个：一是要有成熟的启蒙思想体系；二是具有发展启蒙运动的土壤；三是有启蒙的主体，即思想家和文学家。东北解放区的新启蒙运动除了不可或缺的延安启蒙思想外，其独特的地域政治、文化环境是启蒙运动得以发生的必不可少的条件，是启蒙运动得以发生的土壤。这种特殊的人文环境为东北新启蒙运动提供了启蒙所必需的丰富养分，使新启蒙思想能快速发展并得以实践。

---

① 李泽厚：《启蒙与救亡的双重变奏》，《中国现代思想史论》，东方出版社 1987 年版，第 78 页。

（一）革命政治环境

20 世纪上半期的东北三省较中国其他地区来讲，用"多灾多难"来形容毫不为过。尽管辛亥革命推翻了清朝专制统治，结束了两千多年的封建帝制，但不久中国就进入了军阀割据时期，政权不断更迭和连年战乱使社会局势动荡，百姓处在水深火热当中，民不聊生。1928年 12 月 29 日，随着东北保安总司令张学良通电全国宣布服从国民政府的"改变旗帜"，中国实现了暂时的统一。但是好景不长，"九一八"的炮声又打破了东北宁静的天空，国民党政府"不抵抗主义"的卖国政策让日军很快占领东三省。1932 年 3 月 1 日，前清废帝溥仪在长春建立了"伪满洲国"。自此，在日本军国主义精神和中国封建主义思想的双重压迫下，东北三千万同胞开始了长达 14 年的亡国奴的生活。如果将这段时间以 1945 年为界分期的话，可以分成伪满时期和解放时期两个阶段。

伪满时期的 14 年中，政治方面，日本军国主义者通过"满洲国"政权，对占领区实施残酷的法西斯军事专制统治，镇压东北的爱国运动。他们疯狂镇压东北抗日联军，企图用武力将东北人民教化成天皇的顺民，对联军控制地区实行"并屯"和"篦梳式"、"踩踏式"办法。文化方面，"大搞以摧残中华民族意识为中心的殖民地文化"①，不仅将日本历史引入教科书，甚至要求学生学日语，企图让青年一代忘记祖国，彻底奴化东北人民。然而，这种逆天的侵略行径得到了强有力的抵制和反击，侵略者忘记了"哪里有压迫哪里就有反抗"的真理。虽然国民党政府采取不抵抗政策，但共产党却在亡国灭种的危难之时，冲在了抗日救亡的最前列。"东三省的人民，东三省的一部分爱国军队，在中国共产党领导或协助之下，违反国民党政府的意志，组织了东三省的抗日义勇军和抗日联军，从事英勇的游击战争。这个英勇的游击战争，曾经发展到很大的规模，中间经过许多困难挫折，始终没有被敌人消灭。"② 这些不甘做亡国奴的东北人民，在白

---

① 罗玉琳、艾国忱：《在思想文化战线上抗击日寇》，《东北文学研究史料》1986 年第 4 期。

② 毛泽东：《论联合政府》，《毛泽东选集》第 3 卷，人民出版社 1991 年版，第 1034 页。

山黑水之间燃起轰轰烈烈的抗日烽火。反日斗争中，像杨靖宇、赵一曼、赵尚志、夏云杰、李延平这样的英雄人物不可胜数。"八女投江"、"十二烈士山"等壮举不断涌现，抗日志士们用一个个可歌可泣的故事谱写出动人的篇章，他们用正义、热血和生命书写抗日的革命诗篇。这样的政治环境较 1936 年新哲学者提倡的新启蒙运动，还要符合民族救亡启蒙的要求。抗日时期，中国共产党领导的东北抗日联军从未停止对其控制下的广大东北人民进行革命的思想启蒙，联军队伍的不断壮大就是最好的证明。据统计，"在抗联最兴旺、最壮大的一九三六年，抗联曾有三个路军，辖十一个军，每个军都是三三编制"①。在东北光复之前，日满统治下的东北地区的特殊环境，导致救亡启蒙的直接发生。

解放时期，是指从哈尔滨解放到中华人民共和国成立前的这一时期。1945 年日本战败，苏军在 8 月 20 日解放哈尔滨。12 月 28 日，国民党政府"东北行营"接收了滨江省和哈尔滨市政权。1946 年 4 月 28 日，解放军三五九旅进驻并接收哈尔滨，宣告这个新中国最早解放的大城市正式回到祖国人民的怀抱。1948 年 11 月 2 日，沈阳的解放标志着东北全境的解放。

解放之后的东北，尤其是 1946 年的哈尔滨，政治环境十分复杂，这种复杂表现在工、农、商、学、青各个方面。首先，工商业方面，国民党接收后的"劫收"使得哈尔滨工商业几乎瘫痪。国民党特务的不断恶意破坏，刚刚成立的哈尔滨民主政府面临着急切恢复工厂生产、商业经营的局面。要使哈尔滨工商业回归正轨，必须让工商业主们加深对党领导的解放战争的认识，这成了启蒙的重要任务。其次，作为中国新民主主义革命主力军的广大农民，在伪满 14 年中对中国共产党了解甚少，对革命缺少热情，而农民恰恰是毛泽东革命群众路线中要团结的大多数。因此，"广大的新解放区……普遍地实行减租，

---

① 王建中、任惜时、李春林等：《东北解放区文学史》，辽宁大学出版社 1995 年版，第 19 页。

借以发动大多数农民群众的革命热情"①，团结和调动农民群众革命积极性，保证生产，进行土地改革便显得尤为重要。最后，广大青年学生在长达14年的日伪奴化教育体制下，思想明显滞后于时代潮流，他们只知道有满洲国而不知道有中国，不知道自己是中国人。对东北之外的真实社会状况、对优秀的中国传统文化、对中国当前的政治都不了解，几乎是一无所知。光复后，部分青年还是分不清国民党和共产党之间的差别，对国民党的正统观念抱有幻想，认为光复是蒋介石的功劳。对共产党认识不够，甚至蔑视、排斥布衣节俭的共产党。在这种复杂的环境中，为稳固民主政权并将哈尔滨等大城市建成解放战争的根据地，对工、农、商、学、青各界进行革命文化思想启蒙的任务就显得十分迫切。这是东北新启蒙运动的政治因素。

　　（二）历史文化环境

　　在历史文化的软环境方面，无论是伪满洲国之前还是日伪统治下的14年里，东北独特的文化构成都具备新启蒙所必需的条件，且其文化土壤养分充足。由于历史和地理原因，东北地域文化的成分比较复杂，它以悠久的东北关外本土文化为主，融合了中原地区的传统儒家文化，形成了既粗犷又细腻，既豪放又婉约的关东文化。由于曾先后被俄国和日本占领，东北文化体系中又被植入了部分俄、日文化因子。在这一文化体系中，北方文化的粗犷豪放和中原文化的博大精深以及俄日文化中的反抗叛逆等思想与传统封建迷信思想和殖民文化思想并存，形成了一种多元并存的独特文化存在。

　　对于五四启蒙思想，东北文学并不陌生。但与中国其他省份不同的是，东北的五四启蒙不是单独进行的，而是与抗日救亡启蒙同步发生的。五四新文化运动发生在1919年，东北文化的发展与关内文化比起来却是落后的，直到"1923年之后，由于受到'五四'的震动和波及才开始发展起来。不过，那时的发展是既艰难而又远离社会现实……直到1930年，才算使'文学革命'步入正途，文学创作结

---

　　① 毛泽东：《减租和生产是保卫解放区的两件大事》，《毛泽东选集》第4卷，人民出版社1991年版，第1172页。

出新果"①。这时期的东北文学同五四文学相比，在社会参与意识方面和启蒙人生导向方面仍然显得缺乏且力不从心，同时社会功能作用也不强。"九一八"事变之后，东北的五四启蒙如流星坠入银河般一下便融入到救亡启蒙之中。

文学是启蒙的载体。伪满占领下的 14 年时期的救亡启蒙文学运动主要表现在两个方面：一是东北抗日联军的革命歌谣，二是沦陷区文学创作，这些救亡启蒙文学是东北新启蒙文学的先声。东北抗联文学是东北文学史上一道亮丽的文学风景线，是一个偶然的文学存在。因为它的作者出身既不是"山顶上"也不是"亭子间"②，他们是抗日烽火中的战士，是抗联的将领们将党的号召融化为自己的革命意志，用革命的斗志和心灵凝结的诗篇。较有影响的作品有赵尚志的《战斗歌》、李延平的《游击队》、王一知的《九年游击》诗歌和《王二小放牛》戏剧等。这些诗歌和戏剧在革命队伍中广为传唱，在艰苦的斗争岁月中具有极强的宣传鼓动性，为抗日启蒙宣传做出难以磨灭的贡献，它无疑是东北解放区文学的雏形。

与抗联文学遥相呼应的是沦陷区文学。作为一种启蒙文学，与抗联文学相比，沦陷区文学虽然没有前者的战斗性那么明显和直接，但却多样化。它仍以大胆的描写、隐晦的表现和象征的手法在小说、诗歌、散文等各方面全线出击，不仅有创作还有经验和理论，不仅有流派还有文艺论辩和斗争。在敌人高压的文艺政策下，以顽强的社会参与意识表达出反日精神和情怀。当时的东北，文学流派比较多，影响最大的艺文志派和文选派就曾因乡土文学的问题进行过较为激烈的论争。文学创作上，萧军、萧红、罗烽、李辉英、山丁、秋萤、袁犀、古丁、爵青、疑迟、梅娘、关沫南、陈隄等人影响较大。文艺理论上以山丁等人为代表，主张"描写现实、暴露黑暗"。在这创作主张的

---

① 李春燕：《文学的沦陷与沦陷的文学》，载冯为群等《东北沦陷时期文学国际学术研讨会论文集》，沈阳出版社 1992 年版，第 42 页。

② 毛泽东在《统一战线同时是艺术的指导方向》一文中，把从上海来的左翼知识分子称作"亭子间的人"，把来自井冈山等革命根据地的文化人称作"山顶上的人"。

指导下，沦陷区作家创作了大量作品，小说方面有李辉英的《万宝山》，山丁的《山风》、《绿色的谷》，梅娘的《第二代》，袁犀的《邻三人》，陈隄的《大黑龙江的忧郁》，罗烽的《两个阵营的对峙》等；戏剧方面有塞克的《哈尔滨之夜》和金剑啸的《艺术家与洋车夫》等。这些作品从不同侧面反映了满洲国劳动人民的痛苦生活和悲惨命运。因作者所处的高压政治环境，"作品的社会背景在艺术的表现中普遍的有所淡化，尤其是悲剧的政治背景和背景的社会根源，往往不便做深入地发掘和具体地描写，而大多采取一种较为隐曲的点染和暗示"①，但是其历史意义是不容抹杀的。

这14年的东北文学，无论抗联文学还是沦陷区文学，都是东北救亡文学的重要组成，为后来的东北新启蒙文学实践准备了条件。这是因为：第一，二者都是以五四启蒙思想为精神核心的，具有相同的思想基础。第二，承担救亡启蒙任务的十四年文学和新启蒙文学运动有着相同的政治方向，抗日战争结束后，启蒙的指向容易转向解放战争。第三，成功的救亡启蒙也为东北解放区的新启蒙提供了宝贵的经验和教训。

在东北独特的革命政治和历史文化环境下，随着中国革命文化大军战略目标的转移，为"建立巩固的东北根据地"，延安各大学、文化机构、文艺团体、电台报社及相关干部相继北迁到哈尔滨、佳木斯、绥化、齐齐哈尔等地。那时，与这些文化机构北迁的干部、文艺工作者大都是当时较有成就的作家、艺术家，如萧军、塞克、罗烽、宋之的、艾青、白朗、金人、草明、李又然、周立波等，加上原来一直坚持在东北创作的本土作家山丁、爵青、疑迟、梅娘、陈隄等人，这些作家、艺术家形成了一个庞大的创作群体，这一群体的形成为东北新启蒙做了人员上的准备，作为一种历史的必然，新启蒙运动自然而然地在1946年的东北发生了。

---

① 金训敏：《昨日黄花 "囚徒的悲歌"》，载冯为群等《东北沦陷时期文学国际学术研讨会论文集》，沈阳出版社1992年版，第36页。

二、新启蒙运动在东北

1946 年到 1949 年的东北新启蒙运动实质是新启蒙运动的东北阶段。新中国成立前的新启蒙运动分为三个阶段，分别是上海—北京时期、延安时期、东北（哈尔滨）时期。在这三个时期的新启蒙思想是一脉递进的，上海—北京时期是新启蒙思想的建构阶段，延安时期是对新启蒙思想的革命发展阶段，东北时期则是对延安革命启蒙思想的文化实践阶段，其中影响最大的当数延安时期。东北新启蒙运动的核心启蒙思想是对延安新启蒙思想的直接移植，是延安启蒙思想的东北文化实践。然而在启蒙实践过程中，虽然是全盘的移植，但后者对于前者却不是简单的重复和生硬的模仿，因东北特殊的历史环境、文化环境和政治环境的不同而发生了一些变化，主要表现在以下几个方面：

第一，启蒙政治方向的转变。抗战胜利后，新启蒙反对异族侵略和奴役的救亡启蒙的历史任务结束了，但是革命启蒙并未就此终结，国民党反动政府发动内战，将中国共产党卷入国内解放战争之中。为了配合这场旨在解放全中国，让劳苦大众翻身、当家做主人的正义战争，必须在解放区乃至国统区进行新的革命思想启蒙，新启蒙的政治方向由抗日救亡启蒙转向了反蒋救亡启蒙。第二，启蒙对象的变化。门德尔松认为，决定启蒙程度的因素之一是启蒙知识"在社会各个领域的普及程度"①，也就是在所有阶层里传播的程度。延安时期，由于根据地面积的关系，抗日革命救亡启蒙的文化运动只能局限在革命干部兵士和农民阶层中进行，启蒙的层面较窄。而新启蒙思想传入东北后，启蒙环境发生了变化，农村的农民、大城市中的工人、商人、职员、学生等社会各个阶层都被纳入启蒙的范围，启蒙开始真正向大众化的方向迈进。第三，启蒙思想权重的变化。由于启蒙政治方向的改变以及启蒙对象的多样化，启蒙思想的比重也发生了变化。延安时期的新启蒙思想中，革命启蒙占主体地位，文化启蒙居次。东北时

---

① ［法］高宣扬：《德国哲学通史》第 1 卷，同济大学出版社 2007 年版，第 127 页。

期，革命启蒙思想仍然是主导，同时文化启蒙的比重也大大增强了。这是因为刚刚从日本人统治下回归到祖国怀抱的东北人民，他们对伪满洲国之外的世界不了解，尤其是殖民文化对青少年学生影响甚重，他们对祖国文化知之甚少或几乎一无所知。在这样的背景下，对其进行文化启蒙就显得尤为紧迫和重要。

1946年，延安的革命文化机构和文艺团体集中地转移到了佳木斯。先后到来的团体有总政文工团、延安青年艺术剧院、延安大学（包括鲁艺）、解放日报、新华广播电台、新华书店、延安画报社、延安电影团等单位。这一年，佳木斯成了指导东北文化的中心，被称为东北"小延安"①。如果说佳木斯是东北文化中心的话，那么哈尔滨就是东北解放区的临时首府和经济、文化中心。这里有着光荣的革命传统和文化传统，汇集了从延安来的各路文艺工作者，1946年春天，中共中央东北局也从长春迁到了哈尔滨。在这种形式下，哈尔滨、佳木斯、齐齐哈尔、大连、沈阳等地的文化运动都蓬勃开展起来。

新启蒙运动在东北解放区主要表现在文化上的启蒙，是一场革命文化运动的实践。早在20世纪30年代末期，新启蒙的倡导者就鲜明地提出，"我们当前的新启蒙运动——也就是我们当前文化上的救亡运动"②，是继五四之后的又一次新文化运动。东北时期，新启蒙的规模变得更加庞大，完全超过了前两个时期，这是一种有目的、有计划、有准备的启蒙。这期间，新启蒙运动实践主要表现在以下三个方面。

（一）文艺团体的启蒙实践

文艺团体的启蒙活动是最直接的一种启蒙方式，它用文艺演出的形式，以歌曲、歌剧、秧歌剧等通俗易懂的民间方式对群众进行启蒙、宣传和教育，将革命思想面对面灌输给群众，收到简单快捷的效果。

从1945年光复到1946年哈尔滨解放，在中共中央东北局领导

---

① 王建中、任惜时、李春林等：《东北解放区文学史》，辽宁大学出版社1995年版，第63页。

② 陈伯达：《论新启蒙运动》，《新世纪》1936年10月第1卷第2期。

下，东北三省相继建立数十个文艺工作团体，他们在东北的城市街头、农村的田间地头、工厂部队等处进行巡回演出，传播革命文艺，教育和争取广大人民群众。这些文艺团体中影响较大的有东北文工一团、东北文工二团、总政文工团、东北鲁艺文工团、东北文协文工团、东北文教队、东北炮兵文工团、东北军政治部文工团、东北民主联军后勤政治部文工团、东北军政大学文工团、兆麟文工团、黑龙江省文工团、齐齐哈尔文工团、双城文工团、辽宁社教文工团、旅大文工团、吉辽军区政治部怒吼文工团，等等。这些文工团和剧团以《讲话》为指导方针，坚持文艺大众化的道路，坚持为工农兵服务，活跃在东北城乡，战斗在前线后方，开展各种文艺活动。他们表演《黄河大合唱》、《我们的乡村》、《祖国的土地》、《把眼光放远一点》、《军民一家》、《血泪仇》和《兄妹开荒》、《白毛女》、《为谁打天下》、《杨勇立功》、《铁血男儿》等合唱、独幕剧、秧歌剧和歌剧。这些作品都是以爱国救亡为主题，具有积极的教育意义，有良好的启蒙效果，颇受人民群众好评，在"宣传群众，组织群众，支援前线，瓦解敌军，搞好土改，发展生产中起到了巨大作用"[①]。特别值得一提的是，东北鲁艺文工团在 1946 年 8 月曾受中共合江省委派遣，在依兰和刁翎等县城进行过长期的剿匪宣传工作，成绩卓著，受到东北局和合江省委的通令表彰。齐齐哈尔文工队等对《五四指示》等土改政策的宣传也在当地取得重大成绩，对土改运动做出了应有的贡献。

（二）报刊杂志的启蒙实践

1946 年 3 月 9 日，哈尔滨成立了第一个文艺协会——哈尔滨文艺工作者协会；7 月，齐齐哈尔成立了文协，开展了一系列群众文艺活动；9 月 19 日，由萧军、罗烽、草明等 6 人发起的"中华全国文艺协会东北总分会"（后改名东北文艺协会）筹备会召开，总会下设三个部，"萧军、罗烽、草明分任三个部的部长"[②]；11 月 24 日，合江

---

① 王建中、任惜时、李春林等：《东北解放区文学史》，辽宁大学出版社 1995 年版，第 70 页。

② 冯明：《记鲁迅十年祭和东北文协的诞生》，《东北文艺》1946 年第 1 期。

省"中华全国文艺协会佳木斯分会成立"；1947 年 6 月 15 日，"关东文化协会"成立，会上发表了"关东文化协会成立宣言"。随着解放战争的不断胜利，解放区面积的日益扩大，革命文化工作也得到逐步扩展。为了团结广大文学艺术工作者，在革命事业中发挥更大的斗争作用，在东北的各大城市，如哈尔滨、佳木斯、齐齐哈尔、长春、沈阳、大连等地都成立了文艺协会等文化组织。这些文艺协会的成立符合当时东北的文化状况，他们所提出的"民主的科学的文化运动"和新启蒙思想相吻合。作为东北文艺的领导组织，对东北解放区文艺启蒙运动的发展做出了不可磨灭的贡献。

　　启蒙离不开大众化，在大众化运动中的各种刊物的启蒙宣传作用不可小觑。配合着文艺协会的成立，各种报刊杂志也开始创办。就"中华全国文艺协会东北总分会"来说，其当时的两大任务：一是改造旧艺人，二是创办会刊《东北文艺》。这个刊物由白朗主办，在东北有很大影响，一些重要的文学作品都是通过这个刊物与读者见面，是东北文学启蒙实践的一个重要阵地。与"中华全国文艺协会东北总分会"一样，齐齐哈尔文艺协会也将"办报纸、建立民众教育馆、改造旧艺人"作为工作重心。一时间，各种报纸、刊物纷纷创立，民办的、官办的，质量不等、形式不一。这其中影响较大的报刊有《东北文学》、《东北文艺》、《东北文化》、《文学战线》、《文艺月报》、《新群》、《鸭绿江》、《草原》、《北斗》、《东北画报》、《青年文摘》、《东北电影》、《群众文艺》、《人民戏剧》等。这些刊物大大促进了文学的创作和繁荣，刊发的作品对东北人民的文化思想启蒙有重要作用。

　　《东北文艺》于 1946 年 12 月 1 日在哈尔滨创刊，是中华全国文艺协会东北总分会的会刊，该刊既有理论批评又有文学创作，此外还有翻译介绍，是评论和创作并重的刊物。《东北文艺》栏目众多、题材多样、新老兼顾、作者广泛，成为当时影响颇大的文艺刊物。萧军、塞克、金人、刘白羽、草明、李克异等作家，都在《东北文艺》发表过理论批评、文学论争的文章和文学作品，如萧军的《目前东北文艺运动我见》、《新五四运动在东北》，白朗的《棺材里的秘密》，刘白羽的《在四平的一间房子里》，草明的《今天》，马双翼（李克异）的《网和地和鱼》，舒群的《念王大化同志》等文。这些作品虽然题材各异，但在反映人民生活、土地改革运动，推动东北的文化运动发展的方向上是一致的。其间还曾就马双翼的小说《网和地和鱼》的创作思想问题展开过讨论批判，对翻身农民的思想启蒙问题和土地问题也进行了探讨。

报纸方面，各民间团体办的报纸哈尔滨很多，如哈尔滨的《民声日报》、《松江商报》、《大华日报》、《哈尔滨工商日报》、《大众日报》、《人民新报》、《北光日报》等；吉林的《大同报》、《吉林日报》、《辽吉日报》、《人民日报》、《大华日报》、《光明日报》、《通化日报》、《长春新报》、《民主报》、《光复日报》等；辽宁的《辽东日报》、《消息报》、《辽宁日报》、《胜利报》、《辽西日报》、《子弟兵》、《辽宁新报》、《辽北文艺》等。但是由共产党直接创办的报纸却并不多，主要有1945年11月1日创刊的东北局机关报《东北日报》、1946年7月1日创刊的《合江日报》和1946年8月的《辽宁日报》以及由宋之的主办的《生活报》。

《东北日报》的两个报道中心是军事斗争和土地改革，这两个中心工作是相互促进的关系。土地改革保证农民翻身当家、踊跃参军，保障军事的胜利。军事的胜利又保卫了民主政权和土改的果实。军事报道上，人民解放军在解放战争期间的各个重大胜利在《东北日报》上都有报道。"通过宣传报道，打破当时在部分人中存在的和平幻想，揭露美蒋制造中国内战的阴谋。"① 及时地向解放区人民报告胜利的消息，适时地加强对人民群众的革命启蒙教育。除此之外，《东北日报》还加大剿匪斗争的宣传和报道，如"战斗模范杨子荣活捉匪首座山雕"、"大土匪谢文东伏法"、"对大汉奸、匪首姜鹏飞的公审"等，这些翔实的报道有力地动员了人民参加剿匪斗争。在土地改革方面，对东北各个省市地县，尤其是哈尔滨周边县城的土改工作进行不间断的报道，经历了土改的"开拓地"、"煮夹生饭"、"砍挖运动"、

---

① 《哈尔滨市志·报业广播电视》第25卷，黑龙江人民出版社1994年版，第88页。

"平分土地"四个阶段，抓典型和介绍经验，促进土改进程，为其提供经验和政策保障。《东北日报》副刊主要发表一些文艺作品和文艺评论，萧军、马加、华山、刘白羽、吴伯箫等都在其上发表过作品，如周立波的《暴风骤雨》、草明的《今天》、范政的《夏红秋》、严文井的《一个农民的真实故事》等。《东北日报》是一个宣传党的文艺方针政策、发表革命作品的重要报刊阵地。特别要提出的是，另一个影响比较大的报纸是东北局宣传部的机关报《生活报》。

《生活报》于 1948 年 5 月 1 日在哈尔滨创刊，是在东北局宣传部支持下由宣传部秘书长刘芝明出面、委托宋之的创办的一份群众性报刊。该报由宋之的任社长，金人、华君武、沙英、王坪等人为编委，设置了"时事述评"、"自由谈"、"地理常识"、"读者顾问"等栏目，介绍当时的政治事件、文化活动，刊登通讯、报告、文艺散文、诗词、评介等短小文章。《生活报》为 5 日刊，由生活报社编印，光华书店发行。在 1948 年 5 月 1 日的"创刊的话"中，《生活报》编辑阐明了该报办刊目的："我们便希望，每一个人都能在这小小的报上得到他所需要的一份口粮。这口粮不是别的，是在他的实际生活中所未曾理解的，能感到鼓舞的，应该学习的。使坚强的人更坚强，迷失的人能重新获得力量。"[①] 从这段文字中可以看出《生活报》希望给予读者的是"精神食粮"，这食粮是理性的力量，它可以通过学习来鼓舞人们，使人获得力量变得坚强。这实际是对大众的思想启蒙，目的是让人民脱离自身的不成熟。该报在本质上同《文化报》一样，也担负着东北解放区革命和文化启蒙的任务。

除了党办报纸外，在东北解放区启蒙文化运动中，影响面最广、影响力最大的当数萧军主办的《文化报》。《文化报》是萧军在哈尔滨积极践行东北新启蒙思想的主要阵地，报纸以东北市民阶层中的知识分子为主，即学生、店员、职员为启蒙对象，以不同的方式对其进行革命思想启蒙和大众文化启蒙，企图"把一般人民引导向新的文化生活，从人民血液中消除一切封建和帝国主义式的毒质。新的人民，

---

① 宋之的：《创刊的话》，《生活报·创刊号》1948 年 5 月 1 日。

必须懂得过新的文化生活，只有如此，才能算为全盘革命，否则就不可靠"①。带着这样的目的，《文化报》开始了对东北人民的新启蒙活动的实践。《文化报》自给自足，克服各种困难，从 1947 年 5 月 4 日到 1948 年 11 月 25 日共出版 73 期，加上增刊 8 期共 81 期。《文化报》由于是面对特定的读者群，栏目驳杂，是"一些文学常识、短文、小诗、书评、剧报以及杂碎之类"②。这些栏目中既有革命启蒙，如对马克思、列宁主义的介绍，对李大钊精神的分析文章，以及对共产党的歌颂、对国民党反动政府的批评文章，又有文化启蒙，如文学常识、各种诗歌、故事、寓言等；同时，也不乏社会启蒙和生活启蒙。《文化报》面向市民大众，内容通俗易懂，出版周期短（5 天一期），在当时的哈尔滨影响广泛，深受市民、学生喜爱。《文化报》办刊的时间虽不长且中间还一度停办，但是在东北影响很大。从《文化报》1948 年 4 月 1 日第 26 期的"启示"中可以看到，当时报纸的订阅量已经超过 9000 份，影响可见一斑。在 1947 年到 1948 年间，《文化报》宣传马列主义和党的政策方针，团结广大青年和各界人士，为党的中心工作起到了积极的作用，对解放区的文化启蒙做出了应有的贡献，产生了广泛的政治影响。

（三）文学作品的启蒙实践

除了文艺团体的演出和报刊上文艺作品的启蒙外，文学作品的启蒙实践活动也十分突出。这里所谈的文学作品的启蒙是指由出版社结集出版的启蒙文学作品，如剧本、中长篇小说等。在东北新启蒙运动中，从事文学创作的作家构成主要有两部分：第一部分是原东北作家群作家，如萧军、舒群、白朗、罗烽、金人、马加、师田手、山丁、李克异等，另一部分是来自延安的非东北籍贯作家，如丁玲、田汉、洪深、周立波、刘白羽、柳青、草明、公木、安波等。"他们带着延安文艺座谈会获得的巨大思想动力，带着延安文艺的光荣传统与宝贵

---

① 萧军：《约法三章》，《文化报·创刊号》1947 年 5 月 4 日。
② 萧军：《复刊词》，《文化报》1948 年 1 月 1 日。

经验，投入到东北解放区的文艺运动之中去。"① 在延安启蒙思想的引导下，他们结合革命斗争实际，积极创作反映剿匪、土改和解放战争题材的文学作品，这些作品以政治时事为题材，以宣传教育为目的，既有政治性又有文学性，作品大都是文学史上的红色革命文学经典，具有革命史的价值。这类作品中比较有代表性的有周立波的《暴风骤雨》、萧军的《第三代》、罗烽的《故乡集》、范政的《夏红秋》、陈学昭的《漫步解放区》，等等。

　　1946 年到 1949 年的东北解放区的新文化运动涵盖十分广泛，涉及文艺表演、广播电影、报刊杂志、文学创作、美术漫画、文化教育等各个方面。对群众进行了革命思想启蒙，极大地支援了土改斗争和解放战争。东北新启蒙运动的贡献总的来说主要表现在以下几个方面："一、肃清法西斯的和封建的文化残余；二、开展民主的科学的新文化运动；三、团结知识青年，加紧研究中外文化最新的成果，提高创作的能力；四、开展大众化文化运动，促成人民大众文化翻身；五、加强与全国文化界的联系，共同为建设民主的新文化而努力。"② 新启蒙运动在东北所做的工作不仅符合当时东北的文化状况，而且还具有一定的前瞻性，在新中国成立后的很多年里都是中国文艺所需要完成的任务。

第三节　东北新文化运动的急先锋：
萧军及其新启蒙实践

　　发生在 1946 年的东北新启蒙运动是一场新文化运动，对于刚刚走上民主道路的东北人民来说，推进新文化运动的发展无疑是建设新东北、解放人民思想的一个重要途径。作为东北作家群的领军人物，

---

　　① 李春燕：《19—20 世纪东北文学史的变迁》，吉林人民出版社 2004 年版，第 140 页。

　　② 王建中、任惜时、李春林等：《东北解放区文学史》，辽宁大学出版社 1995 年版，第 66 页。

无论是流亡关内还是在延安时期，萧军对故乡的热切关注从未改变过。在政治上，他反对伪满政权的黑暗统治，怒斥国民党政府的不抵抗策略，向东北民主联军致敬并要求国民政府尊重东北绝大多数的意志承认已有的民选政府。呼吁"为建设东北人底新东北而奋斗，与各地同胞团结起来，为建设和平、独立、团结、进步的新中国而奋斗"①。抗战胜利后，又以"七步诗"谴责蒋介石急于发动内战而"去到东北表演一番"②。萧军的这些言行表达了鲜明的政治倾向和大局观念。作为一个文艺作家，其政治主张或许是不会被人看重的。他能被人关注和产生影响的，往往是其文艺思想方面的理论认知，萧军在东北新文化运动中的新启蒙思想理论就是这样。在这次新启蒙运动中，无论是理论还是实践方面，萧军作为鲁迅精神的承接者和东北作家的代言人，始终都走在最前面并做出了重要的贡献。

一、萧军对东北新启蒙运动的贡献

在 1946 年到 1949 年的东北新启蒙运动中，萧军的贡献主要表现在对新启蒙的理论倡导、对新启蒙的文化实践和对新启蒙的行为实践三个方面。

（一）东北新启蒙运动的理论倡导

东北新启蒙运动有成熟的思想体系，即延安时期的新启蒙思想。随着哈尔滨的解放、延安文艺工作者的到来、东北新文化运动的兴起，延安启蒙思想便也随之进入东北，在新东北的政治、文化建设中发挥着至关重要的作用。延安启蒙思想得以进入东北与当地历史文化环境融合发展并能最终成为东北新启蒙思想，这主要得力于这种启蒙思想的载体——文艺工作者。正是在文艺工作者的积极倡导下，刚刚解放的哈尔滨掀起了一场新文化运动，萧军就是这场新启蒙运动的重要倡导者和实践者之一。

---

① 萧军：《致东北同胞及全国人民》，《晋察冀日报·副刊》1946 年 3 月 1 日。
② 萧军：《闲话"东北问题"》，《萧军全集》第 12 卷，华夏出版社 2008 年版，第 16 页。

　　对于新启蒙运动的倡导是萧军回到东北之后的一个伟大贡献。这场运动中的萧军并不是一个人孤军奋战，其背后有中国共产党的强大支持。1945 年 12 月 28 日，毛泽东给中共中央东北局发出了《建立巩固的东北根据地》的指示，提出了依靠群众、发动群众的方针，并阐明"在东北，工人和知识分子的动向，对于我们建立根据地，同争取将来胜利关系极大。……应尽可能吸引工人和知识分子参加军队和根据地的各项建设工作"①，要发动工人、农民和知识分子就必须对其进行思想文化上的启蒙。1946 年 5 月 4 日，中共中央发出了《关于反奸清算与土地问题的指示》（简称《五四指示》），展开土地改革运动，开始对广大农民进行思想启蒙，调动了广大农民的积极性，加快了东北解放战争进程。在工厂，工人们通过学习不断提高觉悟，了解了工人和剥削阶级的关系、树立社会理想并积极生产、支援前线。在知识分子和学生中，东北局颁布了《对于知识分子决定》等文件，消除他们的顾虑和不正确思想，鼓励创作，发展革命文艺，从而掀起了东北新文化运动。

　　萧军对新启蒙运动的理论倡导，表现在他 1946 年回到东北后发表的一系列文章中。首先，萧军认为当时的中国需要启蒙，这启蒙不仅仅是文化上的运动，更应是政治和革命上的启蒙。在《再来一个"五四"运动》一文中，萧军代表人民发出了我们"要生存，要温饱，要民主，要和平，要自由，要平等"的呼声，并呼唤五四时代，认为"新的'五·四时代'就要到来。胜利要永远属于人民这一边，这是不能移易的真理，这是人类发展必然的法则，谁漠视它，谁就灭亡！"② 通过这篇短文萧军告诉人们，要想真正获得和平、自由、平等、民主，就必须依靠人民的力量，粉碎锁在人民身上的镣铐，像五四时代一样破旧立新。在稍后的《新"五四"运动在东北》这篇文

---

　　① 毛泽东：《建立巩固的东北根据地》，《毛泽东选集》第 4 卷，人民出版社 1991 年版，第 1182 页。

　　② 萧军：《再来一个"五四"运动》，《萧军全集》第 12 卷，华夏出版社 2008 年版，第 24 页。

章中，萧军又指出：

> 今天的新"五四"运动，更是在东北，最大的特点，就是人民已经有了自己的政权，有了自己作战的参谋部——中国共产党，……是应该毫不迟疑地承继起那"五四"时代以鲁迅先生为首的光荣的传统精神——科学的，战斗的，认清了时代的主流——民主的，和平的，勇敢，坚决，负起自己历史的使命，和广大劳动人民一道，和自己底军队一道来开辟创造自己的新生罢！否则只有灭亡！①

从这两篇短文中可以看出，萧军在东北提倡五四启蒙思想，但是这种启蒙和"五四"又有所不同，表现在它是以工人农民和知识分子为代表的广大人民为启蒙主体，兼顾政治、革命、文化启蒙，这与当时的社会局势是一致的。毛泽东认为"农民是现阶段中国文化运动的主要对象"②，所以萧军在五四启蒙思想中加入革命启蒙和大众化，这既是对延安启蒙的继承，又是对毛泽东的"我们要使一切人民都能逐渐的离开愚昧状态和不卫生状态"③ 的启蒙思想的执行。

如果说以上两篇文字更多的是谈五四启蒙的话，那么最能代表萧军新启蒙思想理论的应该是《新"启蒙运动"在东北》。在这篇文章中，萧军明确指出东北的新文化运动就是新启蒙运动，继而不仅给出了新"启蒙运动"中"新"的原因，而且还将"启蒙运动"作了比较区分；不仅列出了新"启蒙运动"在东北的任务，还给出实现这一启蒙运动的方法。萧军在文中谈到，东北新启蒙不再是"浅尝"而是"深入"。"事实上，在这里已经开始了一种新启蒙运动，而且这一运动的内容，比起中国启蒙运动史上任何阶段，应该全是深入而宽广的。主要特点是表现它的广大群众性，实践性，以及文化运动和

---

① 萧军：《新"五四"运动在东北》，《文化报》1947 年 5 月 4 日。
② 毛泽东：《现阶段中国文化运动的主要对象》，中央文献出版社 2002 年版，第 115 页。
③ 毛泽东：《要使人民离开愚昧状态》，中央文献出版社 2002 年版，第 113 页。

政治运动更密切的统一性。"① 接下来，就新启蒙的"新"，萧军认为
这是相对于"旧"启蒙而言的。"以'五·四'为界说，以前的'启
蒙运动'如果说是以小资产阶级和民族资产阶级为主导，叫做旧
'启蒙运动'；这以后，就应该算是以无产阶级为主导的，新'启蒙
运动'了……今天在东北，不独有了空前没有过的广大人民和土地，
更重要的是一切政治、经济诸般条件……我们就必须使这一新'启蒙
运动'，加强，加宽，加深，加速地扩展开去。"② 在解释清楚了新启
蒙的"新"的含义之后，萧军又点明了新启蒙的对象主要是东北青
年和人民。这里的人民包括工厂工人、农村农民、学校学生、城市市
民等。对他们启蒙的办法是要他们懂历史、学知识、明道理、有理
想，即要懂得中国近百年的革命斗争史；要学习政治经济文化的一般
知识；要明白"耕者有其田"的具体道理；要有打倒剥削阶级、实现
共产主义的社会理想。至于新启蒙的方法，萧军给出了方法如次，一
是"抛弃老一套，苟日新，又日新，日日新"；二是接受五四语言，
文艺要大众化；三是开办社会教育；四是发展学术、思想、业务竞
争；五是去庸俗思想。萧军认为只有这样才能实现新启蒙的广大群众
性、实践性、文化运动和政治运动更密集的统一性特点。从这些启蒙
措施可以看出，萧军的新启蒙思想和五四启蒙思想是一脉相承的。
《新"启蒙运动"在东北》虽然篇幅不长，但对新启蒙思想的论述系
统全面、简洁精练、层次清晰、说理性强，是东北新启蒙运动的第一
篇倡导性文章。

　　作为对东北新启蒙倡导的补充，萧军又在《东北文艺》创刊号上
发表了《目前东北文艺运动我见》一文，就当时的东北新文化运动
萧军提出了新英雄主义精神，将"为人民服务，强健自己，竞争第
一"的这种新型英雄主义以及英雄们推向建设新东北的各个领域，认
为"只有用这种英雄主义，才能够打败那些反人民的假英雄、旧式英

---

① 萧军：《新"启蒙运动"在东北》，《文化报·增刊》1948 年第 1 期。

② 同上。

雄以至'个人'英雄主义或'英雄'"①。针对文艺队伍，萧军提出了对东北的文艺运动"一方面要扶植新军，一方面还要改造旧部"的观点，并要求文艺工作者要配合政治、联系人民，要深入工厂、部队和农村，要不断学习，这些都是萧军为开展东北新文化运动、推动东北新启蒙开出的良方。此外，萧军还在《文化报》上提倡新文化运动，他在第8期的《新年献词》中提议"建设'民族的、民主的、科学的、大众的'之文化也。欲建文化，首在启蒙"②。

东北新启蒙运动的倡导者中，除萧军外，较有影响的还有于毅夫、张如心、金人、严文井和陈先舟等人。其中于毅夫的《我们究竟应该走什么样的道路——建设新东北推行新文化运动》一文，对新文化和新启蒙的论述是比较全面、完整的。于毅夫，时任嫩江省省长、东北救亡总会会长，于文开篇肯定了东北的新文化运动，认为"在新东北的政治经济条件下，也必然产生了新文化运动"③。因为我们心目中的新东北是和平、幸福的新东北，是老百姓能安居乐业过太平日子的新东北，而要实现这个目标就必须要支援革命，开展新文化运动，对人民启蒙。于毅夫对东北新文化运动总结出了以下特点：

　　第一，它是具有启蒙运动的一种文化运动。
　　其次，我们的新文化运动，必须是民族的，必须要肃清殖民地残余的奴化思想与文化。
　　再次，我们的新文化运动，必须是科学的。
　　更其次，我们的新文化运动，是大众的，民主的。
　　另外，我们的新文化运动的方向是和政治的方向离不开的，我们要歌颂的是人民大众，我们要表达的是人民大众。④

①　萧军：《目前东北文艺运动我见》，《东北文艺》1946年第1卷第1期。
②　萧军：《新年献词》，《文化报》1948年1月1日。
③　于毅夫：《我们究竟应该走什么样的道路——建设新东北推行新文化运动》，《东北文艺》1946年第5期。
④　同上。

于毅夫认为，只有这样的新文化才是东北人民所需要的新文化，也是东北人民应该走的一条正确道路。同萧军一样，于毅夫也认为东北新文化运动是启蒙运动，认为新文化运动应具有民族的、民主的、科学的特点，同时认为新文化与政治的方向是分不开的，这与萧军"文化运动和政治运动更密集的统一性"的提法是完全一致的。

此外，张如心在《东北青年的道路》中，也有类似的开展启蒙运动的论述。对于青年问题，他写道："为了唤醒、推动、积极组织更多的东北青年，尤其是智识青年，使之走上革命阵地，积极参加对于东北命运有决定意义的人民战争与解放区的建设，目前迫切需要更近一步的开展一种青年思想革命的启蒙运动。"[1] 陈先舟在《献给知识青年的几点意见》中也对青年的启蒙给出了自己的意见，即"认清时代、重新看自己、是非须现实"[2]。在对待青年问题上，张陈二人的观点和看法与萧军相同。在对待知识分子文艺创作问题上，主要有严文井的《下乡，下乡，尽量多一些人下乡》和金人的《和群众结合起来》等文章。在《和群众结合起来》中，金人提出在文艺作品的内容上要改造旧形式，"要竭尽力量帮助旧戏、落子、大鼓书及旧艺人的改造"[3]。这与萧军的"扶植新军，改造旧部"的说法异曲同工。严文井也为实践自己的理论创作了土改题材小说《一个农民的真实故事》，并引发了一场文艺论争。除了上述作家外，对东北新启蒙运动倡导的作家还有罗烽、舒群等人。在东北新文化运动中，艺术家们还提出"土地还家"和"艺术还家"等口号，新秧歌剧运动就是"艺术还家"运动的开端，只不过其理论在系统性上较萧军和于毅夫等人零碎一些罢了。

（二）新启蒙运动的实践

在东北新启蒙运动中，萧军不但在理论上积极倡导，而且在新启蒙思想的实践上也身体力行，这主要表现在行为实践和文化实践上。

---

[1]　张如心：《东北青年的道路》，《东北文化》1946 年第 1 期。
[2]　陈先舟：《献给知识青年的几点意见》，《东北文化》1947 年第 2 期。
[3]　金人：《和群众结合起来》，《东北文艺》1946 年第 2 期。

萧军在行为方面的启蒙实践指其回哈尔滨后在一系列社会活动中对启蒙思想的践行，表现为以下几个方面：

一是通过演讲进行政治思想启蒙。通过演讲热情歌颂共产党，猛烈抨击国民党反动派，同时以具体事例使东北人民了解共产党、了解党的政策、了解苏联红军，对群众进行革命启蒙。萧军于 1946 年 9 月先到达齐齐哈尔，不久后回到离别 12 年的哈尔滨。在齐齐哈尔和哈尔滨的 50 多天时间里，萧军先后做了 60 多场演讲，回答了群众提出的两千多个问题，每次演讲都受到群众的好评。这些提问有的属于政治界限并不清楚，极有澄清之必要，如"一、苏联军队的纪律的问题。二、苏联把一些工厂（例如鞍山等地）的机器绝大部分拉跑了的问题。三、国民党问题。四、共产党问题。五、共产党如何看待知识分子、青年学生问题。六、在哈尔滨中国人和俄国人的关系问题"[①] 等。这些问题对于刚刚解放的东北人民了解共产党的先进性和国民党的反动性，对合理处理中苏关系、对苏联人和俄国人的区分对待等方面具有重要的意义，同时也是党制定解放区各项政策的有益参考，其启蒙意义不容小觑。

二是通过创办文化教育事业来进行文化启蒙。1947 年 3 月 15 日，萧军辞去鲁迅艺术文学院院长的职务回到哈尔滨，在东北局领导彭真和宣传部部长凯丰的支持下，萧军创办了"鲁迅文化出版社"并筹划成立了"鲁迅学会"和"鲁迅社会大学"筹备处。接下来，"还建立了墨水厂、面粉厂、铅笔厂、文具商店和鲁迅农场"[②]。这一年的 5 月 4 日，萧军主办的《文化报》在哈尔滨创刊，该报以文艺性作品为主，形式多样，深受哈尔滨文学青年喜爱。《文化报》的主要读者群是广大文学青年和学生，该报对青年们社会知识的积累、文学创作的训练、革命政治的认知等方面的启蒙作用巨大，在当时的哈尔滨文化界有很大影响。虽然后来发生了《文化报》和《生活报》的论争，但论争的过程也是一个对青年知识分子有益的启蒙的过程。

---

① 王科、徐塞：《萧军评传》，重庆出版社 1993 年版，第 213 页。

② 同上书，第 215 页。

　　三是对改造旧部的启蒙实践。这主要是指萧军夫妇对评剧演员秦友梅的启蒙和帮助。秦友梅出身评剧世家，是当时比较有名气的评剧演员，所以对她进行改造就成了必然。由于秦友梅的封建家庭对其束缚很大，加上又有封建婚姻在身，所以非常痛苦。在这种情况下，萧军对旧艺人改造的同时也对其进行了新思想的启蒙帮助。这既有萧军新英雄主义的作用又有启蒙精神的作用，是萧军运用启蒙武器以革命救世的姿态用共产主义的方法进行的启蒙。但是萧军对秦友梅的启蒙可以说是成功也是失败的，说其失败是因为在两人交往的过程中双方产生了爱情，并在当时造成了一定的负面影响，这也是导致萧军到富拉尔基参加土改的直接原因。说其成功是因为单从思想启蒙方面看，萧军对秦友梅的改造还是成功的，后来，"舒群他们也承认秦友梅如今参加进革命队伍里来，还是我（萧军，笔者注）思想启蒙的结果"①。

　　四是在土改工作中的启蒙实践。为了建立稳固的东北根据地，中国共产党在东北开展土地改革运动，斗地主、分田地，使农民分得田地而翻身当家做主。为让农民知道当家做主人的意义，明白"耕者有其田"的道理，萧军在1947年7月1日参加土改工作队到了齐齐哈尔市的富拉尔基区。在土改过渡期对当地的农牧民进行政策宣传，这一时期既实践了对农民的思想启蒙又为其文学创作积累了素材。

　　萧军在文化方面的启蒙实践是通过《文化报》来实现的，这是其推行新启蒙思想的主要阵地，尤其是在同《生活报》论争开始之后，"东北文协"和党的刊物孤立萧军，《文化报》就成了萧军发表言论、表达思想的唯一途径。《文化报》是一份启蒙报，这在第1期的《约法三章》中可以一目了然。在这份声明中，萧军首先指出报纸的读者对象，是以学生、店员、职员、一般市民为主。就是说该报的服务对象是人民大众，是有别于党报类报纸的。第二点声明是告知读者，报纸报道的是一般文化活动。最后表明办报宗旨——"本报底目的，企图把一般人民引导向新的文化生活，从人民血液中消除一切封建和帝

———————————

① 萧军：《萧军全集》第20卷，华夏出版社2008年版，第356页。

国主义式的毒质。……我们对于新的文化生活不独懂得享受，更要懂得批判；不独敢于破坏旧的一套，更重要的还是勇于建设新的今天和明天"①。从办报目的可以看出，《文化报》是东北新文化运动的一个阵地，是以文化启蒙为己任的，为引导人民走向新生活为目标。事实也确如此，《文化报》的栏目上自文学作品下到生活常识，其设置多是为启蒙服务的，如短篇小说、诗歌散文、文化随笔、民间故事、儿童歌曲、新书推介、文化辞典、科学常识、文化拾零、名人语录，事实通讯等。所涉及的社会问题包括各个方面，妇女问题、青年问题、教育问题、反封建问题等。这些内容归根到底都是为了对人民大众进行思想文化启蒙，为了消除人们身上的封建愚昧主义传统。因而《文化报》栏目及其内容以及萧军本时期的文学创作，完全符合他所提倡的新启蒙运动的群众性、实践性以及文化运动和政治运动更密集的统一性的特征。

二、萧军东北新启蒙实践的得失

对于一个总是走在时代前列的作家来说，萧军所承受的来自旧时代敌对势力的攻击和新时代阵营中同行伙伴的误解是相伴相生的。就像五四时期鲁迅在《颓败线的颤动》中描述的心境一样，萧军在勇敢地同国民党口诛笔伐作战的同时，还要承受"家族内"同路人的挑剔。历史表明，带着五四个性主义特征的"游侠"在现代社会很难成为"独斗风车"的英雄，其张扬的个性与现实的矛盾尽管有新英雄主义来调和，但历史注定萧军是一个悲情的人物。

综观萧军在哈尔滨的新启蒙实践活动，虽然出发点是好的，但从其结果上看却仍然是利弊兼存、得失并有，既有正面影响又有负面效应。若从革命事业大局角度看，明显是得大于失。而若从个人利益方面衡量，则是弊大于利。

（一）萧军新启蒙实践的积极影响

同以往启蒙运动一样，东北新启蒙运动对当时东北言论自由空间

---

① 萧军：《约法三章》，《文化报》1947 年 5 月 4 日。

的拓展，以及对人民大众所产生的启蒙影响都是值得肯定的。作为这场启蒙运动的重要组成部分，对萧军新启蒙实践活动评价也一样。萧军在哈尔滨的文化活动主要体现在文化传媒事业上，他创办出版社、办《文化报》、社会大学、工厂、农场，为刚刚解放的哈尔滨文化事业增添了亮色，尤其是《文化报》上的文化启蒙在社会上产生了积极的影响。《文化报》"主流是好的，思想健康，起到了宣传马列主义和党的方针、政策的积极作用，团结了群众，特别是团结了广大青年，在当时的东北解放区产生了极为广泛的政治影响"①。

　　萧军新启蒙实践活动的贡献有目共睹，其成绩突出、影响巨大，具体表现为"三三"影响。所谓的"三三"影响与延安边区政府的三三建制不同，这里的三三影响是指实行三种启蒙和解决三个问题所带来的积极影响。这三种启蒙是指萧军在东北新文化运动中所实践的政治启蒙、文化启蒙和社会启蒙。三个问题是萧军在《文化报》上所讨论的三个问题：即政治与文化的关系问题、文艺界本身存在的问题、怎样建设新文化的问题，这三种启蒙和三个问题相互关联、一一对应。

　　"每当激烈的政治行动之后，就会紧跟着出现奴性，教条和迷信的泛滥。"② 14 年的奴隶生活使东北人民"开启蒙昧"的要求比任何一个时代都显得更为急迫。这为《文化报》的思想启蒙提供了机遇，也为启蒙提供了对象。

　　在文化启蒙方面，萧军创办鲁迅文化出版社并出版了一系列包括鲁迅作品在内的中外名著、进步书籍，这些书籍在刚刚解放的哈尔滨如春雨一样滋润着青年学生的心田，为他们提供学习的营养。萧军还成立了鲁迅社会大学，自己亲自讲课，宣传马克思主义、鲁迅思想，传播共产主义文化。《文化报》的小说、诗歌、儿歌、故事、辞典等

---

① 王建中、任惜时、李春林等：《东北解放区文学史》，辽宁大学出版社 1995 年版，第 100 页。

② ［美］薇拉·施瓦支：《中国的启蒙运动》，李国英等译，山西人民出版社 1989 年版，第 377 页。

对长时期远离祖国文化的东北青年，尤其是在伪满洲国成长起来的学生和儿童来说，其重要意义不言而喻。这种启蒙同时也为怎样建设东北新文化问题提供了样本和解决方法，那就是大众性、实践性和政治性的启蒙。

政治和社会启蒙，主要是在《文化报》上进行的。《文化报》上有对马克思主义、列宁思想、共产主义专门介绍、系统宣传的文章；有对共产党歌颂拥护、对苏联友邦敬意、对美帝和国民党恶行揭露批判的文章。此外还有专门对文化和政治名人如对鲁迅、高尔基、果戈里（果戈理）、普世庚（普希金）、列宁、李大钊等人的介绍栏目，另外，还有一些描写党的革命工作者的小说。对广大人民进行了革命启蒙教育，使群众认清形势、分清善恶，加强对中国共产党的拥护和爱戴，更加积极地投入到了参军和支前行动之中。这样，自五四以来的文化和政治难以融合的问题，在萧军的《文化报》上自然而然地解决了，达到了文化运动和政治运动更密集的统一性。社会启蒙方面更是无所不及，从文化动态到柴米油盐酱醋茶，甚至治病偏方再到小辞典无所不有，涉及人们生活的各个方面。

通过报刊及其启蒙解决了政治与文化的关系问题、怎样建设新文化的问题之后，萧军亲自上阵，用自身的实际行动，以《文化报》和《生活报》的论争的方式来讨论"文艺界本身存在着的问题"。尽管这一问题在当时并未真正得到解决，但是却将文艺界内部存在的问题暴露出来，萧军用自身无私的牺牲为后来解决这些问题作了必要的铺垫。

虽然萧军的新启蒙实践活动随着《文化报》的停刊戛然而止，但他的启蒙实践对东北新启蒙运动和整个东北新文化运动的影响巨大。他创办的鲁迅文化出版社、鲁迅社会大学、墨水厂、面粉厂、铅笔厂、文具商店和鲁迅农场，作为文化资产和经济资产交还给了政府，为哈尔滨的文化和经济建设做出了贡献。《文化报》所做的思想文化启蒙对东北儿童、学生和青年文学爱好者影响极大，甚至影响了他们一生。这从《文化报》的发行量上就可窥一斑，从创刊初期的一两千份到复刊后"超过九千份"①，可以看出《文化报》对读者的影响以及读者对它的喜爱。

（二）萧军新启蒙实践的缺失和不足

在这场思想解放运动中，萧军的新启蒙实践总的看来方向是正确的、形式是适当的、方法是合理的、效果是明显的、影响是显著的。如果说还存在缺失和不足的话，那么则应是萧军性格上的不足以及新英雄主义个性在新启蒙实践中的激进造成的不足。主要体现为以下几个方面：

第一，孤军奋战、不善沟通、缺少团结。萧军是以游侠的姿态步入文坛，受五四启蒙思想和鲁迅精神影响，五四时期知识分子个性自由的思想使他的个性张扬而奔放。虽然他参与倡导了东北新启蒙运动，但是在实践这一运动时萧军却我行我素，无论是出版社还是《文化报》都由他一人主持创办，没有和整个启蒙运动的潮流融汇在一起，这就使其启蒙活动一直处在孤军奋战的状态下，游离于集体之外。再加上《文化报》是个人创办的，萧军本人又不是共产党员，哈尔滨文艺界对萧军有"外人"的感觉。萧军是鲁迅忠实的弟子，一直高举鲁迅文化的旗帜，所以创办的出版社和社会大学以及"学会"都带有"鲁迅"字样。萧军是著名作家，在哈尔滨个人影响较大，加之不趋炎附势，做人又比较高调，给人以高高在上之感，于是造成了与哈尔滨文艺界缺少沟通、不团结的局面。

第二，稿件来源匮乏、文章质量不高、启蒙深度不够。由于和党内文艺界的隔膜和冲突，萧军一度被孤立，其启蒙活动也受到影响，鲁迅文化出版社和《文化报》的稿源、出版纸张都成了问题。他们"孤立萧军，党员们不给投稿，萧军一人独领风骚"②。辛若平曾经谈到自己的遭遇，"文协整他的'风'，专门注重他和我（萧军，笔者

---

① 文化报社：《启事》，《文化报》1948 年 4 月 1 日。

② 侯唯动：《萧军——大写的人》，《萧军纪念集》，春风文艺出版社 1990 年版，第 81 页。

注）的来往，以及为什么向《文化报》投稿?"① 蒋锡金也被警告，张如心就曾找他谈话，"主张他不为《文化报》写稿，写时也不用真名"②。这就是为什么《文化报》上萧军作品较多的原因。尽管萧军的一些朋友化名给《文化报》投稿，但还是远远满足不了报纸的需要，由于普通文学青年的稿件水平又有限，尽管萧军拿出许多旧稿发表，但是还是显得捉襟见肘。稿件的缺乏、文章质量的下降间接导致了《文化报》启蒙不能深入。经济上的原因导致出版用纸紧张，纸质粗糙、质量极差，也是《文化报》不够完美的一个原因。

第三，缺乏和党组织的必要沟通，没有在工厂和报社建立党团组织。萧军在创办鲁迅文化出版社和《文化报》初期，只是依靠自身影响创业，忽视了同党组织的适当沟通和交流，过于张扬的高调行事，使其处在被党内知识分子排挤的位置。当萧军意识到这点时，也曾在1947年7月24日向唐景阳提出在出版社建立一个党小组的要求，并在4天后又提出"在工厂中建立青年团事"③。后来由于青年们不愿在工厂建立共青团而无果而终，在出版社建立党小组的提议最后也不了了之。缺少党的直接领导是《文化报》事件发生的一个间接的原因。

萧军的新启蒙实践总体来看是正确的、值得肯定的。如果说有些许不足，那也是符合事物发展规律，瑕不掩瑜。相比之下，从其独特的个性角度来看，倒是对其启蒙实践乃至其整个人生事业有很大的负面影响。单从"《文化报》事件"讲，萧军还是没有多少过错的。历史证明，"东北事件"加给萧军的罪名是莫须有的、是站不住脚的、是错误的。人们对《文化报》的评价是公正的，正所谓公道自在人心，中共北京市委在1980年4月为萧军做出正式的结论，推翻当年强加在他身上的一切诬陷不实之词，称其为"具有民族气节的革命作家"便是对萧军最大的肯定。

----

① 萧军:《萧军全集》第20卷，华夏出版社2008年版，第261页。

② 同上书，第265页。

③ 同上书，第278页。

第四节　继承与扬弃：新启蒙实践的文化哲学思辨

　　启蒙思想运动从来没有最后一幕，"如果人类思想要解放的话，这是一场世世代代都要重新开始的战斗。"① 近代中国的启蒙运动从未停止过，不仅资产阶级革命需要思想启蒙，无产阶级革命同样需要启蒙，并且各种民主革命在不同时期对启蒙的要求也不一样，启蒙思想也处在不断的发展变化中。这些启蒙表现出一个明显的特征，就是不同启蒙中的后者，或同一启蒙的后半程总是要比前者和前半程显得更为进步、更加深入。比如同是资产阶级的民主启蒙，五四启蒙思想和新启蒙思想就有较大的变化，后者在继承前者的基础上有了很大的改观，将文化启蒙和民族救亡结合在了一起。同样，延安启蒙在对新启蒙的继承上也扬弃了其资产阶级的自由主义和部分反传统的批判成分，而加之以无产阶级革命民主启蒙思想。后者对于前者的启蒙思想并非一味地接受，采用的是科学地、理性地、辩证地继承和扬弃的方法。延安启蒙思想对新启蒙思想是这样，萧军的新启蒙实践也如是。对于主体是延安启蒙思想的东北新启蒙思想，尽管萧军是这种新启蒙的倡导者之一，但是在实践这种新启蒙思想时，个人的经历、独特的知识分子的个性、特殊的身份使萧军在践行新启蒙思想时还是有意无意地按照自己的好恶而选择了自己喜欢的、擅长的五四启蒙思想。

一、萧军新启蒙思想的文化内核——五四启蒙

　　在东北新文化运动中，萧军倡导的新启蒙思想的文化核心是五四启蒙思想。新启蒙文化实践的实质是五四启蒙，可以从以下两个方面验证。

　　首先，在萧军倡导的新启蒙思想中透露出的是五四启蒙的气息。他倡导新启蒙运动的文章几乎所有标题和内容都与"五四"有关，

────────

① ［英］阿伦·布洛克：《西方人文主义传统》，生活·读书·新知三联书店 1997 年版，第 250 页。

都被冠以"新五四"的字样，如《再来一个"五四"运动》、《新"五四"运动在东北》等。在这些文章中萧军代表人民发出了"我们要生存、要温饱、要民主、要和平、要自由、要平等"的呼声，并呼唤"五四时代"，认为新的五四时代就要到来。从中可见，萧军所提出的启蒙实际是五四启蒙的延续，是一种新时代的新"五四"。在《新"启蒙运动"在东北》一文中，虽然标题没有"五四"字样，但文中仍以五四为启蒙的分界点来探讨新旧民主主义革命的关系，探讨新旧启蒙的关系，指出新启蒙要和五四一脉相连，要学习五四语言、五四精神等。在《目前东北文艺运动我见》一文中，萧军第一次没有谈五四，代之的是"新英雄主义"精神，这种精神核心之一的鲁迅精神就是五四精神的变体，这事实上又是在提倡五四精神、五四启蒙。所以，反观萧军的东北新启蒙思想，将这几篇提倡新启蒙思想的文章贯穿起来寻出其精神主线，就不难看出萧军提倡的新启蒙思想其实是五四启蒙思想在一种特定历史环境下的回归，是经政治革命思想改造后的再现，是扬弃了资产阶级民主启蒙中的消极因素后对五四启蒙思想精髓的继承和回返。

其次，萧军对新启蒙思想的实践也处处闪耀着五四启蒙精神的光辉。在东北新文化运动中，萧军在中共中央东北局的支持下创办鲁迅文化出版社、鲁迅社会大学和《文化报》等文化传媒教育机构，积极进行文化启蒙。表现为：

第一，回到哈尔滨之初的萧军陆续做了 60 多场演讲，回答了群众提出的两千多个问题，这些问题大多是以谈形势为主，针对群众当场提出的问题进行答辩。通过演讲，"宣传了马列主义，宣传了党的政策，解答群众提出的各式各样的问题，对提高群众觉悟，肃清日本帝国主义奴化教育的反动影响，发挥了很好的作用"[①]。萧军的演讲本质上就是一种启蒙，其演讲的内容无论是关于鲁迅还是关于自己和萧红的创作，都是对东北解放区人民的启蒙教育，这是一种文化的启蒙，是对鲁迅思想的继承和宣扬，属于五四启蒙思想。同时，对马列

---

① 张毓茂：《萧军传》，重庆出版社 1992 年版，第 253 页。

主义进行的宣传，使其与后来倡导的新启蒙思想保持了一致。

第二，从萧军创办的文化机构名称上看，萧军进行的启蒙实践就是五四启蒙。这些机构无论是鲁迅文化出版社还是鲁迅社会大学，抑或是鲁迅研究会、鲁迅学会都用了鲁迅的名号，牌匾是鲁迅的字体，会徽是鲁迅的头像。可见萧军是以继承和发扬鲁迅精神为己任，这被萧军称为"雄心"。萧军是鲁迅精神的继承者，尽管鲁迅后来接受了共产主义，但是鲁迅精神的思想精髓仍然是五四思想。所以，萧军坚持鲁迅精神实际就是坚持五四启蒙精神，只不过萧军将鲁迅的五四启蒙思想进一步改造了，增强了共产主义因素。他在日记中曾表达过这一思想，"鲁迅先生只走了半段党外共产主义的路，我继承它，除开走下来后半段党外的路，更进一步，后半段必须走进来，否则将不合历史发展规律"①。从这段日记中可以看出萧军继承的不仅是鲁迅的精神，还有鲁迅所走的共产主义的道路，并且还要走进党内。这既显示出了萧军的共产党"同路人"身份，又表达了萧军要成为"家族内"成员的愿望。正是这种思想观念使他将五四启蒙思想与毛泽东思想结合起来，在新启蒙的理论中将五四启蒙和革命政治紧密结合。

第三，鲁迅文化出版社和鲁迅社会大学的启蒙核心也是五四启蒙。鲁迅文化大学所授课的内容多是对鲁迅的思想和作品的研究，另外还就"新人生观"、"中国革命和中国共产党"等方面开设一些讲座。这些课程内容有的放矢，主要针对东北解放区文学青年进行文化启蒙教育，受到广泛的好评。1947年5月19日，鲁迅社会大学第一次开课，由萧军亲自主讲，共有500多名学员听课，充分显示了萧军的社会影响力和人们了解鲁迅思想的渴望。1947年至1948年这两年中，鲁迅文化出版社根据青年的需要陆续出版了大量启蒙书籍，如《新人生观》、《马克思主义》、《中国革命和中国共产党》、《科学社会主义》等宣传共产主义的图书。这些书籍中以鲁迅等五四进步作家的作品和研究类著作居多，如《鲁迅思想研究》、《鲁迅研究丛刊》、《鲁迅文选》、《子夜》、《家》、《八月的乡村》、《羊》、《第三代》

① 萧军：《萧军全集》第20卷，华夏出版社2008年版，第275页。

等，外国译著如《普世庚论》（普希金论）①等。这些作品如同雨后春笋般出现在哈尔滨，成为刚刚解放的哈尔滨文学青年的精神食粮。

第四，《文化报》的文化启蒙本质上是五四启蒙。萧军所有的启蒙实践中最能体现萧军对东北启蒙运动的贡献，最能体现萧军启蒙思想的实质的是他在《文化报》上进行的思想启蒙。之所以说《文化报》体现的是五四启蒙思想，是因为《文化报》栏目的内容涵盖了当时各种形式的启蒙，既有宣传共产主义土改和解放战争的政治革命启蒙，又有针对人民群众的愚昧无知的思想启蒙，既有对青年学生的文化启蒙，又有对普通市民的社会启蒙。这些启蒙中文化启蒙、个性主义启蒙、人的启蒙、反抗启蒙和女性启蒙都自然而然地与"五四"启蒙思想契合。人们在《文化报》上看到的是一种全新的"五四精神"，这种五四精神宣传的依然是科学和民主。只是由于社会政治环境的不同，新五四精神在科学和民主的基础上又增添了和平、自由观念，是对旧五四精神的继承、创新和发展。

由是观之，萧军在东北新文化运动中的新启蒙思想的文化核心是发展创新后的五四启蒙思想，即新"五四启蒙"，萧军的新启蒙思想在文化上是五四思想，在哲学上是共产主义思想。

二、萧军新启蒙思想的表现形式——双轨道启蒙

萧军新启蒙思想的文化核心是五四启蒙，这与东北新文化运动中的新启蒙思想并不相悖，既不是对新启蒙的理解有误，也不存在主观上的故意，二者之间的关系不是矛盾对立的，而是和谐统一的。尽管如此，萧军在《文化报》的启蒙实践中为将五四启蒙思想和延安新启蒙思想有机地结合在一起，避免它们产生摩擦，谨慎地、创造性地运用了"双轨道启蒙"的表现形式。

所谓"双轨道"，顾名思义即两条轨道、两条线路。两条轨道一内一外看似相同实则不同，但同时共同的合力又使其成为一个有机的

———————————

① 文中所有涉及的"鲁迅文化出版社"出版的书籍，皆摘录自《萧军研究》第20卷。

整体，萧军的"双轨道启蒙"即如此。两条轨道代表了两种启蒙思想，一条内道一条外道。内道五四启蒙思想是文化启蒙，外道延安新启蒙思想是革命启蒙。两种启蒙思想在马列主义和毛泽东思想组成的向心力之作用下统一而和谐地并行发展，共同构建了萧军的东北新启蒙思想。

（一）双轨道启蒙的哲学基础

尽管萧军新启蒙思想的文化核心在哲学上表现为共产主义，但双轨道启蒙的哲学基础却是新英雄主义。同新英雄主义中的"双核心思想"一样，对于"双轨道启蒙"，萧军同样运用了"半步主义"思想来调和二者的关系。为保证代表五四启蒙的文化启蒙和代表延安新启蒙的革命启蒙的和谐统一，萧军主张双方各让半步。所以，他的新启蒙实践既不是全盘的五四启蒙，也不是通体的延安新启蒙，而是两种启蒙在一个文化体系中的共同体，于是便形成了这种萧军式"双轨道启蒙"的形式。

在双轨道启蒙中，五四启蒙作为文化内核处在内道位置，以鲁迅精神为指导，宣传的是文化启蒙、个性主义启蒙、人的启蒙、反抗启蒙。思考的问题与五四时期的社会问题相似，也是反封建问题、青年问题、妇女问题、教育问题，这些都和萧军的个性相契合。当时的东北，尤其是刚解放的哈尔滨的政治和社会环境与五四时期非常相近，这些启蒙及其问题的提出对于解决社会问题、解放人民群众思想有重要作用，是革命政治启蒙的必要补充。外道的革命政治启蒙是以马列主义和毛泽东思想为指引，宣传的是革命文化启蒙、革命政治启蒙。思考的问题是反蒋内战问题、土地问题、支援前线的问题、解放区建设等问题。这些问题关系到中国革命的方向、解放区人民的生活发展，与内道的五四启蒙一道共同构成了萧军的"双轨道启蒙"。实现了新启蒙的"广大群众性，实践性，以及文化运动和政治运动更密切的统一性"① 的特点。于是萧军的新英雄主义在东北新文化运动中有了用武之地，成了"双轨道启蒙"的哲学基础思想，其"双核心思

---

① 萧军：《新"启蒙运动"在东北》，《文化报·增刊》1948 年第 1 期。

想"中的毛泽东思想和鲁迅精神，分别对应和指导着"双轨道启蒙"中的革命启蒙和文化启蒙。

（二）实行双轨道启蒙的原因

如果说左联使五四启蒙遗产现代化、左翼化，延安新启蒙使五四启蒙革命化，那么东北新启蒙则是将五四启蒙通俗化。延安时期，五四启蒙完全由非中国化过渡到了中国化。哈尔滨时期，萧军又进一步将东北新启蒙实践演变成启蒙的通俗化，并回归到启蒙对个人的教育。这样看来，指导东北新文化运动的新启蒙思想此时已经具备了革命化、现代化、民族化和通俗化的特点。为更好地宣传新启蒙，尤其是为处理好政治和文化的关系，萧军创造性地发明"双轨道启蒙"这一形式。同新英雄主义一样，"双轨道启蒙"打有萧军的个性烙印。之所以在新启蒙实践中运用"双轨道启蒙"，主要原因如下：

首先，是对自身文化身份的执着找寻。萧军回到哈尔滨后就不断寻找自己的文化身份，企图重构五四启蒙。在中国，"知识分子从来没有真正忘记启蒙运动的本来意义。一旦条件允许，他们就重新把五四的目标引入中国革命"[1]。作为受五四启蒙思想熏陶成长起来的萧军，对五四启蒙思想情有独钟，他的小资产阶级身份也符合五四启蒙者的身份。故从进入文坛的第一天起，萧军就时刻接受和传播着启蒙思想。其代表作《八月的乡村》作为第一部描写东北抗日题材的作品，对救亡的启蒙意义是不可低估的。此后，无论是在国统区还是延安解放区，无论是创作还是实际工作，甚至在延安的农村生活最为窘迫、最艰难的时刻，他还计划"于本村做点文化启蒙工作……开办一个识字班"[2]。在"《文化报》事件"之前，萧军始终高举以鲁迅精神为代表的启蒙思想旗帜。

其次，是党对知识分子改造的结果使然。萧军虽然是沐浴着五四启蒙思想成长起来的知识分子，在延安倡议并参加了"延安文艺座谈

---

[1]　［美］薇拉·施瓦支：《中国的启蒙运动》，李国英等译，山西人民出版社1989年版，第296页。

[2]　萧军：《萧军全集》第19卷，华夏出版社2008年版，第251页。

会",对毛泽东《在延安文艺座谈会上的讲话》的学习理解颇深。延安一系列对知识分子的改造运动使萧军对毛泽东思想有了更深的了解,并将毛泽东思想作为自己的新英雄主义核心思想之一。"只有当知识分子克服了自身政治上的无知以后,这种启蒙的回复才明显"①。政治上的成熟使萧军不断修正自己的启蒙思想,并积极向党组织靠拢,甚至一度打算放弃共产党"同路人"的身份而要求加入中国共产党。萧军在东北实践新启蒙思想时,一方面是对已融入自身文化基因中的五四启蒙精神的钟爱,另一方面是政治成熟后对革命启蒙的责任感,使得萧军对这两种启蒙的任何一方都难以割舍,这也成为选择"双轨道启蒙"的一个重要原因。

最后,有比较成熟的新英雄主义精神来调和。以鲁迅精神和毛泽东思想为核心的新英雄主义是萧军抵御外来侵袭、调和矛盾的精神武器。对于革命启蒙和五四文化启蒙,新英雄主义分别用毛泽东思想和鲁迅精神来指导。既然二者皆不能舍弃,萧军便采用了双轨道启蒙的方式,将五四启蒙和延安新启蒙黏合在一起。这种方式实际是萧军"半步主义"思想在起作用。当然对于萧军来说,选择"双轨道启蒙"这种表现方式实际上也包含着些许无奈,这主要是与其党外作家的政治身份、当时东北特殊的社会历史环境以及萧军与党内作家的关系不睦有关。所以,萧军选择五四文化启蒙对其来说更为合适一些。

"知识分子正是在启蒙中找到了自己的位置和存在。"② 虽然萧军在《文化报》上进行的新启蒙总体效果是好的、是有贡献的,且无论是延安启蒙还是新启蒙本质上都是对五四启蒙的继承,所以其进行的五四启蒙并没有脱离新启蒙的思想体系。但是,这种启蒙还是为萧军带来了一些麻烦,政治暴力对五四启蒙提出了严峻的挑战。这是因为:第一,毛泽东对五四启蒙并不热衷,他"对五四的赞美也是有选

---

① 〔美〕薇拉·施瓦支:《中国的启蒙运动》,李国英等译,山西人民出版社 1989 年版,第 176 页。

② 同上书,第 370 页。

择的"①。他所继承的是五四反抗精神和叛逆思想，将五四作为自己革命的一面大旗，他不关心五四的文化启蒙，也不喜欢五四的自由主义，更不喜欢五四启蒙精神的倡导者，"毛泽东和知识分子联系更多些，这使得他对五四运动的成员更为尊重，但也有了更多的歧见。作为北大学生的同代人，毛泽东发现自己受到'新潮社'名人傅斯年、罗家伦和张申府等人的冷落。在毛泽东成为革命领袖期间只是增强了对这些人的不满"②。所以，萧军倡导的五四启蒙自然也不为毛泽东喜欢和认可。第二，毛泽东在1942年开始有意削弱对鲁迅的宣传和推崇，"不再鼓励鲁迅的追随者批判封建的思维习惯，尤其是在共产党领导干部中流行的封建观念"③。延安时期对"是否还是杂文时代"的讨论以及关于"暴露黑暗"和"歌颂光明"的论争都说明了这一点。因此，萧军高举鲁迅的五四旗帜在哈尔滨高调宣传鲁迅和五四启蒙的行为，自然也被毛泽东和延安文人所排斥。第三，萧军的五四启蒙与时势相悖。作为党外文人，萧军进行五四宣传固然有可以理解的一面，但当时中国共产党更加需要的是延安启蒙精神中的革命宣传。以上这些原因导致了党内文艺工作者对萧军的《文化报》的发难。

"启蒙的两大'敌人'，那就是以权势为中心的专制主义和存在于民众中的愚昧主义。"④ 对于后者，它既是启蒙的敌人又是启蒙的对象，同时也是可以被启蒙和被教育的。而对于前者，尽管启蒙也反专制，但却常常束手无策，甚至为政治权势所左右，萧军的新启蒙实践便落入这个命运的旋涡。由于政治权势的介入，文化争论被政治革命洪流所淹没，在启蒙者被戴上"三反"的帽子后，其东北新启蒙实践活动也随之被迫终结。

萧军的东北新启蒙实践活动虽然半路夭折了，但是却在东北新文化运动史上写下了辉煌的一笔。其所创办的《文化报》在当时社会

---

① ［美］薇拉·施瓦支：《中国的启蒙运动》，李国英等译，山西人民出版社1989年版，第314页。

② 同上书，第313页。

③ 同上书，第315页。

④ 陈乐民：《启蒙札记》，生活·读书·新知三联书店2009年版，第13页。

产生了巨大的影响，尤其是对文学青年、在校学生、社会妇女的思想解放等方面起到了积极的教育作用。另外，《文化报》上的文艺作品也以其独特的美学成就丰富了新文学的理论，为东北解放区的新文化运动增添了一抹亮色，其丰富的办报经历也为新中国的文化传媒事业积累了经验。

第三章

《文化报》的新启蒙文学实践

萧军在 1946 年回到东北，旋即投入到新文化运动中积极倡导新启蒙。同年 11 月，萧军来到时称"东北小延安"的佳木斯就任东北大学鲁迅艺术文学院院长。但萧军仅仅工作了 4 个月就对"当官"失去兴趣，知识分子的独立、自由的品性再一次修正了萧军的人生坐标。经东北局同意，萧军辞去东北大学鲁迅艺术文学院院长的职务，于 1947 年 3 月回到哈尔滨。在中共中央东北局三两半黄金的资助下，经哈尔滨市政府的大力支持，萧军在尚志大街 5 号创办了鲁迅文化出版社，以此来弘扬鲁迅精神。1947 年 5 月 4 日，萧军又创办了文艺性质的《文化报》，并以《文化报》为中心开始了东北新启蒙的实践活动。

《文化报》是萧军传播和实践新启蒙思想的文化阵地，借此开展的新文化运动是利用鲁迅精神对东北青年进行的一场五四思想启蒙。当初在离开延安向毛泽东和刘少奇告别时，萧军就曾表明自己回东北的目的："我将去从东北人民和青年底脑袋中，挖出那些坏思想——伪满和国民党——的根，……我一到东北来，就想以鲁迅先生的文化思想做铲子，进行'挖根'工作。"① 萧军这番话中透露出三个信息：一是回到东北后工作的性质——思想启蒙；二是启蒙的对象——东北人民和青年；三是启蒙的方法——鲁迅思想。《文化报》最初的内容主要是报道一些文化、文艺活动的消息及三言两语的短文。1948 年 1 月复刊后，栏目变得丰富起来，增加了短篇小说、诗歌、散文、科学小品、寓言、文艺消息等板块。当时的哈尔滨文化生活比较枯燥，这

---

① 萧军：《萧军全集》第 16 卷，华夏出版社 2008 年版，第 212 页。

使得以文化、文艺性为主的《文化报》要比纯"政治性、报道性"的党报更受哈尔滨文学青年的喜爱，这种受欢迎的程度也决定了《文化报》启蒙思想的传播速度和广度。

因双核心思想的影响，双轨道启蒙的方式使《文化报》启蒙具有了多样性，该报不仅有革命启蒙，还有文化启蒙、社会启蒙。因报纸体裁的限制，《文化报》上的小说、散文、诗歌等题材的篇幅都较短，这反而适合了哈尔滨当时的文化形势。相比大部头的长篇小说，精练的短篇小说、散文、诗歌的时效性更适合发挥其启蒙宣传、教育作用。双轨道启蒙的出现打破了五四以来或是单一文化启蒙，或是单一革命救亡启蒙的模式，在革命启蒙高峰期回归文化启蒙，将革命启蒙和文化启蒙以及社会启蒙完美而和谐地融为一体，进行了有益的尝试。这种尝试一方面为启蒙运动史积累了经验，另一方面也为中国现代文学做出了独特的贡献。

第一节　民间立场的文化突围：《文化报》新启蒙文学的生成和传播

中国现代文学自诞生之日起就与报纸和期刊有着密切的联系，报刊作为文学的载体与文学共生、共存、共发展，可以说"现代文学的发生与存在主要是依赖现代传媒的发生与存在；没有现代报纸期刊就没有现代的文学"[①]。东北新启蒙文学也不例外，其自身塑造和构建也始于报刊。《文化报》为新启蒙文学的生产和传播提供了一个独特的历史平台，这种独特性表现在：

第一，同以往作为文学载体的报纸副刊不同，《文化报》本身就是鲁迅文化出版社出版的一份"文化、文艺性质的小报"[②]。该报整版都是以文化为主，与其他作为报纸附庸的文艺副刊比起来，《文化报》显得更加专业化、系统化、全面化，《文化报》和《生活报》上

---

① 周海波：《现代传媒视野中的中国现代文学》，中华书局 2008 年版，第 32 页。

② 王科、徐塞：《萧军评传》，重庆出版社 1993 年版，第 214 页。

的文学作品在体裁、内容、篇幅上都是《东北日报》副刊所无法相比的。

第二，《文化报》时期，东北解放区报纸和文学的关系表现出一种特殊的形态。这种特殊源自于延安时期报刊和文学的关系，报纸及文学不再是由编辑和作家来掌控，而是由党的文人集团和政治文化来控制，这种特殊的形态在传媒界普遍存在。《文化报》因其民间私营性质得以冲出政治文化的重围，由出版社、编辑和作家掌握文艺的方向，暂时保持报纸的主体性。

第三，《文化报》新启蒙文学始终坚持以传播五四文化和启蒙教育市民为己任，坚持民间立场，不掺杂过多的政治因素，保持一种独立的"文化空间"。这是一个基本不受政治文化干扰的公共空间，是一个定位为回归五四启蒙为主核心的启蒙空间。这种鲜明的民间立场和平民立场使得《文化报》的启蒙文学更加具有理性和公正性，为独立的文学在政治文化一统化的时代争取到了一个自由的空间。

《文化报》的这种独特性是与报刊的民间性质、报刊编辑的政治成分、作家的启蒙思想相一致的，是《文化报》启蒙文学生成和传播的必要条件。这种文学的生成还与作家的构成以及编辑自身的个体经历有着重要的关联。通过对这些要素的分析，还原已经消失的"文学现场"，可以重现原生态《文化报》文学的生成过程。

一、《文化报》的非党文人集团

现代传媒中的每个报刊都有自己大体固定的创作群体，也可以说是一个"文人集团"。"在中国现当代文学史的生成过程中，文人集团既呈现出文学多样化发展的态势，又是收藏各种文学论争、文人姿态、生存氛围、文学观念、审美意识和创作手法的一个巨大的'话语场'。"① 文人集团形成的原因主要有三个："一是文学观念的分化，导致了现代文人的'聚合'，在此基础上出现一个新的作家群体；二是相近的'大学'、'籍贯'和'留学'背景，也容易形成相同的社

---

① 程光炜：《文学史研究的兴起》，福建教育出版社 2008 年版，第 62 页。

会意识、审美观念，孕育出一个个'文学圈子'；三是政治、市场、文学的运作和传播方式，也会促发一个文学流派、文人集团的生成和发展。"① 从严格意义上来讲，《文化报》的创作群体还称不上是真正的文人集团，因为这一群体中包含一些青年文学爱好者，他们尚不是成熟的作家，与"文人"称谓还远。然而哈尔滨时期的文人集团概念已被扩大化了，就连拥有真正"文人集团"的《生活报》作者群中也有业余文学青年参与，这些非正统的"文人"也有自己的"话语场"，有自己的文学观念、审美意识和是非标准，他们也参加了两报的论争，正是他们的参与才使"文人集团"得以大众化。《文化报》和《生活报》的创作群体，也可以看成"文人集团"这一概念的外延，是广义上的"文人集团"。

《文化报》文人集团是综合了上述三方面因素形成的，其中既有文学观念的原因又有籍贯的因素，另外还有政治、市场、文学的运作等方面的影响。就文学观念来看，《文化报》所弘扬的是鲁迅精神，奉行以鲁迅精神为代表的五四启蒙思想，提倡的是东北乡土文学创作；从籍贯上看，除了李又然、吴晓邦等少数几位作家、艺术家之外，围绕在《文化报》周围的作者几乎都是东北籍的作家，如萧军、陈隄、李无双（李克异）、李庐湘等；从政治、市场、文学的运作和传媒方式影响来看，《文化报》的文人集团主要以无党派作家为主，属于自由知识分子一群。《文化报》以民间报纸的形式出现，萧军仅仅依靠中共中央东北局三两半黄金的资助，成立了鲁迅文化出版社、创立了《文化报》，建立了墨水厂、面粉厂、铅笔厂、文具商店和鲁迅农场，这种自主经营、自负盈亏的运转模式促进了《文化报》的发展，增强了报刊传媒的独立性。《文化报》文人集团指的是奉行五四启蒙思想、倡导东北乡土文学、坚持民间立场的一群无党派知识分子。

《文化报》的文人集团，主要由三个部分组成。

一部分是来自延安等解放区的作家、文艺家，如萧军、蒋锡金、李

---

① 程光炜：《文学史研究的兴起》，福建教育出版社 2008 年版，第 62 页。

又然、吴晓邦、苏旅、辛若平等人，他们都是随东北大学进入哈尔滨、佳木斯等地的延安鲁迅艺术学院的教员。如果以 1948 年 8 月 15 日为界将《文化报》分为前后两个时期的话，这些人是前期《文化报》的支持者、主要撰稿人。前期的作品有译文、随笔、散文、寓言等，如李又然发表在第 9 期的《莫洛托夫是怎样关心着艺术家的?》、第 14 期的《一位伟大人物的侧面》；吴晓邦发表在第 12 期的散文《回忆》、第 20 期的随笔《废物利用》、第 22 期的文论《一些关于舞蹈上的意见》、第 33 期的散文《谈生活》等；蒋锡金刊登在第 25 期上的随笔《课余笔录》和各类寓言小品。此外还有苏旅的《战争风景线》等。当然，这些作者中作品最多的还数萧军。究其原因，主要有两方面：一方面是萧军自身火热的创作激情和强大的事业心使然。萧军在回到哈尔滨初期曾雄心勃勃地埋首于出版和办报事务之中，驱遣着十五六个笔名，写下了大量的社论和杂感随笔。另一方面是两报论争开始后，《生活报》的党内作家为孤立萧军而采取分化策略不准党员作家给《文化报》投稿，导致《文化报》稿源枯竭、稿件匮乏。在这种状况下，萧军不得不亲自上阵并加大创作力度，有时甚至将旧作重新在《文化报》上刊登，这也是《文化报》上萧军作品较多的一个重要原因。

　　《文化报》创作群体的另一部分是一直生活在东北的本土作家，其中影响比较大的有陈隄、李无双、关沫南、雁夕牧、侯唯动、李季繁等。这些作家大都经历过伪满洲国时期，尤其是李无双、陈隄和关沫南还曾一度登上"伪满作家"的名单。他们在东北沦陷的 14 年中坚持山丁所倡导的乡土文学创作，将手中的笔作为武器同日伪文人作战，揭露伪满洲国的黑暗统治，为东北沦陷区文学做出较大的贡献。哈尔滨解放后，他们又积极地加入到解放区的新文化建设中来，在文化、教育岗位上贡献自己聪明才智的同时，也为《文化报》创作了大量文学作品。这部分作家中创作数量最多、影响最大的是李无双和陈隄。他们都是萧军的好友，也都因为与萧军和《文化报》的关系先后被划为"萧军分子"①，李克异被控制使用，在政治上被挂起来，

---

① 李士非等：《李克异研究资料》，知识产权出版社 2010 年版，第 35 页。

陈隄也因被罗烽、白朗夫妇指责"到《文化报》来是'为虎附翼'"①而被停职。在《文化报》创办的一年时间里，李克异化用李商隐的"身无彩凤双飞翼"②诗句，笔名马双翼和李无双为《文化报》投稿，相继发表了大量的文艺评论、文学随笔和小说，其革命题材的小说《英雄的墓》和《狱中记》，无论在思想内容还是艺术构思上都有独具匠心之处，在《文化报》文学中占有极其重要的地位，使得《文化报》的新启蒙文学显得更加厚重。陈隄是一个地地道道的东北本土作家，是《文化报》忠实的作家和编辑，影响虽然比不上萧军、李克异、蒋锡金等人，但是在东北作家群中也有自己的一席之地。《文化报》上陈隄创作的题材几乎囊括文学各个方面，有小说、诗歌、文学评论、游记、随笔、译文、书信、消息等，在这些作品中，《碧血丹心录》是他最有代表性的作品。可以说，陈隄的创作是东北地域作家乃至整个《文化报》作家群的典型代表。关沫南的创作集中在随笔和文艺评论方面，《谈我们应该怎样表现》、《谈直露"口头"及其它》、《谈反动派的战术》、《关于书的琐谈》、《谈几天的题材》、《写什么》、《怎样搜集材料》等文章都是有关文学创作的文论，对于文学青年的文化启蒙和思想启蒙都有不可替代的作用。此外，雁夕牧、侯唯动、李季繁等人也在诗歌、散文等方面为《文化报》提供了不少作品。

　　《文化报》创作群体的最后一部分成员是青年文学爱好者或业余作者，他们多数是青年教师和学生，既有哈尔滨复华小学的师生，也有少量市民和文化工人。他们积极参与哈尔滨文化活动的建设，这部分作者中表现突出的有李庐湘、爱群、冷岩、霍人、支羊、刘学正、洪汎等。李庐湘是青年作者中表现最突出的一位，1948 年大学毕业后便加入到《文化报》的作者群中。李庐湘的创作主要以文艺评论为主，在《文化报》上他相继发表了《略论社会与文艺思潮》、《文学上主题的选择与表现》、《读书札记》、《读〈钢铁是怎样炼成的〉漫记》、《中国近代文

---

① 萧军：《萧军全集》第 20 卷，华夏出版社 2008 年版，第 236 页。

② 李士非等：《李克异研究资料》，知识产权出版社 2010 年版，第 34 页。

学史略记》等文章。这些文章理论性较强,对文学青年学习写作有一
定指导作用。另外,爱群、冷岩、霍人、支羊、刘学正、洪汛等也发表
了小说、故事、散文、评论、消息、通讯等体裁不一的作品,这些作品
大大丰富了《文化报》的栏目,《文化报》在对青年进行启蒙的同时也
见证了他们的成长。除为《文化报》提供稿件,他们中许多人参加了
《文化报》和《生活报》的论争并发表了论争文章,如李庐湘的《评
〈生活报〉的社论》、刘学正的《军民关系要正常 谁也不要欺负谁》、
洪汛的《〈分歧在哪里〉读后》、支羊的《以冷静态度展开自我批评》、
霍人的《读〈生活报〉社论〈团结与批评〉后》等。这些作者大多都
能以冷静、客观的态度对待论争、阐明道理,在论争中经历了实践的磨
砺,得到了锻炼和成长。

报刊是文学的载体,分析一种报刊文学的生成要"不仅读上面发
表的那些文章,更要读这份刊物本身,读它的编辑方针,它的编辑
部,它那个著名的同人圈子"①。由此可见,影响《文化报》新启蒙
文学产生的原因是多方面的,除了文人集团的重要影响外,编辑和编
辑部的影响也很大,这种影响集中体现在编辑、作家的办报和创作个
体经历上,这是一种无意识的影响。

二、《文化报》与《文艺月报》、《解放日报》副刊

知识分子从来没有真正忘记启蒙运动的本来意义,一旦条件允许,
他们就重新把五四启蒙的目标引入中国革命,这种情形在萧军身上表现
得尤为明显。萧军一生恪守鲁迅精神,弘扬五四启蒙思想,恪守文人独
立、自主的意识,保持自己人格的完整,始终将启蒙作为自己的文化使
命。然而在当时中国大的时代背景下,启蒙总是落在救亡的下风甚至被
救亡淹没,启蒙者的灵魂也不得不在启蒙和救亡之间挣扎。所以,当萧
军用单干户的身份以民间立场创办了民间化而非政党化的报纸时,《文
化报》就成了启蒙知识分子的私人"自留地"。刘震认为:"就文化观
念而言,中国人对'公'/'私'关系的理解也极其暧昧,既有'大公

---

① 王晓明:《一份杂志和一个"社团"》,《上海文学》1993 年第 4 期。

无私'的说法，又有'一姓之私'的传统，与西方的'公私分明'的观念大相径庭。"① 这种看法固然不无道理，但对萧军来讲这种"自留地"的"私"，是一种私爱，这私爱是"一己之私"和"大公无私"所无法概括的。萧军是独自用自己的力量来为知识分子撑起一片独立的文化启蒙空间，这种"私"恰恰是一种大"公"，这一点在《文化报》被停刊后很快得到验证。萧军对《文化报》虽无一己之私，却真正是凭一己之力创办起来的。《文化报》创刊初期的编辑高俊武于 1948 年春天病故，编辑部人手紧张，除哈尔滨女子第一中学校长陈隁利用业余时间帮助萧军编稿外，萧军几乎承担了全部的编辑工作。直到引进了"赵素、谭莉、孟庆菊、张铁铮"② 等人为编辑，萧军才得以些许脱身。在办报初期的很长一段时间里，萧军从约稿、选稿、画样、制版、下排字房、排版、看大样等各个环节都要亲自参与，使《文化报》启蒙文学具有了较大的个人特色，表现在稿件的选取上就是五四文化启蒙作品的比重被增加了。

五四启蒙作品比重的增加与萧军个人经历有直接关系，从萧军的社会经历来看，他可以算作一个地地道道的"报人"。哈尔滨初登文坛伊始，他就担任《国际协报副刊》的记者和《夜哨》、《文艺》周刊编辑；青岛时任《青岛晨报》副刊编辑；上海时担任《海燕》、《作家》月刊编辑；武汉时又作为《七月》杂志的编辑；成都时任《新民报》副刊编辑；到延安后曾担任《文艺月报》编辑。萧军虽然在《文化报》之前没有真正做过报刊主编，但是丰富的编辑经历还是让他积累了大量的办报经验并形成了自己的办报理念。尤其是延安的《文艺月报》曾在相当长的时间内由萧军完全负责。萧军在《文艺月报》实践了自己的文艺抱负，后因倡导"暴露黑暗"的杂文运动与延安体制化观念相背离，而《文艺月报》最终被中央宣传部停

---

① 程光炜：《大众媒介与中国现当代文学》，人民文学出版社 2005 年版，第 97—98 页。

② 哈尔滨市地方志编撰委员会：《哈尔滨市志·报业广播电视》第 25 卷，黑龙江人民出版社 1994 年版，第 102 页。

刊，致使萧军第一次独立进行五四知识分子启蒙的活动以失败告终。这一次持民间立场以主编身份出现的萧军，再一次将《文化报》作为实现自己启蒙理想的阵地，将原有的理念有意识地沉淀在《文化报》上，这对《文化报》新启蒙文学的形成有着巨大的影响。从某种意义上说，《文化报》可以看成是延安《文艺月报》的延续和发展，其中也包括对《解放日报》文艺副刊成功经验的借鉴。

《文艺月报》是文抗"文艺月会"的会刊。1940 年 10 月 14 日，由丁玲、舒群、萧军倡导的"文艺月会"在杨家岭文化协会俱乐部成立，会上决定成立会刊《文艺月报》，并讨论了会刊的编辑方针。《文艺月报》办了近两年共 18 期，1942 年 10 月 23 日被中宣部停刊。该报每月 1 日出版，初为四个版，后增为八版，每期 500 份，几乎全是赠送。《文艺月报》上刊发的文章体裁多样，有小说、诗歌、散文、短论、戏剧、消息等。1942 年前的延安政治文化气氛并不浓厚，知识分子有着相对自由的文化空间，《文艺月报》也成为作家们的"自由论坛"。它既是作家们展示自己作品的文艺园地，同时也为文艺批评论争提供了平台。这里既出现过何其芳和陈企霞关于诗歌的讨论，也引发过萧军与刘雪苇关于文艺批评的论争，还发生过萧军、艾青、罗烽、舒群、白朗等人对周扬的文章《文学与生活漫谈》的批评，由萧军整理的《〈文学与生活漫谈〉读后漫谈集录并商榷周扬同志》就发表在第 8 期上。这些论争是纯粹的文艺争论，是就文艺领域内的个别问题持不同看法引发的，虽然难免有文人间的斤斤计较之嫌，但却不掺杂任何政治意识形态的因素在内，是真正的文人间的笔仗。"这种论争文章本身也许不是什么了不得的作品，但这种自由论争的存在却是文艺界生机和活力的标志。"①

作为文艺月会的发起人和《文艺月报》的编辑，萧军曾一度负责月报的全面工作。在当时延安自由宽松的文化环境中，他的文艺界知识分子独立意识也得以彰显，作为作家要求从事自由、独立写作的思想意识也初步显露。萧军后来在延安文艺座谈会上发言要求"建立一

---

① 李书磊：《1942：走向民间》，山东教育出版社 1998 年版，第 189—190 页。

个独立的文艺出版所；较大数目筹设一笔文艺奖金和基金……由党和行政方面对各方加以解释，使知道：作家的任务，他们对革命的用处，他们的特殊性"① 等，这实际是比较直接地表达出以萧军为代表的一部分知识分子盼望文艺界能独立自主、作家能自由写作的心声。哈尔滨时期萧军又向民主政府提出过对知识分子的尊重和照顾问题，他"希望政府方面此后以'照顾全般'这精神，能给文艺运动和文艺工作者们以精神和物质具体的帮助！"② 至此，萧军追求知识分子的自由、独立、民主的品性暴露无遗。然而延安并不是一个完全可以自由写作的文化市场，整风之后的延安实行了体制化管理，个人和集团的矛盾再次显现，绝对的自由和民主不可能实现。随着《文艺月报》的停刊，萧军在延安的民主自由的文化乐土消失了。《文艺月报》虽然停刊，但追求独立、自由的办报理念却被萧军锁进了记忆空间。当在哈尔滨创办《文化报》时，这种理念随之被灌输到《文化报》中，表现在《文化报》和《文艺月报》在办报方针、办报理念、栏目设置、文体选择都十分相像。《文化报》新启蒙文学和《文艺月报》文学的亲缘关系，在《文化报》上的论争杂文中可以清晰地看到。从这几方面考察，《文化报》可以看成是对《文艺月报》的继承和延续，是在实现萧军未竟的文化启蒙理想。

　　同样影响《文化报》新启蒙文学的还有《解放日报》的文艺副刊。《解放日报》由《新中日报》和《今日新闻》两报合并而成，自1941 年 5 月 16 日在延安创刊到 1947 年 3 月 27 日终刊共存在 6 年 10个月，是延安时期党的机关报，是解放区文化的象征。《解放日报》副刊是解放区极其重要的文艺阵地，"是延安新潮文艺探索和各种文化冲突集中释放的文化空间"③。从 1941 年到 1946 年的 6 年时间里，《解放日报》共发表萧军的各类文章 18 篇，其中大多以杂文和文艺理

---

① 萧军：《对于当前文艺诸问题的我见》，《解放日报》1942 年 5 月 4 日。
② 萧军：《文艺上的批评和自我批评》，《文化报》1948 年 9 月 1 日。
③ 韩晓芹：《体制化的生成与现代文学的转型：延安〈解放日报〉副刊的文学生产与传播》，中国社会科学出版社 2012 年版，第 5 页。

论批评为主。前期的《解放日报》副刊为延安的文艺工作者提供了一个多元文化的"公共空间"，它能容纳文艺界对同一问题的不同声音，是延安文艺界培养青年作家的"摇篮"和文化交流的平台。"文艺栏"的主编是丁玲，正是因其自身的批判意识才引发了后来有关"暴露黑暗"的争论。延安文艺座谈会之后，《解放日报》副刊的文艺由多元化向一体化和体制化过渡，前"百家争鸣"时期结束。1942年左右，延安比较有影响的刊物有《文艺月报》、《谷雨》、《草叶》等，虽然没有《解放日报》影响大，但各报刊之间在作品体裁、办报形式、栏目设计等方面相互影响。文化批判是知识分子的特征，萧军是一个从旧世界里杀出来的斗士，"批判意识"是其思想的重要成分，这自然不需再向《解放日报》学习。《文化报》新启蒙文学的文体多样，小说、故事、诗歌、散文、戏剧、外国文学译著应有尽有。同五四时期相比，这些文体显得更加成熟并具有了现代化的意识，并不逊色《解放日报》。但是在栏目的设立上，《文化报》却受到了《解放日报》更多潜移默化的影响。

　　《文化报》栏目的设置与《解放日报》副刊和《文艺月报》十分相近，都有马克思主义研究专号，同样将外国文学看作了解世界的窗口，也更注重培养新人。栏目的设置不光形似而且神似，甚至命运也相同。《文化报》曾在第10期上开辟"文章理发馆"专栏，通过帮助文学爱好者修改其习作来提高他们的写作水平，这与1943年《解放日报》创办的"大众习作"栏无论是创办宗旨还是内容形式上都如出一辙。两报创办该栏目的目的都是为了提高工农兵群众的文学水平，形式都是先由编辑修改后再发表，修改习作的编辑都被称为"理发员"。不仅如此，就连栏目的命运都出奇地相同。"大众习作"仅仅四个月后就因发表的形式和批评的方式而办不下去了，习作作者给编者提出意见，编者可以给我的文章做"理发员"，"但请不要随便改头换面①。《文化报》的"文章理发馆"同样也在几期之后便停刊

---

　　①　《大众习作》栏目编辑：《关于〈大众习作〉》，延安《解放日报·副刊》1943年3月26日。

了! 这种相同命运的出现绝非偶然, 一方面它说明文化启蒙者对大众提高大众文学水平的热切关注并为之付出不懈的努力, 另一方面也说明启蒙者与被启蒙者之间文学水平的巨大差距。

通过将《文化报》和《文艺月报》、《解放日报》副刊进行比较可以得出以下结论, 那就是一种报刊文学的发生不仅与该报的文学创作群体有关, 而且还与报刊创办者的个人经历、办报理念有着密切的联系。就《文化报》启蒙文学的产生来看, 一个优秀的创作团体是必不可少的, 然而如果没有萧军的新启蒙思想做指引, 没有成熟的办报理念和丰富的办报经验做保证, 《文化报》启蒙文学也是难以产生并发展传播的。正是依靠对延安时期《文艺月报》和《解放日报》经验的学习和继承, 《文化报》才能被哈尔滨广大市民所喜爱, 萧军的新启蒙思想才能得以通过《文化报》文学向东北人民大众传播。

第二节　两种启蒙的和谐共存:《文化报》的"双轨道"新启蒙实践

《文化报》新启蒙运动宣传了革命文化, 传播了进步的思想, 在东北解放区刮起了一股强烈的启蒙春风。其启蒙实践是以"双轨道启蒙"的形式进行的, 所谓"双轨道"指两条轨道, 也就是两条线路, 虽不交集却有共同的向心力——毛泽东思想和鲁迅精神, 是一内一外具有共同合力的有机整体。这两条轨道一条是以五四启蒙思想为主, 受其影响产生的文学多为文化启蒙文学, 另一条是受延安革命启蒙思想的影响, 产生的是革命启蒙文学。两条轨道分为内道和外道, 代表了两种不同的启蒙思想。1948 年左右的萧军, 虽在延安知识分子改造运动中未被彻底改造成功, 固执地坚守五四知识分子的传统, 但在政治文化思想方面还是能同党内文艺界保持一致并且有着很强的大局观念。所以, 《文化报》的新启蒙实践虽是以五四启蒙思想为主, 却从没有偏废对东北人民的革命启蒙教育, 并将文化启蒙和革命启蒙巧妙地融合在一起, 做到文化启蒙中有革命教育, 革命启蒙中有文化熏陶; 使读者在阅读《文化报》的同时既能感受到五四的文化启蒙思想，又能得到解放战争和土地改革的革命启蒙教育。《文化报》的"双轨道启蒙"形式以其合理的方式解决了"启蒙"和"救亡"的冲突。

一、内道：五四思想启蒙

思想启蒙包括文化启蒙和社会启蒙两个方面，《文化报》延续了五四思想启蒙的内容，无论在文化启蒙还是思想启蒙方面，都在继承中不断创新。

1. 文化内核：五四文化启蒙

《文化报》的新启蒙文学由五四文化启蒙文学和延安革命启蒙文学构成。新启蒙文学的文化内核是五四启蒙文学，是五四启蒙思想在新的历史形势下的发展，除继承了五四启蒙文学的民主、科学和反封建特点外，新启蒙文学还凸显出了较强的现代性。作为一份文艺性质的报纸，《文化报》每期刊发的文章有15篇左右，这些文章大都是以"文化"为主，是为读者们报道一些文化消息，"介绍一些文化常识、短文、小诗、书评、剧报以及杂碎之类"[1]。就其文章主题来看，不外乎以下几类：

一类是弘扬以鲁迅精神为代表的五四时代精神。萧军认为鲁迅的反封建批判精神是五四所特有的，这种精神对东北新文化运动来说是必不可少的。因此，在《文化报》上有很多介绍和宣传鲁迅精神的文章，如《再来一个"五四"运动》、《新"五四"运动在东北》等文章。萧军在《文化报》的第2期上以"学生"的署名饱含深情地分析了鲁迅的《题〈彷徨〉》和《自嘲》两首诗，指出"'横眉冷对千夫指，俯首甘为孺子牛'句，这就是鲁迅先生一生基本战斗的精神和态度"[2]。之后又在《关于"鲁迅先生之思想问题"——答李庐湘先生》一文中回答了读者的提问，澄清了李庐湘对鲁迅思想认识的不清楚之处，实现了对青年的启蒙。为了更好地向东北读者介绍鲁迅先

---

① 萧军：《复刊词》，《文化报》1948年1月1日。
② 萧军：《关于鲁迅先生底旧体诗半解》，《文化报》1947年5月10日。

生，萧军先后创作了《鲁迅与瞿秋白》、《鲁迅先生语录》、《鲁迅先生对于刊物的主张》、《〈铸剑〉篇一解》等介绍文章，以及《鲁迅杂文中的典型人物》、《鲁迅先生给中国新兴文学、木刻工作者的路》等文论，详细地介绍了鲁迅的生平、思想和文学主张，让读者走近鲁迅。还原鲁迅这位文学巨人的日常生活是萧军的一个愿望，萧军将自己和萧红与鲁迅之间的信件加以注释后发表，这就是著名的《鲁迅先生书简》。《文化报》共刊登49封书简的注释，这些注释情真意切，萧军用"三个'第一次'"①将书简串联起来，通过自己和鲁迅先生的无声的心灵交流刻画出鲁迅先生的灵魂，将一个伟大的导师、民族的巨人、文化的旗手鲜活地展现在读者面前。除萧军外，姜醒民的《给：有志研究鲁迅者》、粟末的《学习鲁迅先生的精神》、胡文好的《我读"鲁迅"》、念今的《关于"鲁迅书简二三事"》、杨波的《六十年间鲁迅及其创作辑录编著述略》、陈述的《鲁迅之歌》等文都从不同方面介绍和评论了鲁迅，使刚解放的东北民众对鲁迅有了更深的了解。弘扬鲁迅精神不只是宣传鲁迅，更多的是对鲁迅精神的学习和领会运用。所以，"反封建"和"国民性批判"成为《文化报》的重要主题。对于日伪文化，《文化报》秉承批判的态度。对于传统文化，则遵循毛泽东延安《讲话》精神，如在庐良的《接受"文学遗产"一见》中就提出要批判地继承和加以改造，对持"文学上的遗产，自然它是封建传统中的遗留物，我们不但绝对不能承继，相反的要更要坚决的摧毁它，要把它扫除得干干净净"②看法的人提出了批评。支羊的《应该利用大鼓书》一文也提出了改造旧形式，提倡"旧瓶装新酒"。这些观点都是对鲁迅精神的继承和突破。

文化启蒙文学的第二类是东北新文化建设的各类文艺评论文章。这类文章主题统一，几乎都是关于文学作品、文学语言和文学创作的评论和探讨。这些文章涉及文学的各个层面，为《文化报》营造了浓郁的文化氛围。在文学语言方面，陈隄认为新文学作品之所以不能

① 徐塞：《萧军的文学世界》，春风文艺出版社2008年版，第134页。
② 庐良：《接受"文学遗产"一见》，《文化报》1948年6月25日。

和旧章回小说抗衡，主要原因就是因为语言问题，过分追求华丽的语言和一味使用地方语言，或者随意编造语言都是不能写出好作品的。"没有'精炼'的群众语言，随意使用到文艺作品上来，那文艺作品，必定将是粗制滥造的艺术品。"① 李庐湘在主题的选取上有自己独到的见解，他认为选择主题的正确方法是"观察当代社会存在了那些人与人，人与社会之间的基本问题或矛盾，而把这些问题或矛盾作为主题，用活生生地人群活动形象，以艺术形式表现出来、和给予解答。"② 在文体习作方面，枯黄就小品文写作方法提出自己的见解，认为"一、写作小品文章，要有劲悍的力量。二、更要有把握安排文章的方法"③。关于文学的方向问题方面，关沫南在《谈我们应该如何表现》和姬英的《谈方向和道路》等文章中提出文学应该为革命服务的观点。此外，萧军的《漫谈文学》、石点头的《文学与宣传的关系》、庐良的《谈谈文艺的真实性与夸大性》、刘一华的《论大众化的文艺工作》和《目前的戏剧》等文章也从不同角度对当时文艺进行了讨论。这些文章观点鲜明、视角独特、论证有力，对解放区文学的文艺理论建设做出了应有的贡献。除文艺理论文章外，《文化报》的各类文化随笔、文学作品的评论、读后感也层出不穷，既有对一些著名作家、作品的评论，如对《八月的乡村》和《手》的分析；又有对本报刊载的作品的评论，如评《李桂花的故事》。介绍的作家中既有本国著名作家鲁迅、茅盾、萧军、萧红，又有外国文化名人高尔基、托尔斯泰等。这些文章的刊载使《文化报》一时间成了哈尔滨文艺理论的前沿阵地，为哈尔滨的文艺工作者和业余文学爱好者提供了一个自由创作和发表评论观点的平台。

遵循五四启蒙思想，在上述理论文章指导下的《文化报》中文化启蒙文学作品不断涌现。《文化报》里有关文化启蒙的小说不多，这种启蒙主要表现在散文、诗歌、戏剧和外国文学的译介等方面。散文

---

① 陈隈：《作品中的语言问题》，《文化报》1948 年 1 月 1 日。
② 李庐湘：《文学上主题的选择和表现》，《文化报》1948 年 3 月 15 日。
③ 枯黄：《对小品文写作的两点看法》，《文化报》1948 年 2 月 10 日。

方面有萧军的回忆性散文《我的生涯》、丁玲的《风雨中忆萧红》、冬青的《我爱时间》、庐良的《田园黎明交响乐》等；戏剧主要有萧军的《武王伐纣》；报告文学有姜醒民的《金文基先生访问记》；诗歌有何长江的《颂"五四"》，林杰如的《歌唱工人的节日》、《江畔晚怀》，李则磨的《光之子》，李星的诗歌《牧童》等。这些作品从纯文学的角度出发，是纯粹的文人创作，较之革命启蒙文学有着纯正的文学品位。需要指出，《文化报》文学的散文中还有一类值得注意的是，《文化报》和《生活报》论争中产生的论争文章大都属于杂文范畴，无论是知名作家还是普通文学青年的文章都具有杂文的特点和风格，尤其是萧军等人的论争杂文颇具鲁迅先生的遗风。报纸上的这种论争文学作品大都是杂文体，属于散文范畴，它们也以原生态的形式存留于报纸上，对研究"《文化报》事件"，还原当时的政治文化背景有着重要的参考价值。

　　文化启蒙中的另一类特殊存在是对外国作家作品的译介。"在中国现代文学史上，传媒的中介功能还表现在对外国文化的传播方面，当现代传播媒体向读者传播了文学的同时，也将西方社会思想、文学创作等传播到中国来，成为中国与世界的'桥梁'。因此，作为跨文化交际的传播媒体成为融会东西文化、促进东西方文学交流的重要媒质之一。"① 外国作家作品的介绍对刚刚冲出日伪文化藩篱的广大东北人民来说，无疑是了解世界文化艺术的一个窗口。《文化报》上对俄国文学作品的译介即是这种情况，这是五四时期接受西方文艺思想的延续，是对现代文化观念和现代文学观念的传播。这些译著有嘉翻译的小说《柏油马路》、杨正平翻译的《乌里扬诺夫的家》、康恩的《高尔基的童年》、于夫翻译的《根和梢》、陈适翻译的传记《爱弥儿·左拉》等。译著中不仅有较大篇幅的小说、传记，还有篇幅较短的寓言故事，如米吉托夫的《狡猾的豺狼》，王德芬翻译的系列寓言和童话《权利的力量》、《狮子和虫子》、《谁都认为自己的后代是最美丽的》、《谁都是凭着自己的感觉来判断的》、《藉口》、《友情的试

---

　　① 周海波：《现代传媒视野中的中国现代文学》，中华书局 2008 年版，第 36 页。

炼》、《消遣与毁灭》，冯云翻译的《勇敢的柳巴莎》，寒虹翻译的
《北风和太阳》、《小雨点》、《我和我们》、《阿拉伯人和骆驼》、《空
中楼阁》、《狼和山羊》等。对外国作家作品的译介在五四时期便已
常见，译介外国文学作品有助于开阔我们的文学视野，学习国外先进
的文艺理念和创作经验，对于发展和繁荣本国的文学事业有着不可替
代的作用。然而畸形的、单一的译介也会带来负面的影响，正常情况
下，译介著作中各国家的作家作品都有，但到东北解放区这种状况消
失了，取之的是单一的对俄国文学的学习和介绍。这种状况与哈尔滨
的独特文化有关，因为俄罗斯文化历来对东北文化有着重要的影响，
实际上这种状况的形成主要是中苏关系造成的。《文化报》上的译介
几乎都是对俄国文艺的介绍，从这时期起直至新时期文学，中国现代
文学尤其是现代文学理论一直受苏联文艺理论的影响，导致了中国现
代文艺理论的单一化。这种状况在《文化报》上表现得十分明显。

　　《文化报》的五四文化启蒙是萧军新启蒙的核心部分，这并不意
味着它是新启蒙的全部，与其共同构成双轨道启蒙的革命思想启蒙也
占有很大的比重。

　　2. 必要补充：社会思想启蒙

　　成功的政治革命必须有成功的思想启蒙，这是被中国近代革命所
证实的。思想启蒙包括文化启蒙和社会启蒙，新民主主义革命之所以
能成功，五四思想启蒙功不可没。《文化报》的新启蒙的核心是五四
启蒙，所以渗透了社会思想启蒙的文学作品也占有重要一席。萧军一
如既往地抱着"知识分子的精英心态"，希望通过《文化报》所开拓
的新的社会空间来实现自己的东北新启蒙实践。萧军及其《文化报》
为此付出了不懈的努力，表现为以下几个方面：

　　一是宣传民主、科学、和平。民主和科学是五四文学的主题，因
与五四思想一脉相承，《文化报》文学自然离不开这一主题。对于东
北新文化运动中的知识分子，萧军认为"是应该毫不迟疑地承继起那
'五四'时代以鲁迅先生为首的光荣的传统精神——科学的，战斗的，
认清了时代的主流——民主的，和平的，勇敢，坚决，负起自己历史

的使命"①。对于《文化报》刊载的作品，萧军要求"形式文体虽不拘泥，惟精神必须民主"②。这种对民主和科学的追求与萧军的知识分子独立品性相吻合，对和平的向往既是萧军的社会理想又是中国的民众要求，具有时代性特征。基于这种思想，民主、科学、和平作为一条精神线索贯穿整个《文化报》作品中。如果说"反封建"是鲁迅小说的总主题，那么"民主和科学"就是《文化报》的总主题。《文化报》新启蒙文学中无论是文化启蒙文学作品还是革命启蒙文学作品中大都贯穿着一条宣传民主、科学、和平的线索，这是《文化报》启蒙文学的灵魂。鉴于此特点具有全面性，故不举例赘述。

二是妇女解放问题。同五四启蒙一样，妇女解放问题也是《文化报》文学的一个关注点。萧军很早以前就思考过中国的妇女解放问题，延安时期曾发表过对妇女婚姻的看法，他建议男子汉"不要借着任何理由，让女人们去做不应该做的事……绝对站在人与人的平等的关系上——甚至应该忘了男人或女人的界限——共同战斗，达成共同的理想"③，这里萧军所表达的中心思想就是"责任"和"平等"。不仅如此，萧军对中国妇女的历史命运也有所思考，他在分析"童养媳"的命运时指出"童养媳向婆婆报复这是完全对的，如果童养媳也向童养媳抓替身，那就是奴才相"④。萧军认为中国社会女性的悲剧是由封建历史造成的，"童养媳"要翻身，就必须对婆婆进行"革命"。为增强东北妇女的民主意识，《文化报》刊登的《战前各国妇女参政权年代表》详细地介绍了世界各国妇女政治地位的提高过程，对当时的妇女解放运动有重要参考作用。萧军对妇女解放的积极态度，使《文化报》妇女题材的作品不断涌现。民歌《媳妇》描述的是旧社会妇女的悲惨命运，展现了"做一个媳妇受折磨，宁愿死来不愿活"⑤的无奈情境。相对于"媳妇"的逆来顺受，《孟姜女寻夫》

① 萧军：《新"五四"运动在东北》，《文化报》1947年5月4日。
② 萧军：《复刊词》，《文化报》1948年1月1日。
③ 萧军：《续论"终身大事"》，《解放日报》1942年5月11日。
④ 萧军：《论"童养媳"》，《文化报》1948年4月5日。
⑤ 文化报社：《媳妇受折磨》，《文化报》1948年1月25日。

中的孟姜女则是一个不畏强权、不慕富贵、敢于抗争的叛逆女性。《李桂花的故事》以说唱的形式讲述贫农出身的李桂花被迫当了地主的小老婆，在土改斗争中翻身率先觉悟，积极参加斗争，最后受人们拥戴当上了妇女会主任的故事。作品通过李桂花在斗争中的成长过程向人们展示了妇女在社会革命中不可替代的作用。此外，《山东黎城东文村英雄郭春梅的纺织经验》和《不靠男人真平等》、王戈的《乡村女教员》等文也歌颂了新时代女性的英雄事迹，表现了妇女民主、平等意识的提高。

三是歌颂东北解放区新生活。新旧生活进行比较，凸显解放区新生活的幸福也是《文化报》社会启蒙的一个内容。不管是小说、散文还是随笔、游记，作品中那种由衷的喜悦和幸福溢于言表，具有极强的感染性。歌颂新生活的作品在《文化报》后期较多，其中反映哈尔滨新生活的，有陈隈的《哈尔滨"早市"瞥记》、《"极乐寺庙会"观光记》，姜醒民的《大观园昔今观》，弓矢的《光辉的哈尔滨》，爱群的《当胜利的消息传到了——哈尔滨》，顺序的《无钱也可治病》，博役的《胜利的鲜花开满十月》等文章，它们从众多方面反映了哈尔滨的变化，表达了对共产党的热爱和对中国革命的支持。矢峰的《一个季节两样心情》，高敏的《一样商人两样道德》，铁铮的《一样的世界两样的风景》，艾克的《昨日的荒田今日的良田》，方露的《社会变了，一切都变了》，薛涛的《地狱一去不复返了》等文章几乎都是通过新旧生活的比较来歌颂新生活。这类作品无论对解放区还是国统区人民都有重要的宣传、教育作用，是建设东北新文化运动不可或缺的部分。

除以上三方面的内容外，《文化报》上还有少量关于青年问题和教育问题的文章，如曙新的《献于少年同志们》、士育的《好耙子不如好匣子——家庭教育对儿童的重要性》、藤捷的《谈小学的音乐教育》、李路的《小小叶儿哗啦啦，儿童好像一朵花》等。文章的作者大都是中小学教师，这些教育问题的提出丰富了东北新文化运动中的社会启蒙内容。

二、外道：革命思想启蒙

当政治暴力向启蒙提出严峻挑战的时候，启蒙便进入了革命救亡阶段。新启蒙从它被提出的那天起就和革命救亡共命运了。新启蒙运动绝不是简单地回到过去的五四启蒙中，"革命启蒙"已经成为新启蒙的重要标签，东北新启蒙也不例外。东北新文化运动中，革命启蒙主要任务由救亡过渡到解放，目的是通过对东北人民的启蒙教育来保证土地改革斗争和人民解放战争的顺利进行。所以这一时期的文学作品中，革命启蒙仍然是时代的大主题。

作为与时代对话互动频繁的报刊文学，《文化报》的启蒙文学作品的革命启蒙色彩也很浓重。新闻体的消息、通讯和报告文学自然是方便快捷地反映时代的革命讯息，就连小说、故事、诗歌、散文等文体也能及时地向读者传递革命的信息。"采用自然来稿，是现代报纸文艺副刊普遍实行的一种规则。"①《文化报》的作品除李克异、蒋锡金、陈隄等少数人是约稿外，其余几乎都是社会来稿，所以可以说这种革命启蒙具有一定的自发性。当然，报纸编辑的主体作用还是重要的。在萧军看来，"新的人民，必须懂得过新的文化生活，只有如此，才能算为全盘革命"②，所以萧军要进行新文化的启蒙运动。他在《文化报》上开辟的"马克思主义研究提纲"和"中国民主革命大事年表"等栏目就是对马克思主义的刻意宣传，其革命教育作用明显。专栏的设立不仅宣传了中国的民主革命，为东北有志研究马克思主义的人提供了帮助，而且还表明了《文化报》文学和延安文学的密切关系。

《文化报》革命启蒙文学作品中的短篇小说、散文和诗歌是启蒙文学的短兵器、"轻骑兵"，具有较强的时效性，教育作用明显。长篇小说是"重武器"，虽然时效性差些，但是教育意义要较前者更加

---

① 雷世文：《现代报纸文艺副刊的原生态文学史景图》，《现代文学研究丛刊》2003年第1期。

② 萧军：《约法三章》，《文化报》1947年5月4日。

深远。这些作品通常分为两类主题，一类是革命战争主题，一类以反映人民在反动派统治下的苦难生活为主题。就小说方面来看，战争题材的长篇小说有马双翼的《英雄的墓》和《狱中记》；短篇小说有天朗的《混合渡》、关忠敏的《白洋淀上的雁翎队》、大卫的《宁死不屈》；小故事有陆鲢的《他骑着敌人的战马跑来了》、支羊的《抗联的故事》、冷岩的《是一个战士捉住了五百个俘虏》等。这些作品大都从革命战争角度入手，描写了一个个惊心动魄的战争场面，刻画了众多的战斗英雄的形象，歌颂了他们为祖国解放所做的可歌可泣的动人事迹，对后方人民尤其是青年人有着积极的教育作用。除战争主题外，描写人民苦难生活的小说和故事有温馨的《朱苦鬼》，谷枫录的《血供》，《小林和他姐姐的故事》，克的《三个拾煤渣的孩子》，王戈的《孤儿泪》，爱群的《亲戚》，刘野的《一个晌午》等。这些小说和故事都属于东北地域文学范畴，尽管没有直接涉及战争和革命，但是通过对穷人的苦难生活的描写展露了人民渴望革命的心声。在这些小说中比较有影响的要数李克异的两部作品，即署名马双翼的《英雄的墓》和署名李无双的《狱中记》。《英雄的墓》在《文化报》的第26 期开始连载，描写的是作者所熟识的因反抗日寇而壮烈牺牲的英雄们，作者旨在"重温一下往日痛苦地生活，用来加深对昨日的仇敌和今日的仇敌的憎恨，而更加勇敢地作战——坚决反对美帝国主义、坚决消灭蒋介石、连同他们的卑鄙无耻的阴谋"[1]，作品塑造的"复仇女神"秦淑的形象令人过目难忘。"这篇作品如凯绥·珂勒惠支的版画那么简括有力，它不是精雕细刻的小说，应是一篇激情的散文或有力度的速写。"[2] 发表在《文化报》增刊上的《狱中记》是李克异以自身经历为模板创作的自传体小说，是一篇精致的作品。作品通过"我"在狱中的经历揭露了日伪特务机关的残暴，颂扬了党的地下工作者的英勇无畏，表达了自己坚定的革命信念。作品注重心理描写，

---

① 李士非、李景慈、梁山丁等：《李克异研究资料》，知识产权出版社 2010 年版，第233 页。

② 同上书，第51 页。

构思独特、语言细腻流畅、结构严谨，对狱中的经历描写得"细致、深刻以至怨毒，如此使读者战栗"①。《狱中记》是李克异在新中国成立前长篇小说的代表作，作品在艺术上深沉、洗练，在思想和艺术上都达到了很高的水平，虽然在人物的思想转变的塑造上有概念化之嫌，但这并不影响作品的成就。作为革命启蒙的代表作品，《狱中记》仍是东北地域文学的翘楚。

散文方面也有突出的成绩，影响较大的有陈隄的《碧血丹心录》、友菊的《出路》、苏旅的《战区风景线》、刘野的《从地狱到天堂》、向群的《血泪图》、郁云的《定下的牢笼》等。诗歌方面有沙利清的《恶魔的梦》、尹红的《凭吊：李兆麟将军》、素秋芬的《创造我们光荣的史绩》、芳木的《钢铁是怎样炼成的呀》、陈玺的《长春的红日白天》、草岚的《当日本贼徒向我们进军的日子》、范素的《让我们齐声欢呼他们伟大的名字》、鲁曼的《毛泽东之歌》等。译作有高尔基的《敌人必被消灭》、贾芝翻译的《人的列宁》、梁艳翻译的《宣传列车》等。这些作品有的回忆抗日殉难作家（《碧血丹心录》），有的反映时代青年对革命的困惑和烦恼（《出路》），有的描写从战争到和平路上的独特风景（《战区风景线》），有的将国统区和解放区的生活进行根本比较（《从地狱到天堂》）。作家们用手中的笔先是批判和埋葬旧世界，然后又描绘出一个新鲜亮丽的新中国。他们从恶魔的梦中逃出来，见证了亿万奴隶的解放（《恶魔的梦》），呼喊着斯大林的战士们（《让我们齐声欢呼他们伟大的名字》），盼望解放军的早日到来（《长春的红日白天》），唱着毛泽东之歌走向新生（《毛泽东之歌》）。《文化报》的革命启蒙的散文和诗歌虽然显得比较粗糙且没有小说的艺术成就大，但这来自社会底层的革命的声音却震天动地、不可阻挡，它自觉地汇入到革命文学的洪流中去，成为东北新文化运动的有机文学组成部分。

有什么样的文艺指导思想，就会产生什么样的文学。以"新英雄

---

① 李士非、李景慈、梁山丁等：《李克异研究资料》，知识产权出版社 2010 年版，第 260 页。

主义"为价值观和文艺观的萧军终生都在弘扬以鲁迅精神为代表的五四思想，所以《文化报》上生产出受五四思想影响的文化启蒙和社会启蒙文学作品便不足为奇了。从反映东北人民抗日题材的《八月的乡村》开始，萧军的名字便和"革命文学"结缘，加之在延安时受革命政治文化的熏陶，又处在东北解放区的革命文化环境中，这样《文化报》的革命启蒙文学的出现也是再自然不过了。然而萧军的高明之处就在于他能在毛泽东《讲话》的文艺大旗指引下，将五四思想启蒙和延安新启蒙和谐并存而不发生冲突。这两种思想的和谐共存是实现了五四知识分子的自由民主思想和共产主义思想的共存，是个人主义和集体主义的共存，是小资产阶级知识分子和工农兵知识分子的共存。这种局面的出现，得益于三方面因素：

一是得益于《文化报》的"双轨道启蒙"的形式。双轨道启蒙形式的采用表明萧军最初就没打算将《文化报》办成纯粹的文化启蒙或革命启蒙的报纸，将文化启蒙和革命启蒙同时进行是保证《文化报》能够开办下去的前提。二是得益于萧军的特殊身份。萧军作为国内外有影响力的作家，既是鲁迅的学生又是延安来的干部，这种特殊的身份使他在东北产生了较大的影响，并团结了一大批作家和文学爱好者。这种特殊还表现在萧军是以无党派知识分子的身份，持民间立场通过办报来参与东北新文化建设的，非党自由知识分子的身份让萧军办报的独立性比党办报刊大得多。三是得益于当时东北宽松的文化环境。《文化报》创刊时期的哈尔滨刚刚解放，百废待兴。当时只有《东北日报》等两个党的机关刊物，没有纯文化性质的报纸。《文化报》的出现打破了这一尴尬的局面，这是另一个重要原因。然而事物的发展总是呈动态的，并有时会向两极转化发展。随着东北全境的解放和解放战争的深入，"残酷的现实使我们某些同志敌情观念强得很，他们始终把阶级斗争这根弦绷得紧紧的"①。作为"家族"之外的萧军，其暴躁的性格和宁折不弯的独特个性得罪了不少党内作家，在宗派主义行帮作风的影响下，终于引发了《文化报》和《生活报》的

---

① 徐塞：《萧军的文学世界》，春风文艺出版社 2008 年版，第 86 页。

论争，最后导致《文化报》被停刊，萧军的东北新启蒙实践也随之失败。

《文化报》的新启蒙文学存在的时间虽然短暂，但它却为文学独立于体制化之外提供了借鉴，尤其是报上发表的论争文学对后来者还原两报的论争真相，研究东北解放区的文艺思想和文艺政策具有重要的参考价值。

第三节　战斗杂文的文体选择：萧军 在《文化报》上的文学创作

萧军是一个勤奋而多产的作家。从 1947 年 5 月 4 日《文化报》创刊到 1948 年 11 月 25 日该报终刊，作为《文化报》主编，除本社、编辑部、编者等编辑用语外，萧军共使用了包括萧军、新市民、一间楼主、喋喋、栏丁、馆丁、爱看电影的人、外行、秀才、小伙计、者也、S 记、学生、夜莺、标准市民、大司侠、万年青、不才、傻子、一卒、夜岛、迅军、黄玄等在内的二十多个笔名，在《文化报》上发表各类文章 261 篇。[①] 这些作品文体不一，有回忆性散文、书简注释、戏剧、报纸编后语、按语、社论，还有文论、各类随笔和论争杂文。此间，以小说驰名文坛的萧军并没有在《文化报》上发表小说，其创作主要以评论性文字为主。这些文章渗透着萧军的文艺思想和社会理想，尤其是两报论争时期的杂文，更是代表了萧军杂文的最高成就。

一、散文：萧军的文体选择

萧军在《文化报》期间的创作主要以散文为主，这是报刊和作家间的一种双向文体选择。从报刊角度看，选择散文是报刊生存的需要。"媒体由于其文学性而与文学同在"[②]，文学与报刊之间有着一种

---

① 笔者根据萧军《文化报》和徐塞先生的《萧军著作年表》整理统计。
② 周海波：《现代传媒视野中的中国现代文学》，中华书局 2008 年版，第 40 页。

同存共生现象。报刊作为文学载体的同时也是文化产品，拥有市场的要求使它必须生产符合读者口味、适应报刊体制、篇幅长短适中、文体适合、为报纸阅读群体喜欢的文学作品。报刊的文体选择在五四时期便见分晓，小说在杂志上取得至高无上的地位，散文则在报纸上大放异彩。在报纸文体的对话中，散文击败小说和诗歌等文体确立了在报纸上的主体地位。

从萧军自身来看，选择散文作为文学主打是历史发展的必然。众所周知，萧军因小说而名，然而萧军在40年代的文学成就主要体现在散文上。虽然延安时期萧军并没有放弃小说，创作了《第三代》第四部至第八部的上半部。然而同小说相比，散文的生产数量才是巨大的。从1940年到1947年《文化报》创刊前，萧军在《解放日报》、《东北日报》、《东北文艺》、《知识》、《晋察冀日报》等报刊上共发表散文66篇，这些散文中又以杂感类文章居多。杂感是"从'具体而微'的'小事'入手，用嬉笑怒骂的笔法，褒贬抑扬，纵横天下"[1]，是随感类的短评，杂感也就是杂文。萧军选择杂文文体的原因有两个：一是杂文文体是由鲁迅先生发明的，作为鲁迅弟子的萧军对杂文自然十分偏爱。二是杂文形式短小精悍、灵活多变、现实感强、很适合文艺论辩，具有很强的战斗性。基于这两种原因，萧军偏爱杂文并坚持认为当时还是"杂文时代"。他在《杂文还废不得说》中预言"杂文这武器，我看它将来还有大用的一天"[2]。萧军在文中指出，"我们不独需要杂文，而且很迫切。那可羞耻的'时代'不独没过去，而且还在猖狂"[3]。"1941年秋至1942年春，以丁玲、萧军、王实味、艾青等为中坚力量，借助杂文掀起了'暴露黑暗'的浪潮"[4]。这一浪潮直接导致了"王实味事件"的发生，并成为延安文艺界整风所要解决的主要问题之一。在萧军看来，杂文是思想战斗中

① 陈平原：《文体对话与思想草稿：〈新青年〉研究》，《中国现代文学研究丛刊》2002年第3期。

② 萧军：《杂文还废不得说》，《谷雨》1942年第5期。

③ 同上。

① 黄昌勇：《王实味：野百合花》，中国青年出版社1999年版，第46页。

最犀利的武器，并终生将之作为论辩的文体。

　　五四之后，散文文体得到了丰富和健全发展，其形式体例多样，有随感录、短评、杂感文学、文艺性评论、随笔、读书笔记、日记、游记和抒情性散文，等等。这些散文的各种体例相互渗透、相互影响，逐渐成为报刊文体。萧军在《文化报》前期的散文主要以纯文艺性的创作为主，如描写自身经历的回忆性散文《我的生涯》、书信的注释《鲁迅先生书简》等。文论方面有"旧剧新谈录"系列、春夜抄系列、夏夜抄系列、读报春秋系列、读书散记等栏目。作品有《旧剧新谈录之一——玉堂春》、《旧剧新谈录之一——王春娥》、《旧剧新谈录之一——鸳鸯冢》、《新式小说与旧式小说谈》、《读书杂抄》、《一间楼主语录》、《鲁迅杂文中的典型人物》、《漫谈文学》、《鲁迅先生给中国新兴文学、木刻工作者的路》、《试论：〈九件衣〉——东北人民剧院演出》等。这些作品更接近散文的本体性质，是真正意义上的文艺创作。《文化报》后期，由于《生活报》对《文化报》的批判引发了两报的论争，萧军知识分子的批判本性被激发出来，其所熟悉的战斗性的杂文再次得到用武之地。论争中，萧军将杂文文体犀利的战斗功用发挥得淋漓尽致，既打击了对手的气势又将自己的杂文写作艺术发展成熟。

　　将散文作为《文化报》创作的文体选择，是主客观原因综合的结果。这种选择冥冥中也预示了萧军的坎坷命运，暗示了萧军后来文化生活的曲折艰辛。在同《生活报》的论争中，萧军宁折不弯的斗士性格和战斗的杂文相佐相辅，缺乏阴柔性的组合透露出一种"刚性"品性。这种精神遗留在未加整合与过滤的《文化报》论争的杂文中，显示出一种原生态的特征。刚性的精神让萧军锋芒毕露的同时也遭受了致命的打击。在政治因素的参与下，"以文乱法"的萧军被"文物入土"般的雪藏了32年。在全国人民高唱"东方红"的日子里，"他成了一个在故乡旷野上终日漂泊的幽灵，被家宅里庆祝太平盛世的合唱声驱赶了出来，在社会底层和文化边缘处独自徘徊"①，陪伴

---

① 李振声：《我是鲁迅的学生》，北京广播学院出版社2000年版，第29页。

他的只有不变的个人精神立场和鲁迅情结。

二、论争：萧军杂文创作的巅峰

萧军的杂文创作始于鲁迅先生逝世之后。1936 年 11 月 24 日发表在上海《大沪晚报》上的《欺骗恫吓》，可以看成萧军的第一篇真正意义上的杂文。所谓真正意义是指这篇文章较萧军之前发表的随感《漫记》系列文章来看，更具杂文的特征，无论在情感控制上还是文章的结构上，抑或是语言的运用上都已经与杂文无限接近了。随后发表的《致郭沫若君——"关于不灭的光辉"》，思路清晰、论证有理有据，文笔犀利、语言婉讽、褒贬抑扬，极具声讨之能事。迫使被萧军称为"躲在一角说空头大话，摆大旗"① 的大诗人郭沫若不得不著文回应解释并论辩。虽然萧军再没有发文应对郭沫若的回应，但其杂文的威力已经初显，萧军与郭沫若的这次交锋也成就了萧军的第一次显著报端的文学论争。此后的萧军仿佛一下子在杂文方面开了窍，杂文创作一发而不可收。相继发表《谁该入"拔舌地狱"》、《从重赏之下必有……说起》、《第几个"九一八"?》、《不是战胜就是死亡》、《不走正路文集》、《奴隶文学和奴才文学》、《谈意见批评加"公正"》、《偏见、伟大作品》、《批评的精神、态度、能力》、《小刀一把斋语三则》、《死者的血债》等文章。这些文章涉及内容广泛，还局限在文学范畴，即使对政府的批评也是出于民主主义立场，只徘徊在政治文艺的边缘。

延安时期是萧军杂文的成熟期，也是萧军从民主主义思想到共产主义思想的过渡期。此时的萧军以共产党"同路人"的身份为党工作，恪守知识分子的独立品性，坚持认为延安还是杂文时代。延安文艺座谈会之后，由于下乡体验生活，所以直到 1945 年萧军才得以重新在《解放日报》等刊物发表文章。这些文章中较有影响的杂文有"要求同志之间应该充满理解、充满友爱，并应多理解和尊重同志"的《论同志的"爱"与"耐"》；有提出"拜师不如访友、访友不如

---

① 萧军:《致郭沫若君——"关于不灭的光辉"》,《报告》1937 年第 1 卷第 1 期。

交手。当场不让步，举手不留情"看法的《文坛上的"布尔巴"精神》；有谈自己感受，如何解决"作家前面'怎样写'的坑"的《作家前面的"坑"》；还有与周扬就"歌颂与暴露"问题商榷的《〈文学与生活漫谈〉读后漫谈集录并商榷周扬同志》。在《论"终身大事"》和《续论"终身大事"》中，萧军戏谈了女性结婚的标准，并提出了男人要有"丈夫的责任、同志的精神和情人的耐心"的观点，一时成为延安文人的趣谈。在《也算试笔》中，萧军正式提出了自己的"新英雄主义"精神。在《杂文还废不得说》中，重申了杂文的重要性。此外还写了《目前东北文艺运动我见》、《君道章——弹今吹古录》、《大勇者的精神——要做到伟大！而不在装作伟大！——〈裴多菲传〉序言》等杂文。这些杂文虽然表达了"萧军对当时延安文艺界的某些现象并不十分满意，他的立意是好的，他急于要表达自己的意见，但往往把握不住自己的感情，失于偏激"①，显得内省不足。萧军的杂文大多是从对党的事业负责的角度出发，不带有任何个人功利主义色彩，体现了鲜明的批评意识。

萧军在《文化报》时期的杂文创作达到了他杂文艺术的巅峰状态，他在《文化报》前期的杂文作品不多，所发表的多是一些就事论事的小随笔、杂感，即使有个别杂文出现也是旧文新载。真正使人眼前一亮看到延安时期杂文的精彩的是《风风雨雨话"王通"》一文，这篇杂文是萧军为回击《生活报》而写的。透过文章，杂文的那种灵活多变、犀利快捷的战斗文风又展现在人们面前。此时的萧军算得上内省而节制，在客气中又显露出傲骨和霸气。他先肯定了《生活报》在材料、编排上的长处，认为从整个新文化运动现象来看这是应该欢喜的事。接着在为"王通"的行为翻案后，又引古论今地指出《生活报》污蔑古人、歪曲古人王通的病根在于：

　　不为那时和后来的"诸儒称道"！这些"诸儒"们当然是以孔门"正统"自居，"非我族类"当然均在"鸣鼓而攻"之列，

---

① 王科、徐塞：《萧军评传》，重庆出版社1993年版，第199页。

王通当无例外。——他底存在，这大概是他妨害了诸儒们的"伟大"罢?①

文章批评了《生活报》的宗派主义作风。对于《生活报》的攻击，萧军认为"革命作家"们不会为对付萧军而专门出版报纸，因为自己并非"敌人"。萧军在文章结尾诚恳地提出对于错误，希望朋友能堂堂正正地批评和纠正。最后，萧军以"赢得年年笑骂多，家常便饭等闲过! 是非今古平平仄，开水一壶烟两棵"的打油诗结尾。《风风雨雨话"王通"》一文摆事实、讲道理、论证有力、思路清晰，既批评了对方的宗派主义作风又提出了团结的愿望。出于自卫的需要，语言上难免有嬉笑怒骂和讽刺挖苦之词，尤其是结尾的诗句充分显示了萧军桀骜的个性和无畏的态度。

萧军办报从不"小气"，本着公平的态度，对于符合刊物要求的稿件一概发表，这与延安时期的办报方针是一致的。萧军以理性态度对待《生活报》的批判，一方面在《夏夜抄之一：风风雨雨话"王通"》之后附了《今古王通》的原文，另一方面在"编辑室语"中声明相关文章不再刊发，表明了自己的诚意。"人们往往根据自己的智力做出判断，而其行动却受自己性格的支配。"② "八一五"之后，《生活报》的批判又铺天盖地而来。对于和哈尔滨文艺界的关系，和《生活报》的关系，萧军有清醒的认识并一直克制自己的情感和行为，但是其永不屈服的性格和民间好汉的个性又使他难以自制。萧军终于在忍无可忍的情况下开始全面地还击，《文化报》和《生活报》的论争正式爆发了。面对《生活报》的无端指责和恶意歪曲，萧军先后发表了《几点声明和一个小故事外搭四首诗》、《谈萧军的"九点九"与〈生活报〉的"零点一"》和四篇《古潭里的声音——驳〈生活报〉的胡说》系列杂文。

---

① 萧军：《夏夜抄之一：风风雨雨话"王通"》，《文化报》1948 年 5 月 15 日。

② ［法］古斯塔夫·勒庞：《革命心理学》，佟德志等译，吉林人民出版社 2004 年版，第 191 页。

　　《古潭里的声音——驳〈生活报〉的胡说》等四篇文章是萧军反
击《生活报》批判的比较系统的说理文章。在《古潭里的声音之
一——驳〈生活报〉的胡说》中，萧军本着冷静的"批判和自我批
判"的商榷态度，逐条地反驳了《生活报》批评《文化报》的作家
不熟悉生活、不从实际出发的指责和强加给他的"反苏、反人民战
争"的罪状。萧军在文章的结尾要求大家"露露尾巴、揭揭疮疤"，
抛弃尊严、威信、面子来进行一次"清算运动"。"好斗"的萧军发
出了战斗的檄文，"这一次生活报既然作了开路先锋——且不管该社
前方潜伏着任何阴谋、杀机、企图和目的——我们此后就更扩大一点
正面现实来相互批判一番罢。不管是对文化报，对萧军本人，我们大
家应该欢迎来一番彻底清算的"①。《古潭里的声音之二》中，萧军进
一步揭露了《生活报》，指出其中心意图并一一抨击批驳，通过回忆
自身历史证明了自己的清白。在《古潭里的声音之三》中，萧军克
服了冲动，详细地、理性地重新阐释了《文化报》的办报态度和宗
旨，在承认存在不足的同时也指出了《文化报》在坚持"求真"的
精神中所取得的成绩。对于《生活报》批判《文化报》的"小资产
阶级自由主义"，萧军认为这是《生活报》"神经过敏到'草木皆兵'
'万人皆贼'，首先存了敌视和不信任的成见"②造成的。在《古潭里
的声音》的最后一篇中萧军已经按捺不住怒火，他怒斥《生活报》
是打着马列主义的幌子，"'吹胡瞪眼'、'装模作样'，张口'立场'
闭口'原则'，俨然以'正统'自居，'打手'自任，'借以吓人'，
而实质上早把'原则'和'立场'有意或无意地丢得净净干干！所
剩下的只是几个'假公济私'被小资产阶级阴暗心理所腐蚀得成为
幽灵似的人们泄恨的工具"③，他引用鲁迅的"辱骂和恐吓绝非战斗"

---

① 萧军：《古潭里的声音之一——驳〈生活报〉的胡说》，《文化报》1948 年 9 月
1 日。

② 萧军：《古潭里的声音之三——驳〈生活报〉的胡说》，《文化报》1948 年 9 月
10 日。

③ 萧军：《古潭里的声音之四——驳〈生活报〉的胡说》，《文化报》1948 年 9 月
15 日。

来警告对方，措辞严厉而狠毒，可见萧军此时已经愤怒至极。在萧军看来，此时的论争不是"思想斗争"而是"纯属谩骂与恶意的人身攻击"①，所以必须用文学的"匕首和投枪"来还击。

反观两报论争的杂文，《生活报》的批判文章读起来使人感到压抑和气闷，而《文化报》萧军的反击文章则让人拍案而称快。除却内容因素，继承鲁迅杂文衣钵的萧军作品确实精彩，其文博古通今、纵横开阖、嬉笑怒骂皆成文章。排除政治因素，单就杂文技术上看，两报的论争绝非后来的结果。

萧军的杂文写作开始于上海时期，发展于延安时期，在哈尔滨时期达到巅峰阶段。离开哈尔滨后，萧军的杂文创作戛然而止了。这之后人们只能在一封封发往中央的申诉材料中，才能看到萧军的杂文写作的艺术才华。

三、《我底生涯》和《鲁迅先生书简》

除杂文之外，萧军发表在《文化报》上比较重要的散文还有回忆散文《我底生涯》及《鲁迅先生书简》。

《我底生涯》陆续发表在《文化报》第 5 期到第 47 期上，共 13 章。有人将《我底生涯》当成自传体的小说，而笔者更愿意将它看作回忆性散文。萧军在谈到这篇作品的时候说：它写的"是我的生活过程中一部分，是由我的出生到十岁时期的一部分。也可以说是乡村到都市的一部分。从这一部分的生活中，也可看到我所处的社会——军阀割据社会中——的一角。在这一'角'的社会中，产生了我这样一个具体的'人'"②，从中可见这段童年生活对萧军的影响。

《我底生涯》以萧军十岁前生活的辽宁义县下碾盘沟和沈家台为背景，叙述了作者童年时代的辛酸生活经历。集中描写了作者的几位亲人，揭露了半殖民地半封建社会的腐朽和黑暗，控诉了封建思想对

---

① 萧军：《几点声明和一个小故事外搭四首诗》，《文化报》1948 年 10 月 1 日。
② 萧军：《〈我的童年〉初版前记》，《萧军全集》第 12 卷，华夏出版社 2008 年版，第 564 页。

农民的毒害，同时也流露出对故乡的深情眷恋以及对真善美的热切向往和期盼。萧军在文中突出了对故乡尚武精神的描写，记述了萧军反抗性格的形成原因，这对研究萧军的性格有重要的参考价值。在《我底生涯》中，萧军重点介绍了自己的祖母和五姑姑吃苦耐劳、勇于抗争的精神对萧军性格形成的影响。也正是奶奶的故事、四叔的唱词和五姑姑的皮影戏对萧军进行了最初的爱国主义教育，并给予了萧军从事文学活动的最早的启示，"这些民间说唱艺术确实在一定程度上培养了他对文艺的兴趣以及分辨忠邪的朴素的民主主义思想，这对于他后来在韵文和散文的写作上以及爱国主义思想的形成，都产生过深远的影响"①。《我底生涯》通过对农民生活的描写，揭示了农民特有的生存方式。通过对家乡风俗的介绍，生动地展示了辽西地区的民俗特色。通过对土匪故事的诉说，寻找到了自身尚武精神形成的源头。这部作品为研究萧军的童年生活提供了第一手的资料，对萧军生平研究具有不可忽视的重要价值。

《鲁迅先生书简》当属叙事散文，是萧军将鲁迅和萧军与萧红的通信加以注释、整理而来。鲁迅与"二萧"的通信书简一共 53 封，萧军在《文化报》第 30 期到第 65 期共注释刊登了 49 封。对书简注释过程中，萧军做到尽量还原历史，将鲁迅先生的"民族魂"以工笔细描的形式描绘出来，使东北的广大青年得以近距离地感受鲁迅的伟大。《鲁迅先生书简》中，萧军饱含着真情叙述了三个"第一次"：第一次收到鲁迅先生的复信；第一次和先生见面；第一次应鲁迅先生邀请参加宴会。第一次收到先生的复信带给"二萧"的是喜悦和激动，信中先生回答了二人提出的问题，并对二人的作品提出中肯的意见，为《八月的乡村》写了序言。第一次见面是在第七封信中约定的，这对"二萧"来说非常重要，它改变了两个人的一生，萧红还特意为萧军做了一件衣服。这次在内山书店的会面使双方加深了解和信任。萧军后来回忆，从这次见面到先生去世的这段时间是"二萧"一生中最幸福的时光。第一次赴宴是在 1934 年 12 月 18 日，萧军夫

---

① 徐塞：《萧军的文学世界》，春风文艺出版社 2008 年版，第 4 页。

妇、聂绀弩夫妇和叶紫共同受鲁迅夫妇邀请参加了宴会，这次宴会实际是鲁迅为萧军夫妇能在上海文坛立足特意为他介绍朋友而设的。萧军以三个第一次为线索对书简进行了注释，将一个谦逊、和蔼、谨慎、自重的鲁迅形象栩栩如生地展现在报纸读者的面前，通过一件件生活中的小事，鲁迅对青年的关爱、保护和帮助使东北青年感同身受。《鲁迅先生书简》再一次拉近了文学青年和这位宗师的时空距离，实现了萧军为书简注释的目的。透过书简"应该看看这位伟大的人，他对于自己底青年的后一代，是抱有着怎样一种伟大的、赤诚的'心'"①。

《鲁迅先生书简》的注释经过萧军本人多次修改，并因与鲁迅的深厚感情而在以后的修改中个人感情色彩渐浓。比如在1978年版关于第一次复信的注释中，萧军写道："它开扩了、丰富了我们的创作思想，天地变得广阔了。"② 在第一次见面后萧军又引用毛泽东的话评价鲁迅："他并不是共产党的组织中的一人，但他的思想、行动、著作，都是马克思主义化的。"③ 这些都是在1948年《文化报》上刊载的《鲁迅先生书简》里所没有的。《文化报》上萧军对书简的注释比后来的注释更加客观、更加接近历史真实，受到的主观情感的干扰明显少于后来的注释。虽然如此，萧军在注释中也融入了深切的情感，读起来感人至深。

萧军在《文化报》的创作主要以散文为主，除各类文论和杂文等文学创作的重头戏外，也间有诗歌和戏剧旧作发表。萧军发表在《文化报》上的诗歌主要是即兴创作的古体诗，如《偶成》、《求真楼吟草》栏目中的9首诗，《抚今追昔录》中的7首，《几点声明和一个小故事外搭四首诗》中的4首诗。这些诗歌中除了《几点声明和一个小故事外搭四首诗》里的4首古体诗是专门为《文化报》和《生活

---

① 萧军：《鲁迅先生书简》，《文化报》1948年4月20日。
② 同上。
③ 徐塞：《萧军的文学世界》，春风文艺出版社2008年版，第133页。

报》论争而作外，其余皆是作者即兴有感而发的应景之作，没有什么隐喻意义。在戏剧方面，有一系列关于戏剧理论的论述文章，真正的戏剧作品只连载了《武王伐纣》的第一部。

第四节 力求自然 崇尚真善美：《文化报》新启蒙文学的美学思想及其文学贡献

一、《文化报》美学思想的现代诠释

《文化报》的创作群体有一个显著特点，那就是无论成名作家还是青年作者几乎都是东北本土作家。创作的作品主要以歌颂东北解放区新生活，声援解放战争、支持土地革命为主。这些作家具有相同的文化理想和相近的美学风格，因此，《文化报》的启蒙文学也显示出了比较趋中的美学特征。

第一，以"真"为美学核心。《文化报》文学的美学核心是"真"。对于美的性质，《文化报》启蒙文学有着与同时代美学思想不同的观点。当时，许多美学家认为"善与真必要以美为根底而后可"[1]，即美是真和善存在的前提。《文化报》作家的美学思想与之恰恰相反，他们认为"真"是美存在的前提和基础，只有真的事物加上善的本质才能产生美，否则美无从谈起。关于真和美的关系，萧军在《"青年问题"和〈文化报〉》中说得非常清楚："只有'真'，才是一切最好和最美的根源！只有'美'，才是人生最高和最后的努力！"[2] 萧军是《文化报》主编，也是该报的重要作者，他的美学思想即如是。萧军提出"一个连真话都不敢讲的人，还当什么作家……"[3] 一个作家要懂得自己的任务和价值，为了文学的"真"，可以做一个殉道者。在将艺术家和政治家比较的时候，萧军认为"一

---

① 张竞生：《张竞生文集》，广州出版社 1998 年版，第 136 页。
② 萧军：《"青年问题"和〈文化报〉》，《文化报》1947 年 5 月 25 日。
③ 萧军：《萧军全集》第 18 卷，华夏出版社 2008 年版，第 5 页。

个艺术家需要暴露自己，一个政治家却需要隐瞒自己，他们需要狡诈和装假，就像同一个艺术家需要真实一样"①。可以看出，萧军认为"真实"对于艺术家是至上的需要。在文学创作中，萧军的这种美学主张也显露无遗，《我底生涯》就是完全按照自己的经历创作的，没有进行艺术的夸张和想象，这种生活真实与艺术真实得到了完美结合。在《鲁迅先生书简》中，萧军仍然是用"真实"的态度如实地叙述了同鲁迅先生交往的历史事实，这种严谨态度在作品中表现出一种厚重的美感。不仅在作品中，生活中的萧军一样坚持真实，他对自己日记的要求是，"我底日记，应该日日求真，事事求真……不能有一点虚饰或顾虑，这是纠正和洗练、坚强我灵魂和行动唯一的锻炼"②。这种对"真"的执着追求也被带进了其主编的《文化报》编辑思想中，对《文化报》的创作群体产生了非常重要的影响，使"真"成为整个《文化报》启蒙文学美学思想的核心。

对于"真"，《文化报》的另一重要撰稿人关沫南也在一些文章中表达了相同的美学思想。在《谈我们应该怎样表现》一文中探讨到"真实"时，他指出"真实"的重要性。关沫南认为，我们不需要"表面的真实，人人能够看到的真实，而我们是要更深入一步，写出革命所要的真实来"③。另一篇文章《谈直录"口头"及其他》中，关沫南又就"典型的真实"表达了自己的看法，将"不为时代地点所限，而比较广泛又比较强烈的流布开来的传说。前者我们说它虽然也可能真实，但不普遍，教育的意义不强。后者我们才说它是具有普遍性的真实，即所谓典型性的真实"，教育的意义较大。④ 这些文章中，关沫南把"真实"作为文学创作中主题、内容和典型存在的第一标准提出，显示出对"真实"的重视。除了萧军和关沫南，对《文化报》美学核心"真"的论述文章还有陈隄的《谈文艺批评者的

---

① 萧军：《萧军全集》第18卷，华夏出版社2008年版，第23页。
② 萧军：《萧军全集》第19卷，华夏出版社2008年版，第531页。
③ 关沫南：《谈我们应该怎样表现》，《文化报》1948年1月1日。
④ 关沫南：《谈直录"口头"及其他》，《文化报》1948年1月15日。

任务和态度——兼以此文就商于刘和民同志》、李学文的《跑到前边去——"评英雄的父亲读后"》等文。他们有的要求文艺批评要真实,有的提出"表现出什么是实际应该有的和什么是实际应该没有的,才是艺术任务的全部"①。这些关于"真"的倡导大都落在文学要素的真实性上,成为《文化报》文学的美学标准。这种以真为美的原则在《文化报》的许多作品中都能看到,如前面提到的萧军的《我底生涯》、《鲁迅先生书简》,陈隄的《碧血丹心录》,马双翼的《英雄的墓》和《狱中记》等文都是根据自身经历创作的,许多作品中的人名、地名,甚至连事件都是真实的。在这些成名作家的带动下,《文化报》的青年作者们也纷纷效仿,一种以真为美的风气在哈尔滨《文化报》上流行开来。

第二,创作上力求自然。东北作家的作品既粗犷、豪放,又清晰、细腻,风格各异。在他们创作历程中有一个鲜明而突出的美学特征,这就是在创作方法上因"无为"而引发的力求自然的写作。形成自然写作的原因主要在于创作理论的失语。东北本土作家中除端木蕻良等少数作家接受过高等教育外,大多数都没有受过中国传统文学理论和西方文论的系统教育,尤其是在伪满洲国封闭的环境中更谈不上国学教育和美学熏陶。先天的文学营养不良导致了他们文学理论的贫瘠。他们从乡村走向都市,从事创作之前大都没有受到专业的写作训练,萧红曾说:"有一种小说学,小说有一定写法,一定要具备几种东西,一定要写得像巴尔扎克或契诃夫那样。我不相信这一套,有各式各样的作者,有各式各样的小说……"② 可见,萧红的创作不受外来影响。率真而为的她甚至文体不分,故其小说《呼兰河传》写得如同散文,无论称其为散文也好、诗体小说也罢,总之很好地体现了上面的特点。萧军也是如此,只有中学水平的他几乎也没有什么文艺理论可言,其创作几乎都是凭借自身的努力摸索前行,这一痕迹在萧军早期小说中可以清晰地看到。《文化报》期间,萧军等个别作家

① 李学文:《跑到前边去——"评英雄的父亲读后"》,《文化报》1948 年 1 月 25 日。
② 转引自聂绀弩《回忆我和萧红的一次谈话》,《新文学史料》1981 年第 1 期。

的艺术修养已经很高，文学创作上也具有了一定的理论基础，但他们仍然坚持自己的自然风格，否认外来理论的影响。萧军曾经明确表白，"在我写作的习惯上，对任何伟大的作品的影响全在我的'排斥'之例，但在客观上、潜意识上也可能受到某种影响的，这是任何作家所难于避免的。也不必'包罗万象'能论什么就论什么，我以为如此可以精彩一些"①。基于这种思想，萧军在《文化报》上的作品都是率意而做的，从不考虑形式的东西。这种对自然的追求在后来的小说《五月的矿山》中也能看到其影子。

荣格认为艺术创作应该是："一类艺术创作称为心理型的，而把另一类称为幻觉型的"②，这即是有意识的创作和无意识的创作。东北作家群便是这无意识的一群。东北作家群的创作体现出一种"盲"性，一种文化上、知识上、文学修养上、创作经验上的贫乏而导致的"盲"——盲目，正是这种盲性使作家在创作上不受任何传统的和外来文化、哲学、美学等理论影响，继而可以自由大胆、无拘无束地创作，尽管最初的作品显得比较简单且深度也不够，但是后来作家的创作道路却越来越宽广，作品的艺术价值得到凸显，这就是无意识创作所引发的有意识书写，是无为而为的有为。东北作家群的创作自成一体，创作理论上的失语就恰如一片荒原、一大片无人踏过的雪地，可以任意描摹，每一步走的都是自己的脚印。这种自然的创作是纯粹的精神抒写，是朴实的心灵乐章，是未雕的璞玉，是大爱的张扬。

《文化报》的作者群中虽然也有一些作家接受过良好的教育，也对中西文艺理论有些了解，但绝大多数作家和作者尤其是青年作者更喜欢率意而作，不受写作形式影响、不加掩饰地表现出本真的东西，这是《文化报》美学特征的又一个表现。

第三，追求人性美。东北地域作家的作品普遍都把崇高的人性作为共同美学追求。这与东北的地域性有直接关系，多灾多难的东北现

---

① 萧军:《萧军全集》第17卷，华夏出版社2008年版，第152页。

② [瑞士]卡尔·古斯塔夫·荣格:《未发现的自我》，张敦福译，国际文化出版公司2001年版，第219页。

代史反映在文学中的时候，作家们总是试图将伟大而崇高的人性从中凸显出来。在创作时，他们太喜欢用人性的这只眼睛观察事物，并将其打上人性的烙印。无论早期的东北作家群作家还是《文化报》作者群无不如是。从萧红的"王婆"到萧军的"李七嫂"再到李无双的"秦淑"，使读者时时刻刻都能感受到这种人性的味道。《八月的乡村》中萧明和安娜恋爱是一种人性美，李七嫂被伤害得无法走路，唐老疙瘩耍脾气要不革命了也是一种人性美，铁鹰队长为了革命纪律要枪毙唐老疙瘩仍是一种人性美，但是这些美都是有缺陷的、不完整的，而以流弹结束唐老疙瘩生命才是作者所追求的真正完整的人性，这与李无双笔下的秦淑身上所表现出的人性如出一辙。

《文化报》时期的作家们由于文学的转型，在用人性的眼睛审视外界的同时也开始用阶级的眼睛看待世界。由于视角难以对焦的原因，东北作家们的作品中即使运用阶级性来分析问题也难以掩盖住人性。陈隄的《碧血丹心录》和李无双的《英雄的墓》、《狱中记》等作品，尽管运用的是阶级分析的方法，也描写了敌人的狂暴和凶残的人性，但是从另一个角度看，对凶残人性的批判不正是对完美人性的追求吗！在淡化人性的同时恰好又突出了人性。这种对人性和阶级性的恰当处理巧妙地突破了后来文学中以阶级性对人性的压抑。"一个人穿着合适的鞋可能会夹疼了另一个人的脚，没有一个生活的处方适用于所有的人"①。这种方法对东北地域作家适用，但对于《生活报》的党内作家来讲，他们就很难用"两只眼睛"同时看世界了。虽然同样是左联作家，同样从事无产阶级文学的创作，20世纪30年代的东北作家群作家和左联作家的创作却大相径庭。如果说二者都只用一只眼睛来创作的话，那么东北作家更多的是用人性的眼睛看，是盲目的、无意识的、是无为而有为的；而左翼作家也是一只眼睛看世界的，但却是用政治的那只眼睛，是有意识的创作，是刻意而为。尽管都是一只眼睛来创作，结果却不一样。东北作家们是对人性的自然再

---

① ［瑞士］卡尔·古斯塔夫·荣格：《未发现的自我》，张敦福译，国际文化出版公司2001年版，第135页。

现、是率真描摹、不受外力的约束，所以他们的作品经历了从粗糙到精细的过程，显示了比较长久的生命力。而左联作家的作品恰恰相反，开始就陷入公式和概念的框架中，所以作品后来大都很难被人想起。人们更多谈到的是《呼兰河传》、《科尔沁旗草原》，而早已忘却了《到莫斯科去》和《光明在我们面前》。就连那被时代标榜的莎菲，我们也嫌她过于雕琢做作、神经质而远没有翠姨的自然清纯可爱。到《文化报》时期，东北作家群作家已经可以同时使用两只眼睛观察世界，而原左联作家们仍然只能一孔窥天。

《文化报》的美学思想只不过是其创作群体中个体作家美学观念的综合，虽不成系统却仍有较高的审美价值，对研究当时哈尔滨解放区的文艺美学具有一定借鉴意义，其"以真为美"、"力求自然"和"追求完美人性"的特点甚具独创性。另外，这种独创的美学思想还在萧军身上单独得以体现，那就是他对"力"的追求。这种力表现在两个方面：一个是身体健康的力，一个是思想方面的力。萧军在自己的日记和作品中多次表达对健康的重视，他经常告诫自己"强健自己，竞取第一"①；"我爱强者，生是战斗的，'什么战胜什么，谁战胜谁?''一切是力量'。强健自己，竞争第一，有勇气对抗一切"②。在这样的思想支配下，萧军一直保持着强健的体魄，终生习武不辍。"身体是社会的基础，精神就是社会的装饰"③，物质的力量也相应地促进思想的力量。萧军的作品中时刻透露出一种五四时代曾有过的力的气场，这是一种精神的力量、时代的力量，一种健全而张扬的个性之力。

二、《文化报》启蒙文学的独特贡献

作为报刊文学，《文化报》文学也存在着缺点和不足。造成这些不足的既有主观原因又有客观原因，而更多是由客观原因造成的。主

---

① 萧军：《萧军全集》第 20 卷，华夏出版社 2008 年版，第 282 页。

② 同上书，第 558 页。

③ ［法］卢梭：《卢梭文集》，李常山等译，红旗出版社 1997 年版，第 279 页。

观方面，《文化报》从创刊伊始就未曾有过宏图之志，目的就是为
"一般市民"服务，是本着"'摆小摊'与'卖零食'的精神和气
魄"① 进行的。这种办刊思想阻碍了《文化报》后期的发展。客观
上，《文化报》的缺点则表现在"财"和"才"匮乏上。对于钱财，
《文化报》是十分缺少的。由于是民间办报，资金短缺导致《文化
报》用纸紧张，只能用劣等的纸张来印刷，与党办的《生活报》相
比，简直是天壤之别。不仅纸张的质量差，而且还经常缺货，常有无
米为炊的情况发生。《文化报》对于人才和钱财一样缺乏。创刊初期
还有一些党员作家投稿，萧军也可以向好友约稿，这样每期还过得
去。后《生活报》分化《文化报》的供稿作者，导致《文化报》作
者阵营中党员作家流失、稿源枯竭、供稿紧张，造成了《文化报》
部分稿件的质量下降，影响了报纸的整体水平。萧军在不得已的情况
下加大了社会稿件的录用，而这部分稿件的作者水平又参差不齐，于
是形成了一种恶性循环。正如萧军总结的《文化报》缺点和不足，
"首先是材料不够多样、丰富，编排花头少，真所谓'呆板之相可
掬'；印刷、纸张当然也不能尽如人意"②。

　　然而瑕不掩瑜，作为东北新文化运动中第一份纯文艺性质的报
纸，产生在《文化报》上的文学作品对于开展启蒙实践、启发民智、
丰富东北人民文化生活，推动东北新文化运动的发展还是有着独特的
贡献。其表现为：

　　第一，《文化报》东北地域文学是东北解放区文学的有益补充。
东北解放后，解放区文学取得了辉煌的成就，形成了空前繁荣的局
面。在文学创作上，各种文体的作品都获得了大丰收。小说方面，短
篇有韶华的《荣誉》、严文井的《一个农民的真实故事》、陈学昭的
《新柜中缘》、草明的《今天》、白朗的《煤》、刘白羽的《无敌三勇
士》、《政治委员》等。中篇有马加的《江南村十日》、范政的《夏红

---

① 萧军：《复刊词》，《文化报》1948 年 1 月 1 日。
② 萧军：《古潭里的声音之三——驳〈生活报〉的胡说》，《文化报》1948 年 9 月
10 日。

秋》、西虹的《在零下四十度》等。长篇有周立波的《暴风骤雨》、草明的《原动力》等；此外还有方冰、公木的诗歌；王大化的戏剧和东北新秧歌剧；刘白羽的报告文学等。在创造这种繁荣的作家中只有少数几位是原东北作家群的作家，如罗烽、白朗、范政等，其余的皆是由延安或其他解放区来到东北的作家。这种情况下，东北地域作家和作品几乎没有任何地位。而《文化报》文学作品的出现一改东北解放区文学的格局，涌现出一批东北本土的作家和作品，如陈隄及其《碧血丹心录》，李克异和他的《狱中记》、《英雄的墓》，萧军的《我底生涯》，此外还有关沫南的各类文艺评论和萧军等人的杂文等。《文化报》文学既重视文化启蒙又兼顾革命启蒙，丰富了东北新文化运动的内容，东北地域作家的参与也健全了东北解放区文学作家构成的格局。

第二，加强了对苏联作家及作品的介绍和传播。从五四时期开始，中国文学就和世界文学建立了难以割裂的沟通和联系，对外国文艺思想和文学作品的介绍也促进了中国现代文学的发展。五四时期报刊的译介作品很多并且范围极广，涉及世界很多国家。中国的作家们也通过林译小说和周译小说同世界文学接轨，在外国文学的影响下，蹚出了一条从模仿到独创的创作道路。1942年之后的延安，对外国文学的译介范围不断减小，主要是苏联等少数社会主义国家的文学作品。东北解放区由于与外界联系困难，能获得的外国文学作品更少。所以，《文化报》刊载的对国外作家和作品的译介大多数是对延安时期各个报纸发表过的作品的重刊，同时夹杂着个别作家自己收藏作品的选登，这就使得作品的内容过于单一，所刊登的外国文学作品除少量来自德国、法国文学外，大部分来自俄国和苏联文学。《文化报》介绍了大批俄国思想家和苏联作家，如凯绥·珂罗惠支、列宁、斯大林、高尔基、莫洛托夫、果戈里（果戈理）、齐木那支·阿司兰诺娃、柴霍甫（契诃夫）等，同时也刊载了《柏油马路》等作品。在大量介绍俄国文学的同时偶尔也出现一些非苏俄文学作品的译介，如对作家左拉和《西班牙游击队》这样的反法西斯战争的作品的介绍。《文化报》上刊登的外国作品虽然单一，但是对长时期处在日满文化封锁下的东北人民来说还是耳目一新。对这些作家、作品的介绍，极大地开阔了他们的视野，帮助他们了解了世界，对于提高解放区人民的文化素质起到了重要作用。尤其是这种报刊文学对苏俄文学和文艺思想的依赖，无意中成了后来新中国文艺理论对苏联文艺依赖的缩影，这对研究现代中俄文艺关系有着重要的参考价值。

第三，培养了大批东北青年文艺工作者。《文化报》作为一个文艺性报刊只存在短短的一年多，却为东北青年文学爱好者提供了一个重要的学习平台。这一年中，大批的东北青年、教师、学生、工人和普通市民为《文化报》投稿，通过《文化报》提高了自己的写作能力。《文化报》也竭力创造条件帮助他们，设立《文章理发馆》专栏来帮助新人修改文章并发表，既帮助他们克服了自身写作上的不足，又调动了他们写作的积极性，为解放区培养了大批文艺工作者。他们很多人后来都成为新中国的文艺骨干，如李庐湘、冷岩、向群、寒虹、支羊、刘学正等。《文化报》培养的文艺人才壮大了东北解放区的文艺队伍，为解放区文艺和新中国的文艺建设做出了积极的贡献。

第四章

《文化报》和《生活报》的论争

　　《文化报》创刊后不久，萧军受到因与评剧演员秦友梅的所谓"恋爱事件"的影响，被迫退出了东北文艺协会的领导工作，并被东北局派遣到齐齐哈尔市富拉尔基区参加当地的土地改革工作。萧军于1947年7月1日离开哈尔滨，9月14日因女儿萧小红重病回哈尔滨，共离开哈尔滨两个半月时间。在萧军离开哈尔滨期间，鲁迅文化出版社被白朗接管，《文化报》则暂时停刊。1948年元旦，《文化报》得以复刊。此后，萧军全身心地投入到文化出版和办报的事业上，忠实地践行着他的新启蒙运动。

　　在《文化报》复刊4个月后的1948年5月1日，哈尔滨又出现了一份和《文化报》相像的报纸，这就是受中共中央东北局宣传部秘书长刘芝明委托，由"东北文艺协会"主办、光华书店发行的《生活报》。《生活报》是一份党办刊物，报社的地址在道里地段街56号，隔着兆麟街与设在尚志大街5号的《文化报》相望。《生活报》的主编是剧作家宋之的，由草明、山丁等人担任编委。

　　在当时的哈尔滨解放区，《文化报》和《生活报》这两份报纸都是东北新文化运动中比较重要的启蒙阵地，可以说是东北新文化运动中撑起启蒙大车的左右两个车轮。所以，两报在办报方针、读者对象、栏目的设置等诸多方面都有相同之处。首先办报方向一致，都是对解放区群众进行启蒙教育。《文化报》创刊时，哈尔滨只有《东北日报》一家报纸，是机关报性质，并且是以革命政治宣传为主的报纸。《文化报》的创刊，是"以辅助《东北日报》的不足，而有助于

当时状况下青年人们的进步……"① 这无疑是填补了对人民群众思想
文化教育的重要空白。《生活报》的创立则显示了党对群众启蒙的重
视。其次是栏目相近。《生活报》虽然是党办报纸，但是却与《文化
报》的栏目内容大体相同，都是为了对群众进行革命文化启蒙教育而
设置。最后是读者对象相近，都是针对哈尔滨解放区的广大市民。然
而两报虽然有不少相近或相同的地方，但是毕竟不是同一报纸的主副
刊面，而是实实在在的不同报社编辑的两份独立报刊，略加研究便会
发现二者之间实际仍存在着不少细微而本质的差别。

　　第一，刊物性质不同。两报虽然都担负着解放区文化启蒙的任
务，但报刊的性质却不一样。《文化报》尽管是在东北局援助下建立
的，萧军也一再声称出版社不是为了留给子孙，是人民的。但从本质
上看，它仍是私人创办的，是民间的、非公有的。相反，《生活报》
却是东北局宣传部领导下的公有党办报刊。这样，报刊的性质就把两
报泾渭分明地划分到公私两个对立面上。这种性质不同，又导致了其
他一系列的不同。

　　第二，办报方针不同。萧军在《文化报》创刊第 1 期的《约法三
章》中指出"本报底目的，企图把一般人民引导向新的文化生活，
从人民血液中消除一切封建和帝国主义式的毒质。新的人民，必须懂
得过新的文化生活，只有如此，才能算为全盘革命，否则就不可
靠"②。《文化报》第 8 期《复刊词》中也对报纸的任务进行了阐述，
"本报任务，只在为读者们报导一些文化消息。此外介绍一些文化常
识、短文、小诗、书评、剧报以及杂碎之类；本报编辑还是抱了'摆
小摊'与'卖零食'的精神和气魄，只要某些残钉碎铁，一粥一饭
于读者生活和学习上稍有用处，在我们就心满意足，此外无求"③。
综合两文可以看出《文化报》的办报方向主要是为普通大众服务，
包括革命启蒙和文化启蒙，主要以文化启蒙为主。相比《文化报》，

　　① 萧军：《萧军全集》第 17 卷，华夏出版社 2008 年版，第 329 页。
　　② 萧军：《约法三章》，《文化报》1947 年 5 月 4 日。
　　③ 萧军：《复刊词》，《文化报》1948 年 1 月 1 日。

《生活报》主要是以政治宣传和教育为主，思想文化启蒙为辅，办报目的和任务十分鲜明，这在《创刊的话》中可以清楚看出。在这份创刊词中，作者先是提出"记录解放战争这场勇敢的战斗，帮助战斗中的人们去认识这勇敢的战斗环境"的办报目标，然后提到任务："我们便希望，每一个人都能在这小小的报上得到他所需要的一份口粮。这口粮不是别的，是在他的实际生活中所未曾理解的，能感到鼓舞的，应该学习的。使坚强的人更坚强，迷失的人能重新获得力量。"① 将目标和任务合在一起，其中心意旨明显地导向革命启蒙。

第三，两报成员组成不同。从构成上看，"家族身份"是成员组成的标志。因是民办刊物，《文化报》聘请了徐定夫任经理，高俊武、赵素、谭莉、孟庆菊、张铁铮等人为编辑。另外，陈隄也用业余时间为萧军组过稿，这些人大多为非党人士。反观《生活报》的编辑成员，则主要是以宋之的为代表的党员作家组成，而且大多是延安时期的文艺干部。

第四，启蒙群体的范围不同。虽然都是对哈尔滨解放区人民群众进行启蒙，但是《文化报》的启蒙对象范围较广，读者群"是以学生、店员、职员，一般市民为主的，至于其他阶层肯读，这当也在欢迎之列"②，并且更注重青年人的教育启蒙。《生活报》则是"专以知识分子为读者对象"③，更重视革命知识分子的启蒙。两相比较，前者的启蒙范围更广泛，后者启蒙对象更明确。

第五，创作群体不同。由于启蒙对象不同，两刊的供稿人也不同。《文化报》面向学生、店员、工人和普通市民，所以其投稿人除了初期一些党内作家、萧军的朋友外，还有许多市民、知识分子、教师和青年学生。稿源范围较大，供稿人水平不一。《文化报》后期因政治干预导致稿源大量减少，以致萧军的爱人王德芬也不得不参与写

---

① 宋之的：《创刊的话》，《生活报》1948 年 5 月 1 日。
② 萧军：《约法三章》，《文化报》1947 年 5 月 4 日。
③ 哈尔滨市地方志编撰委员会：《哈尔滨市志·报业广播电视》第 25 卷，黑龙江人民出版社 1994 年版，第 103 页。

稿。总的来说,《文化报》是以非党作者群为主。《生活报》是以党员作者为主,兼加少量社会青年的投稿,稿源众多,题材丰富,稿件水平较高。

第六,启蒙方法不同。《文化报》走的是一条"双轨道启蒙"的道路,以五四启蒙为核心。《生活报》则不同,仍然是坚持延安革命启蒙的思想。所以,尽管两报栏目的设置相近,都设有马克思主义宣传、国际时事、一周时事评述、文学作品、生活常识等栏目,但栏目设置的比重不同。前者较后者多出了"小辞典"、"问答栏"、"文章理发馆"和"生活小常识"等栏目,更重大众文化生活启蒙。《生活报》的"五日时事述评"、"国际时事"、随感、小品文等多以时事政治、土改等题材为主,政治革命色彩鲜明,文化韵味较淡。

除以上不同外,两报创刊时间也非常值得人深思、玩味。《文化报》于 1947 年 5 月 4 日创立,萧军选择这一天可以看出两方面的意义:一是表明《文化报》的服务对象是青年,二是表明萧军高举的是五四启蒙的大旗。《生活报》创立的时间是 5 月 1 日国际劳动节这一天,这天是工人阶级的节日,而中国共产党恰好是中国工人阶级的先锋队,这正充分表明了该报的党报性质和启蒙重点。

全面比较两份报纸后,对两报的论争和"《文化报》事件"就比较容易理解了。这场论争看似偶然实则必然,它的发生预示着新民主主义革命后期一场新的文化秩序的构建已经开始。

第一节　不和谐的前奏:东北解放区的另类文学论争

"《文化报》事件"的发生并非偶然现象,其中包含着许多必然因素。造成两报论争的原因很多,如《文化报》和《生活报》之间存在着诸多细微而本质的区别;党内宗派主义行帮作风开始抬头;萧军新英雄主义不适当的催化作用等。除此之外,当时还有一种不良的倾向,那就是把本属于文艺范畴的问题推向了政治化。当时不允许写缺点和复杂心理,只能歌颂,过度的革命狂热混淆了文学和政治的范畴,夸大文学的革命功能,并将文学再次与政治联姻。革命题材中的其他主题被搁置、排斥和拒绝，出现便被批评，影响了东北文学向更深更高的层面发展。

宗派主义和文学政治化的倾向使得"《文化报》事件"的发生既不偶然也不孤立，它只不过是这混乱交响乐的一个高潮阶段而已，此前还跳动着一系列不和谐的杂音，即关于《一个农民的真实故事》的论争、关于《夏红秋》的论争和对李克异《网和地和鱼》的批判。这些论争和批判组合在一起，共同弹奏出"《文化报》事件"的不和谐前奏。

一、关于范政小说《夏红秋》的论争

范政（1925—1968），原名李万万，曾用名李一男、李易难，笔名阿凡、常向尚，1925年9月生于吉林省延吉县（今延吉市）的一个革命家庭。范政12岁参加革命，13岁加入中国共产党，长时期从事革命文化宣传工作。1947年春，范政在东北日报社做记者期间，在白朗主办的《东北文艺》上创作发表了中篇小说《夏红秋》。小说发表后，就主人公夏红秋的真实性和典型性问题在社会和文艺界内部引起广泛的论争。

1947年，时年22岁的范政在《东北文艺》第2卷第2期和第3期上连载了小说《夏红秋——"满洲姑娘"变成"女八路"的故事》。小说塑造一个在满洲国长大的女学生夏红秋的形象，讲述她在光复后的一段特殊经历，反映出当时东北青年学生的思想苦闷和成长历程。故事主人公夏红秋是一个18岁女学生，全家靠父亲赶马车拉人为生。同千千万万东北青年一样，父母不敢告诉他们真相，他们自己也不知道自己是"中国人"，从小只知道自己是满洲国的臣民。少年的夏秋红非常优秀，12岁时曾被选为安东省6个"优秀儿童"之一在伪满"国都"新京被总理和大臣们接见，被誉为满洲国标准的"小臣民"。虽然被隐瞒了民族身份，但是夏红秋的血管中仍然流淌着中国人的鲜血，身上遗传有中国人勤奋好学的美德，只不过这美德被日本人和满洲国所利用。夏红秋"积极进取"，努力学习日文，学习经常第一。在取得好成绩的同时也形成了她浓厚的封建正统观念和奴化思想。她爱自己的"国家",暗叹"什么时候满洲国才能和日本一样的文明强盛呢"①!对于和日本的关系,夏秋红是用背书一样的口气回答,"给我们辉煌胜利的是大日本亲邦!日本和满洲国就像父亲和儿子一样"②。她希望到日本学习,梦想成为音乐家。

　　1945 年东北光复后,夏红秋才知道自己是中国人。但是盲目的正统观念使她看不清世界,对待事物和人不会辨别、好坏不分。对待毒害她们的日本女教师川畑,因个人主义的情感而恨不起来,反而为她打抱不平。对待国民党政府,她同大家一样盲目地崇拜国民政府、崇拜蒋介石,认为蒋介石"是中国的天皇",慨叹"蒋委员长真是神机妙算",祝"他老人家高寿,真托他的福呀"!崇拜蒋介石到了顶点,甚至可以为他去死。相反,对待穿黄大褂,土里土气的"八路军"却瞧不起。她拒绝参加进步社团,在学校王老师的鼓动下,偷了母亲的戒指独自跑到沈阳寻找新的学习、报国的机会。在去沈阳的路上,解放区和国统区的巨大差别没有使她清醒。到沈阳后,她见到了报国无门的王老师为生存只能摆烟摊度日。王老师劝她回去,但是她仍然没有醒来。在求学的过程中她险些成为流氓政客的玩物,堕入罪恶深渊。在不得已的情况下,夏红秋被迫返还家乡。虽然在沈阳仅仅一天的时间,但残酷的现实却教育了夏红秋,使她渐渐看清了国民党的真实面目,打破了她的正统观念。回来的路上,夏红秋投宿在一个刚刚分到三天土地的军属老太太家里,通过与农民的接触和现实的教育,使得她弄清了国共两党的区别,并发誓再也不到这通往鬼门关的路了。回到安东后,她参加了学生工作团,在工人阶级和战士的教育影响下,在萧华将军的教导下,夏红秋思想不断进步,她终于意识到了"劳动群众是人类力的海,智慧的源泉"③。她揭露敌人的破坏活动、参加文工团、卸掉思想包袱,坦陈了在沈阳的经历,丢掉了正统

---

　　① 范政:《夏红秋——"满洲姑娘"变成"女八路"的故事》,《东北文艺》1947 年第 2 卷第 2 期。

　　② 同上。

　　③ 同上。

观念，终于成为一名民主联军的女战士。

这篇小说以第一人称的口吻、细腻的心理描写反映了东北青年在光复后的心路历程，具有一定的代表性。小说一经发表就产生了较大的影响，听到了各种不同的声音，从而引发了一场长达一年之久的文艺论争。这场论争的作品主要发表在《东北文艺》和《知识》两本杂志上，具体围绕小说人物的真实性和典型性问题展开。

在作品选题上，论争各方一致认为"它的主题很生动，很切合时宜的"①。这也符合《东北日报》关于《尽量办好中学》的社论精神。该社论指出："在东北青年学生中还有很大一部分没有摆脱敌伪的奴化教育和蒋党的愚民教育的影响，依然还是盲目正统观念，反人民思想在他们头脑中占统治地位。"② 在这种社会环境下，以改造东北青年思想为主题的作品十分必要。在作品的真实性和典型性上，则有三种看法：一种是肯定的，以舒群和张敦为代表；一种是否定的，以草明为代表；一种是辩证地就作品的前后拆开分析并给予肯定和否定意见的，以桦为代表。

舒群在《夏红秋的意见——复作者的信》中，首先肯定了《夏红秋》这篇小说中不存在"客里空"问题。认为《夏红秋》的内容基本忠实反映了东北知识青年的现实问题，是忠于现实的，真实的。因此，夏红秋这个人物便具有典型性。"东北知识青年正需要这种小说对照自己、反省自己、教育自己、提高自己。"③ 另一个对夏红秋的典型性持肯定意见的是阿城松江七中的校长张敦，也在《知识》杂志上发表了给范政的回信，《〈夏红秋〉在学生中的影响》一文中，用事例证明了"夏红秋"这个人物在广大中学生改造思想中发挥的重大作用。松江七中将《夏红秋》作为"国文教材"讲了十天，在学生中产生很大的波动，很多同学都觉得夏红秋或多或少像自己："小学一段像我，光复后对中央军的幻想和我一样看法，她的一举一

---

① 桦：《读〈夏红秋〉》，《东北文艺》1947 年第 2 卷第 5 期。

② 社论：《尽量办好中学》，《东北日报》1947 年 9 月 4 日。

③ 舒群：《夏红秋的意见——复作者的信》，《东北文艺》1947 年第 2 卷第 4 期。

动几乎和我差不多；我身上有《夏红秋》的影子；写的真好，都是真实的故事。《夏红秋》在全校哄开了！每个同学都把她当一面镜子来照自己。"① 学校开展夏红秋运动，对夏红秋的形象分别进行了"夏红秋是否是东北知识青年的典型"、"夏红秋错误思想的根源"、"夏红秋如何走上革命道路"、"东北青年不走夏红秋的革命道路是否还有其他道路"、"学习夏红秋什么"、"如何开展夏红秋运动"等问题的讨论，以此来肃清学生的盲目正统观念和对蒋党的幻想。张敦希望夏红秋运动能开展到每一个学校的每一个角落去，认为这部作品会帮助盲目的青年走上真理的大路。对待作品的不足，舒群和张敦各提出三个方面的问题。舒群指出：第一，个别观点和个别措辞的矛盾和混乱，如用"满洲姑娘"和"女八路"的故事为副标题，给人以传奇之感。对日本老师的感情以及因此造成的和同学的对立，否定和淡化了人物的典型性。第二，作者虽然写了工农兵对夏红秋的教育，但是使人感到浮光掠影，转变的必然性显得不够，全篇有头重脚轻之感。第三，自述体虽使人感到亲切，但流于肤浅而不够深入，读起来感觉不过瘾。张敦的意见和舒群大体一致，就夏红秋家庭的阶级地位的不清晰，给人物分析带来的困难问题；夏红秋缺乏理性的教育问题；对夏红秋的思想改造写得轻而易举的问题，并针对这三方面的不足提出了诚恳的批评建议。总之，两文对《夏红秋》的意见还是以赞扬、肯定为主。

对这篇小说持完全否定意见的是女作家草明，她在《论人物和歌颂——评〈夏红秋〉》一文中虽也赞美了范政写作技巧是相当熟练的，人物描写也细腻生动，但是对创作思想、作品的真实性及人物的典型性却提出了尖锐的批判。她认为作者"在创造夏红秋这个人物上是失败了的，作者所歌颂的对象是不恰当的。夏红秋，现实不现实呢？我用比较确定的口吻说：是不够现实的。夏红秋算不算一个典型？不算是东北青年学生的典型"②。草明认为夏红秋是一个受奴化

---

① 张敦：《夏红秋在学生中的影响》，《知识》1948 年第 6 卷第 2 期。

② 草明：《论人物和歌颂——评〈夏红秋〉一文》，《东北文艺》1947 年第 2 卷第 6 期。

教育极深、崇拜天皇、失去民族良心的可厌可憎的"满洲姑娘",是不可能如此迅速地转变成为"女八路"的。草明承认"夏红秋"现象在东北存在,但认为这是特殊的而不是普遍的,所以这一形象是不真实的,不具备典型性。在论证了自己的观点之后,她又进一步将作家的创作上升到了政治高度,指出作家应该用批判的态度,用阶级分析的观点,恰如其分地、现实地去描写她,而绝不应该无条件地站在人民的立场上去欢迎她,去歌颂她。这篇文章中,草明站在革命作家的立场来看待文艺问题,有其合理的一面,但是完全将文艺问题看成阶级问题,对作家进行绝对的批判和打击,则有很大的不合理的成分。

与前两类意见不同,桦在《读〈夏红秋〉》一文中辩证地分析了人物的典型性和真实性问题。他认为"夏红秋的思想转变过程恰好证验了东北知识青年一般的思想逐渐转变过程,其现实和教育意义就在这里"①。就真实和典型问题,作者认为"八一五"日本投降之后的夏红秋,就是说小说第三节以后的夏红秋有典型性,因之也有典型意义。而"八一五"之前的夏红秋现象虽也存在,但是应是特殊的存在,不是普遍类型中的典型。桦以胡风的小说《送报伕》为例,认为东北人民是不可能忘记自己祖国的。能忘记自己祖国的只是极少数的汉奸卖国贼。故夏红秋在"八一五"前典型性不强。同时桦也提出小说的不足,认为《夏红秋》是"把一个特殊的典型和一个普遍的典型结合成为一个典型的矛盾"②。和舒群一样,桦也指出了题目中"满洲姑娘"和"女八路"都用了引号,易使读者产生混乱的可能。与桦的观点相近的文章还有刘道新的《关于〈夏红秋〉性格的一点感觉》和柳青的《作品的思想性和艺术性》两篇文章。

这场论争断断续续持续了近一年时间,最后以苏旅发表在《知识》杂志上的《夏红秋与盲目正统观念》作为论争的总结。这篇文章中作者首先探讨了作品的真实性和典型性问题,苏旅和舒群的观点

① 桦:《读〈夏红秋〉》,《东北文艺》1947 年第 2 卷第 5 期。
② 同上。

基本一致，他认为夏红秋这个人物是真实的，也具有典型性，他总结了《夏红秋》的积极意义：其一是反映了迷惑于法西斯奴化教育和盲目正统观念的东北青年学生、知识分子的彷徨歧途和思想中毒的混乱现象。其二是深刻地真实生动地描写了东北青年知识分子的心理，并指出了他们与工农兵结合的正确出路。其三是写出了青年知识分子，小资产阶级的特点。苏旅指出批评者认为"八一五"之前的夏红秋破坏了典型的、统一性的看法是不妥的，破坏典型性的不是"夏红秋"这个人物，而是 14 年的奴化教育造成的盲目正统观念，这应归罪于敌人而不是东北青年。不知道自己是中国人的东北青年是有的，而且不少。据双城"兆麟中学同学在伪满时代的政治情况统计调查表"① 显示，参加调查的 285 人中，伪满时期不知道自己是中国人者 200 人。所以，"草明同志把夏红秋看作是人民敌人，是'唾骂的对象'这是不大合适的"②。对于作品的不足之处，苏旅也认为人物的思想转变部分写得不够充分，如为人民服务与盲目正统观念的思想斗争就写得过少，从而大大减弱了人物思想转变的说服力。他也认同草明的观点，认为小资产阶级知识分子的思想改造需要一个长期实际工作的考验和教育，是一个漫长而艰苦的过程。但是苏旅又提出具体问题应具体分析，作为文学作品，全面地表现这样一个改造过程是不可能的，正如舒群所说："用艺术创作发掘思想情感的问题深处，是最难能的，不宜一概要求。"③ 苏旅在文中分析了论争双方的不同观点，并对论争最后作出了客观公允的总结。

这场论争的性质比较简单，主要是革命作家内部就文艺问题方面的讨论。大多数作家的态度是认真的、中肯的、负责的。但草明等个别作家将文艺问题和阶级问题直接捆绑，盲目运用阶级分析理论和不合适的批判态度打击了作家的创作热情，这是不合适的。总的来看，这场论争"肯定了作品所取得的成就，也指出了作品的不足，对如何

---

① 　桦：《读〈夏红秋〉》，《东北文艺》1947 年第 2 卷第 5 期。

② 　同上。

③ 　舒群：《夏红秋的意见——复作者的信》，《东北文艺》1947 年第 2 卷第 4 期。

塑造青年知识分子形象，以及如何冲破'一个阶级一个典型'的旧框框，都是有所帮助的，从而有力地推动了东北解放区的文学创作"①。

二、关于严文井小说《一个农民的真实故事》的论争

严文井（1915—2005），原名严文锦，湖北武昌人，著名儿童文学家。延安时期曾任鲁艺教员，到哈尔滨后担任《东北日报》副总编辑。严文井在东北新文化运动中，是理论的倡导者和实践的先行者。在土改期间他发表文章《下乡、下乡、尽量多一些人下乡》，呼吁作家要深入农村。严文井认为缺少好的文学作品的主要原因是因为作家没有深入到群众中去，他建议"我们马上要迈出第一步来，下去，到群众中去，工作而且学习。今天到群众中去主要的是到农村中去"②。此后又发表了文章《给新的英雄们写传记》，建议宣传东北的工农兵英雄。为了践行自己的倡导，严文井率先深入到农村体验生活、参加土改工作、了解采访先进人物及先进事迹，并创作了报告文学《一个农民的真实故事》。

1947年11月17日至21日，《东北日报》的文艺副刊上连载了严文井的《一个农民的真实故事》，这篇作品是对黑龙江省阿城雇农刘俊英的简单传记，是一个记录真人真事的报告文学而非虚构的小说。作品通过18个独立章节记述了"我"在记功大会上知道了雇农出身的劳动模范刘俊英，并进一步了解采访他，全面而完整地记录了刘俊英从一个胆小怕事的贫困雇农在土改中经党的教育逐渐成长为一个农会干部的过程。作品采用倒叙的形式，真实地再现了刘俊英在旧社会的苦难岁月和新社会的幸福生活。运用心理分析等方法，记叙了他带领阶级弟兄挖穷根、斗地主、当干部、成军属、组织生产、成立生产小组、夫妻比赛、争当劳模等一系列活动，向人们展示了其成长

---

① 王建中、任惜时、李春林等：《东北解放区文学史》，辽宁大学出版社1995年版，第98页。

② 严文井：《下乡、下乡、尽量多一些人下乡》，《东北文艺》1947年第1卷第5期。

过程。文章语言朴实而通俗易懂，向读者展现了土地改革给农村带来翻天覆地的变化和人们思想觉悟的极大提高。

作品发表之后引起的争议主要是围绕如何塑造农民英雄形象、刘俊英应不应该歌颂等问题上，在《东北日报》上展开了一年多的讨论，参加论争的主要有林铣、江、金波、刘和民、洛克、李无双、师田手等人，作为作者的严文井也著文回应质疑，表明自己的创作目的和初衷。对这篇作品，评论者的褒贬态度不一，肯定和否定兼有，论争中大家各抒己见，针锋相对。

论争中对作品持绝对批评意见的有林铣、江两人。1947 年 12 月 9 日，林铣第一个站出来著文批评这篇作品。他在这天的《东北日报》上发表了《评〈一个农民的真实故事〉》一文，在文中他全面否定了严文井的这篇作品。虽然林铣认为这篇作品主题的确定和选择是对的、也是好的，但是林铣指出这篇小说是继赵树理《李家庄变迁》后唯一的一个长篇，也就是说在林铣眼里《一个农民的真实故事》不是传记也不是报告文学，而是一部长篇小说。按照人物和事实来看，他觉得刘俊英不是一个真实的农民形象，作家是硬把一个短篇的材料拉成了长篇，看后给人的感觉是空洞而混乱。既然不是一个真实的农民形象，那么也就不是一个典型的形象。所以，严文井"主观上是想写出这样一个农民，这样一个在斗争中进步与发展的典型，然而该文在客观的表现方法和刻画上，都没有达到这个目的，而是远远地离开了它"①。林铣认为严文井在塑造这个人物的形象时是很不成功的，他指出作为农民的领袖人物总是与群众紧相联系，息息相关：他带头，但他不是站在队伍外面；他领导，同样他也不能只是发号施令；他给大家出主意、想办法，但做起来却是埋头而苦干；与敌人斗争，他勇敢地挺身而出站在斗争的最前列；享受成果时，他却把自己放在最后。而刘俊英正好相反，一口一个"我"字，只说不做，做事独断专行，粗暴蛮干，并不是一个先进的农民形象。在写作上，结构粗糙，各个故事之间没有有机的联系。在林铣看来，无论是故事的

---

① 林铣：《评〈一个农民的真实故事〉》，《东北日报》1947 年 12 月 9 日。

真实性、人物的典型性还是作品的艺术性，《一个农民的真实故事》都没有可取的地方，一无是处。与林铣的看法大体一致的还有读者江，江在给《东北日报》编辑部的信中极力声援林铣对《关于〈一个农民的真实故事〉》的批判。他对严文井及其作品的看法与林铣大体一致，尤其是提出文章"拉扯太长，毫无动人之处，使我没耐心读下去"①，指责作品的故事少而篇幅长，浪费了报纸的版面。同时，江还批评了严文井喜欢夸奖、厌恶批评的态度。指出其应掌握自我批评和与人为善的精神，坚持真理，修正错误。与二人意见相近的还有关沫南，在《谈我们应该怎样表现》中重点讨论了有关"真实"的问题，关沫南认为所谓的"真实"，"问题不在于我们写得'像不像'，也不在于我们是否是根据农民的口述按什么而来的'真实'——这是记录，是表面的真实，是人人能够看到的真实，而我们是要更深入一步，写出革命所需要的真实来②。"只有作家拿出对革命无限的忠诚和热情，才能写出革命的真实。

面对林铣全盘否定的批评，作者严文井著文进行了辩论和反驳。他在 1947 年 12 月 10 日《东北日报》上的辩论文章《关于刘俊英》中指出，《一个农民的真实故事》只是在采访过程中发现的"一个真实的故事"，自己写的也是一个农民的传记，充其量是一个报告文学而不是长篇小说。严文井认为林铣对作品的分析含有非常大的主观性，这是因为林铣承认自己没有到过农村，不熟悉农村的原因所致。随后，严文井对林文中的批评意见一一答辩。对于用"我"字，严文井认为这并不等于个人主义或自我中心，而是人们话语表达时的需要。对于刘俊英的所谓不是农民英雄的典型问题，严文井认为刘俊英作为农民领袖身上有缺点，是因为他是从一个普通农民过渡到干部的，他的成长和思想进步要有一个过程。严文井的驳论文章语言犀利，反击中隐含着讽刺的口吻。

回顾严文井的《一个农民的真实故事》这篇文章，在文章结构上

---

① 江：《关于〈一个农民的真实故事〉》，《东北日报》1947 年 12 月 13 日。

② 关沫南：《谈我们应该怎样表现》，《文化报》1948 年 1 月 1 日第 8 期。

和人物塑造上的确有些不足和缺失。然而在当时的历史情境下，对于宣传土地改革中的翻身农民及其英雄事迹还是有一定积极影响的。尤其是在主题的选择和对作家深入农村体验生活的倡导上，有着不可磨灭的贡献。林铣和江两人的文中的观点虽有些正确意见，但是其盲目地照搬阶级创作的理论，上纲上线的批评方式还是不可取的。严文井适当的答辩和论争也是无可厚非，但是对论争对象采取讽刺的态度也是不合适的。这显示出解放初期文艺队伍中的某些不良作风开始抬头，将文学和阶级政治挂钩的倾向开始显现。

相比之下，对《一个农民的真实故事》持中肯、客观、公正评价的占多数，主要以刘和民、金波、洛克为代表。1947 年 12 月 15 日的《东北日报》发表了刘和民的评论文章，题目是《谈谈我的意见——关于〈一个农民的真实故事〉》。这篇文章从文艺的角度冷静而客观地对《一个农民的真实故事》作了中肯的评价。刘和民肯定了严文井实践自己"写传记"的主张，认为这篇作品写农民、为人民服务的主张是好的，是作家下乡经过孜孜不倦的努力结果。作者所走的方向——下乡，写农民、为农民服务的这个方向是完全正确的。他也对这篇作品的缺点提出了看法。第一，刘和民批评了严文井所谓的"关于刘俊英是否是一个典型的问题我还没有想过"的说法，指出两万多字的作品不能让人学到什么，不能提供一个榜样是不对的，只以文章的体裁来回避典型性的问题是不可取的。刘和民认为造成这种典型性不强的原因绝不是写作技巧和表现形式的问题，而是为了避免主观的介入而被动地走到客观的道路上了。这样作者就无法鲜明地在作品中表达自己的观点，无从在诸多现象中有所取舍、分析，进而显露出一件事物本质的面貌。对于刘俊英这个人物，作者个人友谊的成分更多于阶级同志的感情，"作者是以一个'知识分子'的身份去做了一个农民的'速记员'，而不是以一个农民阶级代言人的身份写出它的人物"①。这就是使他不能更深入地写出他的人物的基本原因。在分析

---

① 刘和民：《谈谈我的意见——关于〈一个农民的真实故事〉》，《东北日报》1947 年12 月 22 日。

了作品的不足之后，刘和民强调了讨论的现实意义，并指出讨论不是为了批评作者而是帮助作者早日和农民熟悉，和农民打成一片，创作出更多更好的为人民服务的作品来。对于林铣的文章，刘和民也提出了两个意见，一是认为林铣自己没有去过农村却极其肯定地批评刘俊英的形象是"想当然"。二是认为林铣说刘俊英"吓"地主是"流氓手段"是没有立场的。这篇文章批评中有肯定，既找原因又提解决方法，是一篇比较理性的文艺批评文章。

金波的意见和刘和民相近，他在《再谈关于〈一个农民的真实故事〉》中肯定了这场论争的必要性和重要意义。他说，"这不仅是一个文学批评问题，而且也是目前土改学习在文化战线上的一个开端。……严文井同志从他号召文人下乡及其亲身实践，直至《一个农民的真实故事》的诞生，这种为农民服务的路线是正确的；这种精神也是值得赞扬的"①。金波认为当前还需要更多的文化工作者下乡，需要更多的《一个农民的真实故事》来反映土改文化。对于作品的缺点，金波也认为作者只处处注意到了真实，却没有做到或做好通过艺术形象的取舍和分析来塑造形象。同刘和民一样，对于林铣提到的有关吓地主是"流氓手段"和镇压地主是"独断专行"的说法，金波也给予了否定，他认为面对地主"翻把"要农民的命，农民起而坚决镇压以维护既得的革命利益是完全正确的。此外，金波还批评了严文井的《关于刘俊英》一文，认为作者在文中从头到尾都是为故事的真实性辩解和立场说白，却连自己技术上的松弛和粗糙也不愿意提及一二是不对的。

除以上两种观点的文章外，这类论争作品还有洛克在1947年12月16日《东北日报》上发表的《应冷静虚心》。文章开篇就认定了这场论争的重要价值，觉得这是一个好现象，在党报的副刊上引发一场论争对于提高广大读者的观察能力，认真地辨别是非、发掘真理，特别在活跃文学批评上是不无裨益的。接下来洛克指出了文学批评的原则和态度，那就是"'实事求是'和'冷静客观'，我认为断章取

---

① 金波：《再谈关于〈一个农民的真实故事〉》，《东北日报》1947年12月22日。

义和虚伪扩张都不是解决问题的态度"①。洛克肯定《一个农民的真实故事》的主题，认为这样的作品应该大大地提倡，多多地写。在认同严文井及其作品之后，洛克又批评了严文井对林铣的批评态度。他指出林铣的文章虽然是批评缺点，但是却没有抹杀作品的价值，但严文井同志却不满，不少地方是出于愤怒和讽刺，这不是实事求是的态度，严文井同志不虚心的态度值得"充分考虑"。

　　经过三个多月的论争和沉淀，最后由师田手著文对论争进行了总结。1948 年春天，师田手在《东北日报》上发表了《新时期新问题》一文。这篇文章可以看成对这一论争的总结。在《新时期新问题》中，师田手在引言中点明了这场论争的必要性和产生论争的原因，认为产生论争是应该的，"因为严文井同志想写的是新时期的新人物，结果发生了问题，自然也是新问题了"②。企图写这新时期的新人物是对的，这个企图是应该肯定的。接着文章指出严文井作品的不足产生的原因，是因为作者对农村生活不熟悉、对农民语言懂得少、对土地改革及群众问题研究不够造成的。因为缺乏对农村生活斗争和土地改革运动的熟悉和调查，结果所写的东西都成了孤立的片段，没有将对农民的赞扬和对地主恶霸的暴露很好地联系起来，没将农民积极分子活动与广大群众——特别是贫雇农运动很好地联系起来。谈到严文井的答辩文章时，师田手在肯定他是工农兵道路上最努力的第一个作家后，认为他还在这道路上有偏差。这偏差就是没有自我批评，没有注意毛泽东思想普及和提高问题，要解决这类文艺问题，那就是为工农兵服务，首先即应在批评和自我批评上努力。师田手的文章肯定了作品的成绩，指出了作品的不足，提出了贯彻群众路线和搞好文艺普及的重要性。但是在具体的分析中有不切实际之处，存在着主观武断性和片面性，有失公允。苏旅评价这场讨论时说："关于《一个农民的真实故事》，是讨论提出内容与形式都值得考虑的问题……有毛病，是应该批评，但有些批评是有偏向的，这也表现了我们过去是太缺少

----

① 洛克：《应冷静虚心》，《东北日报》1947 年 12 月 16 日。
② 师田手：《新时期新问题》，《东北日报》1947 年 2 月 17 日。

批评的缘故。"①

综观整场论争,较好地体现了自由论争的气氛,是有积极意义的,尤其是在缺乏批评的东北文艺界。但在论争中,部分作家的批评尺度不一,态度不友好,对《讲话》生搬硬套,显现出明显的与时代文艺创作不和谐的论调。此外,"主要是争论者不善于从理论高度结合具体作品实事求是地进行探讨,而习惯于用政治标签去要求作品,表现出一种'左'的倾向,因而也就没有对创作起到更大的指导作用"②。

三、对袁犀小说《网和地和鱼》的批判

袁犀(1919—1979),原名郝维廉,曾用笔名李克异、袁犀、李无双、马双翼等,辽宁沈阳人,现代著名小说家、散文家和电影文学家。袁犀15岁开始发表作品,后参加革命并一直从事革命文学创作工作。1946年,袁犀参加了密山土改团,到黑龙江兴凯湖畔和乌苏里江地区之间巡回采访土改情况,共进行了8个月的土改工作,积累了大量土改素材。1947年,时年27岁的袁犀被调到《哈尔滨日报》任副刊主编,其间根据土改经验和感受创作了数个短篇小说,其中艺术成就最高、影响最大的就是《网和地和鱼》。

《网和地和鱼》描写了密山兴凯湖畔土改后的农民思想变化过程,刻画了一个贫苦青年渔民谭元亭的形象。谭元亭家中原本世代为雇农,后被地主逼迫离开土地以捕鱼为生。那地方的屯子里的渔民对土地"既稀罕又仇恨",村里农民瞧不起打渔的,打渔的也不大瞧得起种地的。谭元亭年轻健壮、豪爽热情,和一个农民的女儿魏素英相恋,但素英父亲却因谭元亭是渔民而不同意二人交往。土改后谭元亭分得了土地,又可以像祖辈一样当农民了,并亲手用枪打死了地主孙把头报了家仇。但报仇并分到田地后的他却对未来充满了迷茫,不知

---

① 苏旅:《目前文艺运动的我见》,《文学战线》1948年第1卷第2期,第90页。

② 王建中、任惜时、李春林等:《东北解放区文学史》,辽宁大学出版社1995年版,第92页。

该干什么！当再也不用担心"出劳工"、"逃国兵"、"经济犯"、"警察队"之类的事情发生了之后，他又陷入了是做渔民还是农民的矛盾选择之中。他甚至要当兵，以此来摆脱爱情带来的烦恼。正当谭元亭矛盾迷惘、头脑不清的时候，地主孙把头的女儿夜晚缠上了他，谭元亭竟然迷迷糊糊犯了严重的错误。孙把头的女儿把包着两支枪的包袱交给了谭元亭，要他保管。谭元亭对自己的所作所为感到痛苦、自责、无地自容，他痛骂自己，感到对不起素英，甚至产生了投湖的想法。在经历了一番痛苦的思索后，他开始觉悟，并勇敢地向前迈出了一步，将包袱交到了魏素英家，揭露了地主阶级的阴谋诡计。这个"铁打的铮铮汉子终究有农民的根基，他在农村土改的复杂阶级斗争中有了劳动人民的主人翁的新觉醒"①。最终，谭元亭和自己的恋人在丰收的土地上收获着庄稼。

《网和地和鱼》主题明确、思想积极、立场鲜明、取材独特、风格清新，一改解放区文学创作公式化的窠臼。"这篇小说，在主题思想上写出农民和渔民在土改后的团结，又写出被推翻的地主阶级时时企图翻把；既写出劳动人民的思想觉悟，又写出反动阶级的阴险、毒辣。"②塑造了一个真实、感人、可信的青年渔夫的形象，表现了袁犀对中国农民命运的积极而热切的关注。在《网和地和鱼》这篇作品里，作者在选材方面独具匠心，充分显示了他的艺术才能和远见卓识。首先，作者在选取故事的背景时不是把故事放在火热的土改斗争进行中，而是选了在农民斗罢地主、分完田地之后，从侧面来表现土地改革的伟大成就。同时探析农民的心灵历程，力图在更高、更深的层面上把握土改后东北农民的思想演变轨迹。这在当时喜欢正面描写激烈的革命斗争的作品中是少见的，是一枝独秀、与众不同的。其次，作者在选取事件时以一对青年的恋爱为主线来贯穿全文，这也与当时以革命事件为主线的创作风格不同。最后，选取的主人公具有典型意义。以谭元亭为主人公一是能显示出土改革命的彻底性——渔民

---

① 李士非等：《李克异研究资料》，知识产权出版社 2010 年版，第 356 页。
② 同上书，第 76 页。

和农民都分到了土地；二是通过这个人物在思想成熟和觉悟的过程中所犯的错误来反映阶级斗争的尖锐性，这样能产生一种特殊的艺术效果。这篇作品向人民"展示了中国革命规律的一个重要侧面，即革命固然必须依靠广大小生产者和小私有者的农民，可是他们在小生产和封建宗法统治下造成的落后意识又不断干扰着革命"①。

《网和地和鱼》是袁犀回到东北解放区后的第一篇短篇小说，对作家来说是一篇划时代的作品。虽然小说的主题正确、选材独特、立场鲜明，但是却遭到了文艺界铺天盖地的批判。作品被冠以宣传"三角恋"、"黄色小说"，是"一篇很坏的小说"，认为小说里所写的男女关系是对劳动人民的污蔑，是对现实的极端的歪曲等。

《网和地和鱼》是在白朗主编的《东北文艺》第 2 卷第 6 期上发表的，受其影响，白朗主编的《东北文艺》在文工会上受到了批评，并点名批判了《东北文艺》上发表的《网和地和鱼》、《一对黑溜溜的眼睛》等文艺作品。还散发了一份所谓的"伪满作家"名单，袁犀名列第一。文工会上的点名批评只是批判的第一步，紧接着周立波便以文章的形式对袁犀及《网和地和鱼》发起了第二轮的批判。在 1948 年的《文学战线》第 1 卷第 1 期上，周立波以土改理论作家代言人的身份发表了题为《庄严的现实不容许歪曲——评〈网和地和鱼〉》的批评文章。在文中，周立波提笔便断言，《网和地和鱼》"是一篇用土地改革做幌子的颓废腐朽的三角恋爱的小说。从这篇小说里，人们呼吸不到土地改革运动中的农民斗争的健康的空气，感受不到斗争中的农民的正常的情感"②，毫无商量余地地给作者和作品判了"死刑"。接着对作品的主题、人物和创作思想进行了一一批判。在周立波看来，谭元亭的形象是不真实的，不仅如此，这一形象还是对解放区土改运动中农民的丑化和歪曲。这体现在"当兵"的话题上，主人公在和孙把头的女儿发生性关系后想要自杀，但是后来没有

① 张毓茂：《这团火这阵风》，沈阳出版社 2000 年版，第 484 页。
② 周立波：《庄严的现实不容许歪曲——评〈网和地和鱼〉》，《文学战线》1948 年第 1 卷第 1 期。

自杀又想去当兵，认为当兵死也死得有价值。在恋爱受到挫折时谭元亭又和恋人提到当兵，最后告诉素英当兵是假的，"逛灯乃是假呀，试试妹妹的心"。周立波认为，谭元亭把当兵当作自杀和求爱的手段，尤其是把逛灯和翻身农民的庄严神圣的参军相比，是作者的轻薄。尤其不可思议的是周立波竟然把主人公和孙把头女儿之间的关系看成是恋爱，这样就在三人间形成了三角恋的关系。在小说中，有一小段所谓"男女关系"的描写：

> ……他从湖岗上回到自个的小窝棚，钻进去，灯也不点，往炕上一倒。
>
> "嗳呀，"他叫了一声。
>
> 他倒在一个热热的软软的东西上。立刻，他知道这是个女的，因为有两条光滑的手臂，缠绕在他脖子上——他想跳起来，但是，跳不起来。跳不起来，就不跳吧，但是心跳得真蝎虎。他妈的，这是怎的啦？全身像火烧似的，平生第一次，22 岁，女的……你还问什么？①

这段描写被周立波说成是黄色的色情描写，继而上纲上线地把袁犀说成是汉奸文人张资平的接班人。在分析谭元亭这个人物形象时，周立波割裂了其成长的历史背景，把主人公对土地的"仇恨而稀罕"的情感一概抹杀，加以否定。同时认为在农村这种不喜欢土地，不会割地的人是不存在的，完全忽略了谭元亭几代前就失去土地而成为渔民，从小和父亲远走俄罗斯的经历，主观地判定谭元亭是农村的流氓。周立波还认为，作者所说的在当地的"农民瞧不起打渔的，打渔的也不大瞧得起种地的"情况并不存在，这是作者主观臆造的，是为了点缀他的三角恋小说，为的是把他的小说装扮成好像也是反映土改的样子来哄骗读者。在对主人公的塑造上，周立波指出，不应同情和理解谭元亭，不应采取这样欣赏和容忍的态度，应该"必须批判，必

---

① 袁犀：《网和地和鱼》，《东北文艺》1947 年第 2 卷第 6 期。

须指摘，必须告诉读者们：'看哪，多么丑的人，大伙都不要学他。'而且必须写出共产党和农工会发觉他的不对头，终于把他撤职了。这样才合乎现实"①。因此，周立波批判作者是不惜自己的前程来继承张资平的衣钵，用一种没落的资产阶级的论调，采用了装腔作势的形式来写这篇小说的，作者必须进行严格的自我批判，纠正错误。继周立波的《庄严的现实不容许歪曲——评〈网和地和鱼〉》之后，《文学战线》的第1卷第2期上又刊登了苏旅的文章《目前文艺运动的我见》，在谈到有关文学批评的问题时，其中再次提到袁犀的《网和地和鱼》，并认为"对有些作品，《网和地和鱼》、《进步的故事》等是批评的太不够了"②。一时间，对《网和地和鱼》的批判声音此起彼伏。

由于对《网和地和鱼》的批判具有十分鲜明的政治倾向，致使作者没有解释还击的余地，批判呈现了一面倒的局面。尽管如此，还是有正直、不畏权势的作家挺身而出为袁犀辩护，这个人就是当时较有影响的东北本土作家——陈隄。在《文化报》的第21期上，陈隄发表了《谈文艺批评者的任务和态度——兼以此文就商于刘和民同志》一文。陈隄认为批评家和作家应该像医生和病人一样，"不是为批评而批评，为打杀而批评"③。他认为对《网和地和鱼》的批评明显带着对作者的成见，抹杀了作者的政治意识。陈隄最后指出，这种冷冰冰的面孔、打手的姿态不是文艺批评的态度，对革命文艺是没有帮助的。

从上述文章可以看出，对《网和地和鱼》不是从文学批评的角度来评论的，而是"以宗派主义的狭隘观点理解'无产阶级党性原则'，把马列主义美学庸俗化的粗暴领导"④。周立波文中对于作品及

① 周立波：《庄严的现实不容许歪曲——评〈网和地和鱼〉》，《文学战线》1948年第1卷第1期。

② 苏旅：《目前文艺运动的我见》，《文学战线》1948年第1卷第2期。

③ 陈隄：《谈文艺批评者的任务和态度——兼以此文就商于刘和民同志》，《文化报》1948年3月5日第21期。

④ 李士非等：《李克异研究资料》，知识产权出版社2010年版，第271页。

人物的批判多是没有根据，站不住脚的。文中仅有的一段所谓的"黄色描写"实是牵强，而所谓的"三角恋爱"更是空穴来风。从小说中可以看出谭元亭根本从未爱上过孙把头的女儿，也从未和她谈过恋爱。对于谭元亭身上的散荡、任性的缺点以及他犯的错误，实际是可以理解的！作者在这个农民身上，描写出了人物的成长过程，符合艺术的创作规律，是对正面描写英雄人物"高大全"模式的突破。所以，这些批评是不负责任的，苏旅的"批评的太不够了"更是一种极左思想的表现。

　　周立波、苏旅等人对《网和地和鱼》的粗暴批判态度，在当时绝不是个别人的偏见，而是有着较深的政治文化背景的。首先，当时东北的文艺工作者大都来自延安，有很高深的资历，也谙熟革命文艺创作之法。因长时期为"救亡文学"的主题所束缚，他们习惯于按部就班地描写火热的革命战斗生活和土改斗争生活，他们乐意正面描写，这样能迸发出他们的写作热情和创作成就感。尤其是像周立波曾写出过《暴风骤雨》这样巨著的作家，更是对直接描写革命斗争乐此不疲。他们已经习惯于公式化的创作，为了革命救亡文艺已经放弃了五四以来知识分子的个性。在他们看来，这样写是天经地义的，不这样写就是错的。所以，当袁犀的《网和地和鱼》出现在他们面前时，习惯的思维定式使他们慌乱，忙将这文艺的创新批成文学的异端。其次，严肃的革命现实文学早已经疏远了花前月下的浪漫，将它们彻底地交还给了所谓的资产阶级和小资产阶级，闻"性"色变。所以，对《网和地和鱼》中的那段描述，不加分析，不允辩解，直接定性为黄色而将其打入"冷宫"。最后，形成于左翼时期的宗派主义思想从未片刻消失，东北时期又开始抬头。对于非党的作者，尤其是袁犀这样的作家表面是团结，实际是排斥。不仅不接受，还要将其推进"伪满作家"的队伍中。

　　今天看来，袁犀创作《网和地和鱼》时的选材是有深意的，这种艺术形式不仅不是异端而且还是对艺术创新的一种执着的追求，同萧军一样，是对知识分子独立品性的一种坚持。只不过由于位低言轻，过早地成了打击对象。对袁犀及其《网和地和鱼》的批判时间并不长，只延续了几个月。因作者生病住院，又加上开始对萧军《文化报》的批判，这场批判不久就结束了。但是，中国的文艺界总是喜欢"翻拍"，如同1958年《文艺报》的再批判一样，在1957年的《辽宁日报》上，蔡天心再次旧事重提，高调宣称对《网和地和鱼》的批判，是"'打退了汉奸文艺阴谋复辟的企图和进攻'，袁犀真是'罪大恶极'了"①。不知在对《网和地和鱼》的批判沉淀了十年后，蔡天心是怎样看出这篇作品是"汉奸文学"的！

这几次论争，如果说关于《夏红秋》和《一个农民的真实故事》的论争还属于文艺论争范畴的话，那么对《网和地和鱼》的批判则上升到了政治批评的地步。其中已经隐隐地透露出党内文艺界对党外作家的排斥和打击，尤其是宗派主义思想已经抬头，这几次论争共同拉开后来"《文化报》事件"的序幕，预示着党内文艺界对非党知识分子的改造和与之争夺文艺阵地、文艺领导权运动的开始。此时的东北文坛正所谓是"山雨欲来风满楼"。

第二节 边缘与主流的对话：由"王通"
引发的萁荳之争

萧军从富拉尔基回到哈尔滨后与文协的关系日益恶化，所以他拒绝再次参加文协的工作。因凯丰和唐景阳从中斡旋，双方在表面上的关系还算和谐。此时，萧军在哈尔滨文艺界的影响已大不如前。相反，在哈尔滨的市民读者群中，尤其是青年学生和工人中声威却日渐提高，《文化报》在群众中的影响也越来越大。萧军并没有参加关于《夏红秋》和《一个农民的真实故事》的讨论，但对袁犀的《网和地和鱼》的批判过程却是了解的。然而所有的这些都没能引起他的警惕，在萧军看来，自己是鲁迅的忠实弟子，是长期和党保持一致、在群众中有着很高威望的革命作家，当时自己又没有新的文学作品问世，袁犀等人的事情是不会发生在自己身上的！所以，他依然我行我

① 蔡天心：《彻底肃清反动的汉奸文艺思想》，《辽宁日报》1957年11月15日。

素，丝毫不收敛自己的个性。然而，这种看似不可能发生的事情竟然真的就在他身上发生了！

现在看来，"《文化报》事件"的发生并非偶然。在《生活报》向《文化报》发难之前，两报就在诸多方面有着细小的摩擦，也曾发出一些不和谐的声音。对萧军和《文化报》的孤立和敌对的现象也频繁出现。

《文化报》于1948年1月1日复刊，萧军一如既往地抱着"摆小摊"和"卖零食"的精神和气魄来办报。由于报刊的内容贴近市民生活，《文化报》在哈尔滨的影响越来越大、订户也越来越多，到4月份时已经拥有近万的订户。由于两报的内容和读者群相近，创刊后《生活报》面临着一个和《文化报》争夺读者群的问题。尽管《生活报》无论是经济方面还是发行方面都超过《文化报》，但它还是对《文化报》发起了攻击。与五四后期的大众化运动中新文学和通俗文学争夺读者的方式不同，《生活报》不是通过改变办报方针、丰富报刊的内容、走进市民生活等措施来增强自身的竞争力，而是"利用物质、人事、行政、组织、广告、破坏……诸力量来对待《文化报》"①，继而分化投稿者。铁路印刷厂工人要求订阅40份《文化报》，就曾被工厂行政方面终止。萧军也因吉林中学禁止学生订阅《文化报》、鼓励退订《文化报》改订《生活报》之事，写信给校长车明讨要说法。此外，还发生过辽北《胜利报》推销《文化报》，"李文给胜利书店去信，责备他们不应推销党外底书"的事情。② 在阻止订阅《文化报》的同时，东北文协还通过控制纸张、禁止党内作家给《文化报》投稿等方式遏制《文化报》的发展，"辛若平、陈隄、蒋锡金、李克异等人都曾先后被劝阻和被警告"③。罗烽、白朗夫妇也曾指责陈隄到《文化报》是"为虎附翼"。

1948年元旦，萧军在《文化报》第8期的《新年献词》中批评

---

① 萧军：《萧军全集》第20卷，华夏出版社2008年版，第251页。

② 同上书，第226页。

③ 同上书，第261—265页。参看萧军1948年6月20日至7月3日的日记。

了一百多个主义。文协的个别作家便自觉对号入座并向上级领导反映，后来在唐景阳的干预下才平息。对于这些，萧军尽管有时生气、发脾气，但还是本着理解和包容的心态加以对待。萧军承认自己有缺点，同时也觉得自己气量进步了。他说"譬如我说些自己底小缺点、甚至是'污点'，我却并不要求别人也这样做。他们还是可以保持他们现有的'尊严'，不过可以拿我做面镜子，有则改之，无则加勉，岂不一举数得？岂不快哉？——千万不要自欺……如今我对于革命队伍中不好的事，不好的人，竟然有些宿命性的'心平气和'起来了"①，所以萧军并没有把这些摩擦真正放在心里。甚至在《生活报》成立时，宋之的等人遍请哈尔滨文化名人却唯独没有请萧军，这明显是两报之间不友好的信号，但萧军却毫不在意。虽然朋友提示萧军注意，而萧军却一笑置之。萧军明白生活的真理，但他却不会做一个为了等候一条鱼而让时间像水一般流过去的人，也不会做为了一只油渍的苍蝇、一段蚯蚓就送掉自己生命的鱼。他要做一个继承了以鲁迅为中介的、五四精神传统所赋予的、坚持个体精神立场的文坛游侠。

一、《文化报》和《生活报》的论争

《文化报》和《生活报》的论争过程分两个阶段，第一阶段是1948年5月双方围绕《今古王通》进行的外围接触，第二阶段是1948年9月双方的正式论争。两报最初还是就一些具体文学问题进行讨论，随着论争的逐步升级，文艺问题变成政治问题，文学论争也变成了政治论战。接着东北文艺协会作出了《关于萧军及其"文化报"所犯错误的结论》，随后中共中央东北局也做了《关于萧军问题的决定》，萧军最终被戴上了"反党、反苏、反人民"的帽子。"文化争论常常容易被政治革命的洪流所淹没"②，当政治介入时，论争也就此结束。

---

① 萧军:《萧军全集》第20卷，华夏出版社2008年版，第66页。
② ［美］薇拉·施瓦支:《中国的启蒙运动》，李国英等译，山西人民出版社1989年版，第14页。

这场论争由《生活报》发起，他们为萧军罗列的罪名也集中在《新年献词》、《三周年"八一五"和第六次劳动"全代大会"》、《抚今追昔录》、《来而不往非礼也》、《夏夜抄——偷花者》等几篇文章上，并由此推断出萧军"反党、反苏、反人民"的结论。这场论争，《文化报》之于《生活报》是从假想敌到动真枪的一个过程，论争的最初阶段是围绕"王通"而引发的。在《生活报》五一创刊号上第二版正中靠右的位置上刊发了一篇署名邓森的评论文章，题为《今古王通》：

> 史书上记载着隋末的一位妄人，名叫王通，他封自己作孔子，把一时的将相如贺若弼、李密、房玄龄、魏征、李勣等人，攀作其门弟子，著有一本他自己和他的门弟子们问答的书，叫做《文中子》。这个人，后世虽称他为病狂之人，这本书，后世虽称之为妖诬之书，但在当时，这一种举动，却不失为一种很好的沽名钓誉的方法，少不了有一些群众要被迷惑的，这种藉他人名望以帮衬自己，以吓唬读者的事，可见是古已有之了。不晓得今之王通，是不是古之王通的徒弟。①

文章描述隋朝的王通是喜欢沽名钓誉的狂妄之人，并将其与今之王通比较，认为今天的王通是古之王通的徒弟。全文仅 181 字，具有极强的指向性，略加分析便可认定文中的"王通"是暗讽萧军。萧军最初对这种指桑骂槐的小伎俩没有理睬，反而宽慰前来为其抱不平的朋友。当萧军认定作者邓森是自己帮助过并且信任的一个朋友时，性格暴烈的萧军忍受不住了。《今古王通》发表一周之际的 5 月 7 日，萧军在《文化报》上发表了《夏夜抄之一——风风雨雨话王通》来驳斥对方的污蔑。萧军开题先认可了《生活报》在整个文化运动中的作用，萧军指出隋末的王通并无劣迹，反而是一个有政治思想和方法的人。他真诚地劝谏《生活报》，像王通这样

---

① 邓森：《今古王通》，《生活报》1948 年 5 月 1 日。

的一个人，污蔑古人、歪曲古人，以古比今和将今比古都是不恰当的。稍一不慎即易流于轻薄或笑话，这是我们从事文笔工作的人应该审慎的。萧军坚信《生活报》不是以这篇文章"骂"自己，因为自己不是他们的敌人，《生活报》是党报，党的文艺工作者是不会为骂萧军而办一份报纸的。萧军批评了该报的宗派主义思想，他写道："这里我倒懂得了他底作品不能被流传下来的道理了，病根是在，不为那时和后来的'诸儒称道'！这些'诸儒'们当然是以孔门'正统'自居，'非我族类'当然都在'鸣鼓而攻'之列，王通当无例外。"当然，萧军也检讨了自己的不足，诚恳地希望对自己的过错，"不独同志、朋友应给以堂堂正正的批评与纠正，即是一个读者，他们也有这权利和义务"①。萧军文章的最后表明了自己的态度，愿永远伸出友谊之手。总的看来，萧军还是本着顾全大局，以团结为本的思想来和对方商榷的。萧军曾在报上表明自己的态度："关于'王通事件'诸问题，我们觉得没有什么继续讨论的必要了，因此于此问题有关的诸位作者稿件只好割爱。请谅。至于关于一些历史见解问题以及思想或其他有原则性的问题，当然此后还可讨论，不过我们希望是从'就问题论问题'这精神出发为好。"②萧军的杂文修养传自于鲁迅，笔锋犀利，幽默而多讽，《生活报》的这位作者当然难以与之接火。王通事件后，引起了唐景阳等市领导的注意，后经金人和华君武等人从中斡旋劝解，各自撤去待发文章，两报的论争告一段落。

在第一轮试探性的交锋之后，《生活报》暂时停止了对萧军和《文化报》的挑衅。经过了一段时间的收集"罪证"，《生活报》在1948年8月26日的头版头条上，刊登了题为《斥〈文化报〉的谬论》的社论，正式向萧军及其《文化报》宣战。社论作者不再像《今古王通》那样"犹抱琵琶半遮面"了，而是直接点名批判萧军。他们指责《文化报》53期上的社论文章《三周年"八一五"和第六

---

① 萧军：《夏夜抄之一——风风雨雨话"王通"》，《文化报》1948 年 5 月 15 日。

② 萧军：《编辑室语》，《文化报》1948 年 6 月 5 日。

次劳动"全代大会"》中巧妙地避开了伟大的苏联红军解放东北的伟大业绩,对此只字不提,称萧军文中的"各色帝国主义"有指苏联是"赤色帝国主义"之意。接着又援引第二版的随笔《来而不往非礼也》为证,认为《文化报》是恶毒地挑拨中苏人民的仇恨,已经完全堕落到偏狭的民族主义里去了。这样,该社论便为《文化报》戴上了"反苏"的帽子。除了定性《文化报》"反苏"外,还通过萧军刊载在这一期上的《抚今追昔录》中"其萁相煎"字句认定,"萧军先生有意站在反人民的立场,把自己装成个圣人,以便做出悲天悯人的样子"①。最后社论指出,《文化报》的文章就如"古潭里的声音",是见不得阳光的,奉劝萧军是时候放弃这"古潭里的声音"了!《生活报》这篇社论已经完全失去了文艺论争的态度,换成了政治批判的口吻。值得注意的是这篇社论中对萧军称呼的是"萧军先生",虽然较后来的批判文章中直呼其名要客气些,但是可以看出已经不再把萧军当成内部"同志",而是批判的"敌人"了。

　　9月6日,《生活报》又以社论形式,抛出另一篇批判文章《分歧在哪里?》,开宗明义地指出和萧军的分歧是在两点上,即对人民战争性质的认识上和对苏联的关系的认识上。第一点上,社论批判萧军没有站在人民的立场,他的宣传对人民有害,对敌人有益,"在其为人民事业招致损失这一点来说,都是毛泽东和鲁迅的背叛者"②。在对苏关系上,社论认为萧军故意将白俄和苏联混为一谈,这是反苏,并且批评萧军不认错,态度不老实。这篇文章除了补充《斥〈文化报〉的谬论》的观点外,还开始对萧军进行人身攻击,认为萧军给鲁迅先生丢脸。文中不再谈《文化报》了,而是直接向萧军发话。接下来,这类文章接二连三地发表在《生活报》上。从9月11日到10月11日的一个月里,《生活报》几乎成了批判萧军的专版,而其他的文章难觅踪影。9月11日连续发表了《害处在哪里?》和《团结与批评》两篇社论,仍是就前面提到的两个老问题和萧军的反驳文章

---

① 《生活报》社论:《斥〈文化报〉的谬论》,《生活报》1948年8月26日。
② 《生活报》社论:《分歧在哪里?》,《生活报》1948年9月6日。

进行批判。在这一期上还发表了一系列批评萧军的署名文章，如沙英的《论战争与革命战争——并驳斥萧军的战争论》、恽才的《略谈文艺工作者的立场问题——对萧军先生思想的若干批评》、老江的《一连串反苏言论》、培直的《丑态毕露》、沈轲的《关于萧军的真实是什么?》等共14篇。9月16日，《生活报》共发表了包括社论《剥开皮看》在内的17篇批判文章。9月21日又有草明的《鲁迅的旗帜——评萧军同志的思想》和社论《论萧军的求真》等17篇；9月26日刊登了社论《论萧军的"九点九"》等17篇；10月1日有《鲁迅不能替萧军打仗》等评论18篇；10月6日有社论《论言论自由》等8篇；10月11日有社论《有过勿惮改》等4篇。从9月6日算起累计共96篇，其中5期几乎为批评萧军专版。作为一个5日刊的报纸来说，在短短的一个月内发表百篇批判同一个作家的文章，在现代文学史上可谓前无古人。相比之下，《文化报》反而比较理性。虽然也发表不少反驳文章，但只是将第58期和第61期作为论战专号，显示出了对读者极为负责的良好办报素养。

萧军毫不畏惧《生活报》有组织的强大攻势，早已习惯了孤军奋战的"独行侠"奋然举起了从先师鲁迅那里继承的文化匕首和投枪，迎着批判的矛头走去。在论战中，萧军主要反驳的对象是《生活报》社论文章的观点，对不明就里的群众来信萧军从未驳斥过。他写了《古潭里的声音——驳"生活报"的胡说》4篇系列文章。此外还写了《几点声明和一个小故事外搭四首诗》、《谈："萧军的'九点九'"与生活报的"零点一"》6篇文章，就自己对人民战争的立场问题和苏联问题进行答辩和反驳。对于将苏联理解成"赤色帝国主义"之说，萧军不屑与之解释，如果连苏联的社会性质都分不清，那就是"思想糊涂，观点有害"。对于《来而不往非礼也》一文在"八一五"这天发表，萧军承认确实有些不合适，容易引起某种误解，而文章本身并没有不对的。萧军认为看待问题要从实际出发，俄国人并非都是苏联人，即使是苏联人，"他们更应该根据了他本国的社会主义的精神来待我们的人民，尊重我们政府的法令，只有这样才是一个真正友人和苏联公民应有的态度"①。关于"其荁悲"的问题，萧军指出这是《生活报》社论作者的刻意曲解，并批评了其宗派主义和"爱面子"的行为。对《生活报》的大肆批判，萧军指出"恐吓与辱骂决非战斗"（鲁迅语），《生活报》这是在"企图造成一'无声的哈尔滨或解放区'。显然这是和共产党基本政策与民主政府法令精神毫无相同之点"②。在《谈："萧军的'九点九'"与生活报的"零点一"》中，萧军否认了要用统一战线来保护自己。澄清自己说的"百分之九十九点九"指的是人民而不是敌人，讽刺《生活报》才是"要推开百分之九十九点九应该团结的人民，自己要坚决地站在百分之'零点一'的如线的小径上，杀奔全国去也！"③ 此后，萧军该说的话似乎已说完了，已经不屑和对方论战了，他明确告诉对方"该报既已成立了'清算'萧军并要'斗争到底'的'委员会'，就必须清算出我底'反苏、反共、反人民'的真凿罪证来，我也静待你们底清算、挖根公审、以至于'就地正法'，否则就不能算为'斗争到底'"④ 并赋诗四首以明志，戏谑"跳进茶杯洗不清"⑤。。此时，萧军的独特性格和鲁迅的硬骨头精神显露无遗。

除萧军本人参加论战外，一些文艺工作者和读者也写文章支持萧军，表明自己的看法。如第57期上刊载了虹啸的《〈生活报〉您替敌人服务了》，理性地分析了《生活报》对萧军的歪曲和小题大做。此外还有何翁的《关于〈来而不往非礼也〉我见》、艾森的《浅谈"扣帽子"》、一工人的《值得人民担忧》、俊才的《斥〈文化报的谬论〉读后感》等。在接下来的日子，《文化报》陆续刊出了李季繁、胡丕显、李庐湘、张朗、洪汜、孟崑、霍人等人的四十几篇为《文化

① 萧军：《古潭的声音之一——驳〈生活报〉的胡说》，《文化报》1948年9月1日。
② 萧军：《古潭的声音之四——驳〈生活报〉的胡说》，《文化报》1948年9月15日。
③ 萧军：《谈："萧军的'九点九'"与生活报的"零点一"》，《文化报》1948年10月5日。
④ 萧军：《几点声明和一个小故事外搭四首诗》，《文化报》1948年10月1日。
⑤ 同上。

报》辩论的文章。与《生活报》一面倒的批判不同，这些文章大都是读者写的并且他们都是《文化报》和《生活报》的双方读者，都是以第三者的身份对待论战，都能本着实事求是的态度，理性客观地看待这些问题。这些文章在为萧军和《文化报》辩护的同时，既能指出论战的不足之处和危害性，又能提出好的建设性意见。如一工人的《值得人民担忧》中谈道：

> 《生活报》能介绍各阶层工作的动态、及革命典型人物，更能将蒋党内幕连同匪帮们每个荒淫无耻的形状，逐一的彻头彻尾揭露出来，确实富有耐人参考的材料。……作为一个文化革命战士，更不能不读《文化报》，因为它刊载了马克思主义研究提纲、鲁迅导师的书简、发表了具有正义感而含有鼓动性的社评，以及各式各样的小品文……且为爱好写作的青年引上光明，而给他们开了一个园地。①

那么，这样的刊物及作家怎么能是"反党、反苏、反人民"的呢？而且从读者的角度，人们也是希望搞好团结，而不是耗费整版整版的篇幅来相互攻击。总的来看，《文化报》上的这些文章还是提出不少中肯的、合理的意见的。

然而，《生活报》对《文化报》的批判毕竟有组织、有计划，而且有政治因素的参与。虽然萧军和喜欢《文化报》的作者和读者竭尽全力来为《文化报》辩护，最终《文化报》还是由于人单势孤而在论战中处在了下风。随着《文化报》被停刊，萧军和他的声援者们失去了发表论争文章的阵地。尽管萧军拒绝在"决定"上签字，但事实上，这场《文化报》和《生活报》的论争还是以《文化报》失败而告终。

---

① 一工人：《值得人民担忧》，《文化报》1948 年 9 月 5 日。

二、对萧军"三反问题"的透析

《生活报》在论争中给萧军罗列了三个骇人的罪名，即"三反"——反党、反苏、反人民，这诬陷之词最终竟成了东北文艺协会对于萧军问题的定性。东北局的《关于萧军问题的决定》中，"三反"又被替换成了"诽谤人民政府，污蔑土地改革，反对人民解放战争，挑拨中苏友谊"。带着这些莫须有的罪名，萧军开始了长达32年之久的"入土文物"的生活。

1980年，党中央终于为萧军摘去了这几顶帽子。在复查萧军的问题时，认为当年东北局的《决定》中处理结论缺乏事实依据应予改正。认定"萧军同志拥护中国共产党，拥护社会主义，是一位有民族气节的革命作家，为人民做过不少有益的工作"，这复查的结论充分证明萧军及其《文化报》当年是被冤枉的。如今，历史的车轮已碾压过了60多个年头，"《文化报》事件"的当事人多已不在，为了弄清萧军"反党、反苏、反人民"的真相，让我们回溯时光，拨开时代的迷雾，还原历史的真实面目！

首先是"反党"问题，即诽谤人民政府、污蔑土地改革。将"反党"罪名加给萧军实在是一个天大的冤枉。众所周知，萧军从一登上文坛就和中国共产党建立了密切的联系。在哈尔滨早期，他的朋友金剑啸、舒群、罗烽等人都是中共党员，"二萧"的住处还曾做过地下党的联络点。可以说萧军从开始创作"就是在中国共产党人的周围、受着左翼普罗文学的影响与左翼文化运动的哺育，逐步成长壮大起来的"①。其后萧军和萧红逃出满洲到达青岛再到上海，也是得到共产党的帮助才成功的。另外，萧军的成名作《八月的乡村》写的就是共产党领导下的东北抗日联军的事迹。萧军后来成为左翼作家直至到延安一直都追随共产党，是中国共产党的忠实朋友、坚定的同路人。这期间，萧军还在1944年提出过入党申请，就在《生活报》批判萧军的时候，党中央已经批准了萧军的入党请求，萧军事实上已经

---

① 骆宾基：《点点滴滴记忆犹新》，《东北文学研究史料》1988年第7期。

是一名中共党员了。从萧军的历史上看，说萧军反党是绝对没有任何根据的。那么批判者是依据什么说萧军反党、诽谤人民政府、污蔑土地改革呢？事情还得从《文化报》复刊时萧军发表的那篇《新年献词》说起。1948年新年，从富拉尔基参加土改回来的萧军满怀激情地在《文化报》第8期上发表了《新年献词》这篇短文，"献词"中萧军以一个老朽秀才的身份用古文表达了自己的心声。"献词"共分"支援前线"、"拥护民主政府"、"拥护中国共产党"、"打倒蒋介石赶走美帝国主义"、"开展新文化运动"、"建立新人生观"和"赘语"七个部分。为了生动表现且突出文意使之更有说服力，萧军让老秀才开始站在反动立场上，在学习了《中国革命与中国共产党》和《新民主主义论》后，现实教育了他。老秀才思想得以转变，认为自己过去60年，直粪蛆之不若耳！然后才衷心拥护共产党。这种欲擒故纵、先抑后扬的处理方法十分新颖，是写作上的一个创新。然而《生活报》的论争者却断章取义、肆意歪曲作品本意，以尚未觉醒时的秀才的话语作依据来攻击萧军。如秀才思想落后时所言"所谓民主也，革命也，共产也……此真背天逆人，颠倒伦常之举，复加以'分'人之地，'起'人之财，'挖人之根'……甚至'净身出户'，此真亘古未有之强盗行为，真李自成、张献忠之不若也"①。批评者抓住这一段话便认定是反人民政府，反对土地改革。单就本段文字而论，确有其嫌。然纵观全文，童叟皆明。以此判定萧军反党真是滑天下之大稽，正所谓"欲加之罪何患无辞"！除这段文字外，批判者还认为文章结尾"赘语"中列出的秀才反对在党、政、军、民中存在的百十个"主义"，如反革命主义、汉奸主义、官僚主义、形式主义、教条主义、宗派主义、个人主义是对民主政府的攻击，并自动对号入座。事实上，这些主义一直是共产党所反对的，毛泽东曾在延安讲话中批判过教条主义、宗派主义、形式主义。对于刚刚成立的民主政府中存在的种种不良风气、各式主义，萧军可能是有看法，但为了净化这种风气，一个革命作家就算提出合理的建议也不可以吗？有则

---

① 萧军：《新年献词》，《文化报》1948年1月1日。

改之无则加勉嘛！批判者认为这都是反党的依据，并认为秀才的行为是一种流氓行为，并找出了萧军的"走亲不如访友、访友不如交手"的"流氓语录"来作为萧军攻击人民政府的根据。于是，萧军"反党"的罪名就这样产生了。

其次是反人民问题，即反对人民战争。萧军反对人民战争的罪状是由他在《文化报》第53期纪念"八一五"三周年时发表的《抚今追昔录》引起的，萧军因"无新思，也无新文，录过去在延安写下的旧诗数章以志之"。这些诗中有一首《萁荳悲》，诗曰：

　　血战连年四海昏，谁将只手拯元元？
　　忠奸自古明水火；龙虎由来际风云。
　　萁荳相煎悲有迹；情亲奴主掩无文。
　　如荼往事应犹忆，殷鉴垂垂何太真！？[①]

从文章的小序中可以看出，这首诗写于1945年8月18日，当时抗日战争刚刚胜利而解放战争尚未打响。但是《生活报》的批评者却割裂诗歌的写作背景，将其看成萧军"反对人民战争"的罪证。他们挑出"萁荳相煎"一句指责萧军将人民和蒋介石比成"萁荳"是错误的，因为人民和蒋介石绝不是同根相生的兄弟。这样比较，自然是把萧军置于为蒋介石反动派说话、自然是站在人民的对立面，所以说其是"反人民"的。其理由牵强、生拉硬扯、完全不顾事实。不仅如此，还将全诗肆意曲解，说"血战连年四海昏，谁将只手拯元元？"一句是萧军无自知之明，竟想凭一己之力拯救人民！要当中国的救世主等，实际这根本不是诗歌本意。萧军在《古潭里的声音之一——驳〈生活报〉的胡说》一文中解释说，"谁"是设问，本就虚指。而"萁荳相煎"当时的语境是两党并未开战，具有政治远见的萧军担心和平被破坏，故提前规劝蒋介石。另外"战争中双方死得最多的还不是工农大众吗？他们原来不是兄弟吗？难道他们是蒋介石本

_____

① 萧军：《抚今追昔录》，《文化报》1948年8月15日。

人吗？我们不是只要他们（蒋军）放下武器投降过来，就以兄弟相待吗？"① 萧军的"萁豆相煎"和周恩来的"同室操戈，相煎何急"又有什么本质的区别呢？除这首诗外，《生活报》还把《新年献词》也搬出来，认为其中的诸多主义和关于土改的部分除了反党也是反人民的表现，认为萧军是地主阶级的代言人，所以他自然就是反人民的。那么萧军真的反对人民战争吗？非也，萧军不仅不反对人民战争，还积极地支持，甚至乐于参与人民战争。从其经历中完全可以看出这些。萧军出身行伍，早在日寇侵略东北时就曾参加过抗日队伍。在山西军政大学时，更是弃文从武要到山西太行山打游击，若非经过延安时被丁玲劝说，萧军早就再次成为军人了。在延安期间，他也多次要去前线，也是经毛泽东劝说才放弃了。从这些方面看，怎么能说萧军反对人民战争呢？将萧军推到敌对阶级说萧军是地主阶级的代言人，根据何在？说萧军认同蒋介石是同根兄弟，那为什么国民党特务还要绑架、暗杀萧军呢？无论从哪方面我们都找不到萧军反对人民战争的确凿证据。可见，这又是《生活报》强加给萧军的一个罪名。

最后是反苏联，即所谓的挑拨中苏关系。这个罪名也来自纪念"八一五"三周年的第53期《文化报》上刊载的两篇文章。在题为《三周年"八一五"和第六次劳动"全代大会"》社论中有如下文字："'八一五'就是标志着中国人民在共产党领导下，就要战胜我们内在的最凶残的'人民公敌'——蒋介石和他的匪帮——决定性的契机。同时也将是各色帝国主义——首先是美帝国主义——最后从中国土地上撤回他们底血爪的时日"②，文中表达了对解放战争大好形势的热切关注。然而这样一篇纪念性的文章却因其中的一个短语"各色帝国主义"而给萧军带来了又一个罪名，这里的"各色"原本的意

---

① 萧军：《古潭里的声音之一——驳〈生活报〉的胡说》，《文化报》1948年9月1日。

② 萧军：《三周年"八一五"和第六次劳动"全代大会"》，《文化报》1948年8月15日。

思是各式各样，如"各色人等"就是指各式各样的人。萧军在多篇文章中用过"各色"或"各色帝国主义"之类的词，如《再来一个"五四"运动》中的"各色帝国主义者们"和"各色集团"，《假如明天还有战争》中的"各色帝国主义的军火商人"，《新"五四"运动在东北》中的"各色帝国主义者们"，《约法三章》中的"各色各类反革命屠头们"等。不仅萧军，当时很多作家都使用过这个词，就连《联共党史序言》中也有"各色资产阶级"的提法。但《生活报》的"理论家"认为这个词在这篇文章中，是特指苏联是赤色帝国主义。因为只有国民党反动政府才将主义分为赤色和白色，所以这是指苏联，是恶意地污蔑苏联。为了证明自己的推断，他们又将这期《文化报》上的另一篇小品文《来而不往非礼也》拿来佐证他们的论点。此文来源为群众投稿，作者是塞上，后经萧军将题目修改后登载在这一期。《来而不往非礼也》的内容写的是几个中国孩子同一个白俄老太太之间小矛盾冲突的事情，形式似随笔，并无鲜明的主题，然而批判者却硬说这是在挑拨中苏关系。尽管萧军著文解释白俄和苏联的关系，并承认在这个日子发表不当，但《生活报》却不依不饶，坚持认定萧军是恶意挑拨中苏关系，对此萧军百口莫辩。因为萧军不仅没有破坏中苏关系，相反却处处维护中苏友谊。众所周知，在萧军回到东北最初的几个月里在哈尔滨和佳木斯做了几十场演讲，每次演讲都要回答一些问题，而回答最多的就是苏军士兵在中国奸淫掳掠的问题。萧军对这个棘手的政治问题每次都小心翼翼地给出群众们满意的回答，几乎每次都令人为之捏把汗，他那著名的"狼和狗"的比喻就是那时发明的。萧军在《古潭里的声音——驳〈生活报〉的胡说》之一和之四中对此都耐心地进行了解答，并且进一步指出拥护苏联并非是"无条件"的，拥护苏联必须具备以下条件，第一，苏联是社会主义国家，第二，苏联是世界上首先以真正平等、真正的友谊对待被压迫民族的国家。对待苏联人民友好也是有条件的："一、他们必须遵守我们民主政府的法令。二、他们必须以'社会主义国家'公民的精神，平等、尊敬……来待我们人民。否则的话，无论站在任何立场上来谈'友好'，在今天来说，这全是不正确的。"① 萧军对两国关系的精辟议论具有非凡的洞察力和预见性，后来 20 世纪 60 年代同苏联的关系充分证明了这一点。在当时，这场论争对大众来说还是有很大收获的，一如胡风的"主观论"的讨论一样。虽然萧军在论争中失败了，然而最重要的是通过论争，人们对帝国主义尤其是"各色帝国主义"的认识加深了，对与友好国家的交友立场的标准清晰了，人们通过这一事件理解了如何与苏联相处。

"对于一个人的评价，应该顾及到他的整个历史，不能仅凭一时一事而主观武断地妄加评论，更不能歪曲事实轻下结论。"② 在整个论争中，《生活报》对《文化报》的批判总的来说是违背事实根据、忽略事件背景、割裂文章前后关系而断章取义、用肆意歪曲来进行批判的。纵观事件经过，萧军之所以被冠以"三反"的帽子与其自身也或多或少有些关系。首先，是文学创作形式和表达习惯上的原因，在文学创作上萧军喜欢创造新形式，本来中规中矩的一篇表达拥护共产党、拥护土地革命的文章，被其用古文以保守分子的口吻来表达，而且还塑造了一个由反动到觉悟的人物形象，无形中使得作品具备了小说的一些特质。这种创新本是好的、健康的、应该鼓励的，然而却因其形式和人物的身份因素被对手利用进行批判。此外，萧军在表述时喜欢先抑后扬，而抑的部分又过多容易被断章取义，如在《新年献词》中秀才过多的反动话语。再有，在语言方面喜欢罗列词语，其一百多个主义就是最好的表现。不仅这篇文章，《目前东北文艺运动我见》中和 1942 年 6 月 26 日关于"新英雄主义"的描写中就有多个主义的排列。可见这是萧军的一个行文习惯。其次，在"八一五"这天发表《来而不往非礼也》确实是不恰当的，这一方面说明萧军的政治敏锐性很差，另一方面也表明萧军确实对苏俄有些意见。这在已

---

① 萧军：《古潭的声音之四——驳〈生活报〉的胡说》，《文化报》1948 年 9 月 15 日。

② 王建中、任惜时、李春林等：《东北解放区文学史》，辽宁大学出版社 1995 年版，第 106 页。

经揭秘出版的《萧军全集》的日记部分可以看到，如延安时期苏联军医杀百姓的狗；在国内有妻子，还要在中国娶个临时妻子；苏军在东北奸淫妇女；苏军掠走鞍山钢铁厂的机器等。现在看来，尽管这些可能潜移默化影响萧军对苏联的态度，可是萧军却没有明确通过言行表达出来，以萧军的个性对此他是不会害怕的。关于将群众投稿的题目改成《来而不往非礼也》并在特定的日子发表，虽然不恰当，但是也不能说明萧军是恶意挑拨中苏关系。最后，萧军在论争后期的火爆脾气和犀利多讽的语言、嬉笑怒骂的风格、无畏不羁的表现也强烈地刺激了对方，这无疑也起了催化剂的作用。对于这些，萧军是有着清醒认识的，他知道这场论争既有争夺文化领导权的原因，又有与文艺界个别作家的恩怨在其中作祟，他更知道这种积怨是历史造成的，是很难排解的。"无端结得恩仇债，待解恩仇恨转讹。"① 此时，《文化报》和萧军的悲剧不可避免地发生了。

由上述分析可知，所谓萧军"反党、反苏、反人民"的证据是荒谬的、无根据的，是《生活报》强加上去的，萧军"诽谤人民政府，污蔑土地改革，反对人民解放战争，挑拨中苏友谊"的罪名是不成立的。

第三节　隐性霸权的恶果：没有"结局"的结局

在中国现代文学史上，政治和文学的关系表现得尤为紧密。政治用朦胧缥缈的"自由"将自己与文艺捆绑，利用文学为其服务。这样既可以达到和文艺生活在一起，又可以否定与文艺"同居"的事实。对于文学论争而言，"区分错误思想和创造性思想的标准，在社会思想的领域和其他领域一样，当然就是看那些能够站住脚的、大体（但不肯定）正确的思想占了多大比例"②，这本是很容易作出判断

---

① 萧军：《萧军全集》第 20 卷，华夏出版社 2008 年版，第 241 页。
② ［法］古斯塔夫·勒庞：《乌合之众——大众心理研究》，冯克利译，中央编译出版社 2000 年版，第 49 页。

的。然而一旦有政治因素夹杂进来混淆视听，其结果便常常变成无果而终或是一边倒。在现实生活中，文学的说理和论争总是战胜不了政治话语和套语。《文化报》和《生活报》的论争单从文学的视角来看，事实清楚、泾渭分明，并不难判断出是非曲直。但若从政治批评视角看，平等的论争则变成了不对等的单方批判，成了隐性的政治话语和民间话语的直接对话。《生活报》在论争中拥有绝对的话语权，这种话语权是一种政治的霸权，其突出体现就是一面将《文化报》停刊，一面集中大举批判萧军而使其没有发表论争文章的阵地。所以《生活报》通过文协和东北局能轻而易举地击败萧军，并送给了他"反党、反苏、反人民"的三项帽子。

令人惊讶的是，萧军因"诽谤人民政府，污蔑土地改革，反对人民解放战争，挑拨中苏友谊"获罪后竟然没有受到任何刑事处分，既没有发配流放也没有被判刑枪决。要知道，从延安整风中的大规模"抢救运动"开始到土地改革镇压反革命分子期间，萧军的三个罪名中的任何一个都足以让被判死刑。然而萧军却非常平安，共产党竟对他秋毫不犯。究其原因不外乎两个：一是萧军的罪名是莫须有的，即根本没罪，一个是忌惮萧军的国内国际影响。

1948年下半年，人民解放战争节节胜利，国民党政府偏安一隅，一种全新的政治格局正在中国形成。新的政治格局也在催生新的文化格局，政治的统一带动了文化的统一。在这种形势下，原来提倡的"思想的自由和自由的思想"不再适应时局，人民解放战争需要把"自由的思想"转化为"统一的思想"。为完成这一转变，必须对解放区的党外知识分子、伪满知识分子、国统区的党外民主知识分子进行思想改造，在这种背景下对萧军及其《文化报》的批评便顺理成章了。实际上，这种思想改造早就开始在东北进行着，早期对《网和地和鱼》、《一双黑溜溜的眼睛》、《进步的故事》的批判就属于这一类。但是这次他们选择了身份特殊的萧军作为斗争改造的对象，萧军不是普通的文化工作者，他不仅是因《八月的乡村》享誉文坛有很高声望的作家，而且是鲁迅的学生，并和毛泽东有很好的私交，这种影响是《文化报》的批判者不得不考虑的。对于给萧军编织的罪名他们自知牵强无力，加之原本目的就是为了和萧军争夺文化领导权，为了杀萧军的威风而后让萧军"低头认罪"。但他们失败了，萧军不但不认罪反而据理力争，这才使他们在"王通事件"后开始为他编织政治罪名。所以，尽管批判者给萧军戴上了"反党、反苏、反人民"的帽子，却不是真正想置萧军于死地。因为他们心里知道，事实并非如此！其次，虽然萧军被批判，但是他在国内读者中还是有很大的影响，在国统区的影响也不可小觑，更重要的是萧军在日本和俄国、美国还有较高的知名度。当萧军在东北解放区受到批判时，不仅解放区、国统区，就连日本杂志和美合众社都有报道，"著名中国左翼作家萧军的反苏、反共、反战的作品为政治观察家认为是中国未来事态发展的××指标"①，可见"《文化报》事件"影响之大。这样，萧军获得了相对的人身平安。因其获罪而不为惩，故称事件的结果为"没有结局的结局"。

文协的"结论"和东北局的"决定"虽然没有给萧军带来生命的威胁，却给他事业上带来了致命的打击。《文化报》停刊后，萧军第二次离开了哈尔滨，第二次失去了发表文章的阵地，也离开了他钟爱的文坛。

一、退出江湖的游侠

"游侠"一词最早出现在《韩非子·五蠹》里，其曰："废敬上畏法之民，而养游侠私剑之属。"游侠则是游走江湖、除暴安良的侠客。其特点是喜欢结交天下客、勇于为他人排忧解难、重义轻利。要成为游侠应具备两个条件，一是要会武功，二是要有游侠精神。所谓游侠精神，从广义上讲，即有自己的价值观、是非观、善恶观，坚持正义，敢于反抗一切非正义事情的一种文化精神。从狭义上说就是江湖精神、江湖义气，这些都是萧军所具备的。

萧军在 1945 年同彭真的谈话中说："我是属于中国游侠思想一个

---

① 萧军：《萧军全集》第 20 卷，华夏出版社 2008 年版，第 542—543 页。

体系……仍然近乎名士与游侠的生活。"① 这是萧军第一次公开提到自己有游侠思想。对于参加革命的动机,萧军也将它和侠义联系起来,"我是以一种义侠的行为和动机来参加革命的"②。不仅萧军自言有游侠精神,就连他身边的朋友、熟悉他的人,甚至包括鲁迅都认为这个东北汉子身上有种"侠"的味道,体现出一种实实在在的"游侠精神"。侠义精神作为一种历史无意识的继承,一种文化基因,在中国人身上普遍存在。但是它的显露则需要外部环境的刺激来帮助完成,没有合适的外部刺激,是不一定能看到一个人的侠义举动的。也就是说,并非每个人都能表现出游侠精神。萧军自小生活在辽西地区,那里民风彪悍而野蛮,乡民有与中原文化不同的价值观,认为"'小子要横、丫头要浪'。人们都希望自己的子弟到外边去闯一闯,或者当兵,或者学手艺,或者干脆上山当盗匪"③。在这样的环境下,萧军自小便形成了尚武的精神,自小习武,坚持不辍直到终年。在萧军看来,"我生长的环境,只能做军阀和土匪"④,萧军的三叔就是一个红胡子,少年的生活环境和社会环境对萧军侠义精神的形成有重要作用。

对于游侠精神的认同使得萧军将其内敛成自己性格的一个部分。萧军在生活中"论侠道、书侠迹、行侠事",侠味十足。不仅是坐谈侠道,而且是起行侠事。这主要表现为讲义气、好打抱不平。在其一生中,这类表现举不胜举。在东北当兵时,萧军锹劈教官、暴打巡警;在武汉,怒斥汪精卫;在上海,单挑马吉峰和张春桥;在延安,因程追欺负小鬼而将其追打,并因此被判刑 6 个月。整风中,为王实味给毛泽东传信。"文革"中,坚持己见,否认胡风、丁玲是反革命,拒不授意写揭发他们的材料。这些侠义行为在为萧军带来声誉的同时也给他带来一定的负面影响,有的人甚至将之称为江湖义气、土

---

① 萧军:《萧军全集》第 19 卷,华夏出版社 2008 年版,第 606—607 页。
② 萧军:《萧军全集》第 20 卷,华夏出版社 2008 年版,第 232 页。
③ 王科、徐塞:《萧军评传》,重庆出版社 1993 年版,第 3 页。
④ 萧军:《萧军全集》第 20 卷,华夏出版社 2008 年版,第 831 页。

匪气，称萧军是"盗匪式"的反抗成性。萧军在对待女性方面更是侠骨柔情、勇于遮护，当年为救萧红与老裴陌路，为帮洛男而刀插讲台，为秦友梅与东北文艺协会闹翻。不仅行为上践行这种游侠精神，在萧军的文学作品中也贯穿着这种"侠"文化。《八月的乡村》中的铁鹰队长、《第三代》里的井泉龙都是这种侠义精神的代表，甚至萧军笔下的草莽英雄、土匪身上都有这种侠义的影子。

自古以来，游侠并不少见，但文武双全的游侠却不多见。在"湮没千年之后，却又在萧军的身上再度浮出了历史的地表"①。然而萧军这个"游侠"却生在这个乱世的末期，一个新的历史即将到来，一种新的政治格局和文化格局正在生成。所以，萧军无论是文的方面所坚持的思想自由的"五四独立个性意识"，还是武的方面所拥有的骁勇无畏、放荡不羁的江湖义气，都不再适合社会的形势，不为新的政治文化秩序所接受。韩非子的"儒以文乱法，侠以武犯禁"的判语在萧军身上再次得到验证。这样，坚持真我，拒绝同化的萧军最终通过"《文化报》事件"被东北解放区文艺界扫地出门。从此，这个"不爱秩序又守秩序"的游侠和他的游侠精神彻底退出"文化江湖"。

二、东北作家群的最终解体

形成于 20 世纪 30 年代初期的东北作家群，是人们对流亡关内的"二萧"、舒群、罗烽、白朗、端木蕻良、骆宾基、李辉英等东北籍作家的合称。同所谓的京派、海派一样，他们不是统一的文学组织，也没有统一的章程。他们其中有些人甚至原本并不认识，如萧军和骆宾基，他们只是在上海有一面之缘，1948 年骆宾基在长春被捕，萧军误以为其被害还曾写文悼之。但这些作家在这一时期创作的作品主题却几乎一致，都是以反映沦陷在日满统治下的东北人民之苦难和抗争生活为题材，同时又因大都是东北本土作家，故得此称。关于东北作家群的解散问题，文学史上通常认为这个群体是随着抗战的爆发在1937 年末就解散了，但实际并非如此。"东北作家群"这一称号是维

---

① 李振声：《我是鲁迅的学生》，北京广播学院出版社 2000 年版，第 35 页。

系这些作家间关系的情感纽带，从他们之间的情感关系视角来看，东北作家群的解体主要可以分为三次，即以三个地点代表的三个时期。

上海时期是第一次解体。"九一八事变"后，国人在关注东北的同时却又对其知之甚少，东北作家群的作品恰在这时向他们敞开了大门。这些作家带着亡家失土之痛，以亲身的经历和生命体验，不仅描绘了东北人民英勇斗争反抗侵略的英雄事迹，而且将东北独特的地域民俗展现出来，激发出国人的爱国主义精神。这使得他们成为最早投身抗战文学的一个创作群体。这时候，萧军、萧红、罗烽、白朗、舒群、端木等人都在上海，除萧军和端木因萧红的原因不睦外，他们之间的关系还比较融洽。其中罗烽曾因萧军没有推荐其和鲁迅见面之事，与萧军发生过误会，后来经罗烽母亲劝解而和好如初。从萧军1937年5月2日给萧红信中可知，萧军与罗烽在上海的分歧使二人"一度曾陷于'断交'的境地"①。1937年"七七事变"爆发，中国开始了全面的抗战。文艺界抗日民族统一战线建立，全国作家都积极参加抗战宣传。此时的东北作家群作品便不再仅仅拘于东北的抗日题材。随着战事的深入，这些作家陆续奔赴全国各地。萧军、罗烽等人在山西分手后，萧军先后存身在兰州、西安、成都、重庆等地。萧红和端木离开延安，经青岛、武汉去了香港。1939年后，萧军、舒群、罗烽夫妇等先后到了延安，东北作家群第一次解体。

延安时期是第二次解体。如果说东北作家群第一次解散最明显的表现是创作题材的拓宽，那么第二次解体则是表现在政治信仰和创作立场的分歧上。在延安，萧军较东北其他作家来得早一些，后者来延安有很多是因萧军而来，如罗烽、白朗夫妇、金人、雷加等人。在萧军看来，"因为他们全是在自己的影响带领下强健起来的人。我也明知道将来或许有分裂或不同方向的一天，但现在是不必计较这些的，他们谈论我是不会有恶意的"②。萧军很看重这种友情，但也预料到后来可能的分化，也深知分裂将会由政治身份的不同而引发。舒群、

① 萧军：《萧军全集》第17卷，华夏出版社2008年版，第5页。
② 萧军：《萧军全集》第18卷，华夏出版社2008年版，第392页。

罗烽、白朗、金人等都早是党员，而萧军仍然是保持着共产党"同路人"身份的党外作家。在当时，延安文抗就已经存在宗派主义了。1943 年 2 月 25 日，文抗就曾召开"宗派主义讨论会"，毛泽东也在《整顿党的作风》讲话中专门对宗派主义提出批评，指出"对内的宗派主义倾向产生排内性，妨碍党内的统一和团结"①。由于宗派主义的作祟，萧军这样的党外作家在延安自然日子难过，甚至党员 L 同萧军谈话，人们批评他"泄露党底机密"②。由于党的纪律，罗烽、金人等人也没法和萧军再亲密接触。据《萧军日记》中记载，1941 年的萧军和丁玲几近仇人，同罗烽和舒群的友谊也暂告一段落。在文学立场上，东北作家群的党员和非党员之间也发生分歧。1942 年，延安文艺界整风后开展了"杂文时代"问题的讨论。以宣传鲁迅精神为己任且坚信还是杂文时代应"揭露黑暗"的萧军，与以周扬为代表的反对揭露提倡"歌颂光明"的党内作家发生矛盾，这一时期，罗烽还是和萧军的观点一致的。后因王实味事件，萧军受到排挤，不但所编辑的《文艺月报》被文协停刊，自己也被迫到延安乡下过了半年。若非农民贺忠俭的帮助，萧军真不知如何渡过难关。这期间，萧军和东北作家群其他作家几乎断绝往来。

> 我感到和一些"故人"们是越来越遥远了，当然每人全是以为真理是在自己这方面，自己走的路才是正确的。我不愿批评或否定他们的路，在他们的观点上来看，以至为了当前一种政治上的需要是对的，但我不乐意也不必要和他们一样走，在我也是对的。只要彼此不太妨害了，还是各走各的路方便些，只要大家目的是一个，这倒不在乎谁怎样走法，或采取什么路线。③

---

① 毛泽东：《整顿党的作风》，《毛泽东选集》第 3 卷，人民出版社 1991 年版，第 821 页。

② 萧军：《萧军全集》第 19 卷，华夏出版社 2008 年版，第 506 页。

③ 同上书，第 71 页。

萧军于 1944 年回到延安，政治地位有所恢复时，大家的关系才缓和。这是东北作家群的第二次解体，这次是作家间情感的破裂。

哈尔滨时期是最终解体时期。回到哈尔滨后的东北作家群作家们在新的斗争形势下摒弃前嫌，共同为建设哈尔滨的文艺事业而努力工作。但是好景不长，为帮助改造旧艺人秦友梅，萧军在同秦友梅频繁接触时双方产生了好感，萧军被以罗烽为代表的文协严肃处理，不仅被限时搬出文协的住房，还被安排离开哈尔滨到富拉尔基参加土改。秦友梅事件使萧军同罗烽、舒群等人关系进一步恶化。在齐齐哈尔期间，徐定夫告诉萧军白朗要拆除萧军作品《羊》的排版，这让萧军更加伤心。《文化报》和《生活报》论争期间，罗烽夫妇曾批评陈隄帮《文化报》是为虎附翼。金人、草明、陈学昭等人在论争中写文章批判萧军的思想，为其罗列莫须有的罪名都加深了他们个人之间的恩怨。不仅是萧军与东北作家群其他作家之间，就是舒群和罗烽等人之间也存在冲突和不满。在罗烽处理了萧军和秦友梅的恋爱事件后，他自己却和秦友梅相恋上了，步了萧军的后尘。舒群对此非常愤怒，为了还萧军公平，将罗烽"发配"去了大连工作。此事被萧军戏称为"共成逐客期先后，行见新囚继旧绳"①。因《文化报》事件，东北作家群中的作家大部分站到了萧军的对立面。萧军作为东北作家群解散的导火索点燃了积蓄已久的历史积怨。至此，名噪一时的东北作家群，随着萧军的退出文坛，在哈尔滨最终解体了。

三、昙花一现的新启蒙实践

萧军在《文化报》上的文学活动虽然也进行革命宣传，但本质上看仍是五四启蒙，是对五四精神的传播。这在正处于构建新文化秩序的哈尔滨文艺界可以说是"万红丛中一点黑"②！《文化报》从创刊到终刊仅 13 个月零 13 天。时间虽短，但是由于它的五四文化启蒙思想契合了刚刚解放的哈尔滨市民的精神需要，《文化报》成了工人和青

---

① 萧军：《萧军全集》第 20 卷，华夏出版社 2008 年版，第 276 页。

② 同上书，第 515 页。

年学生的精神食粮，在哈尔滨产生很大影响。

　　《文化报》能产生如此广泛影响的原因一方面出自于萧军自身，因为他是《八月的乡村》的作者、还是鲁迅的学生、是延安来的老干部、是哈尔滨走出去的名作家，这对青年知识分子具有很强的吸引力。学生们更是十分崇拜萧军，曾有学生因萧军是东北大学鲁迅艺术文学院的院长而选择报考东北大学，当萧军离开东北大学来到哈尔滨时又随萧军转学到哈尔滨，可见萧军个人魅力之大。另一方面《文化报》自身也确实办得很好，虽然也存有不足，如萧军所言，虽然材料不够丰富，印刷、纸张不能尽如人意。"内容方面，若按某些人士所要求的那种'真正的无产阶级化'当然更是谈不到。"① 虽然如此，它的多样的栏目、对鲁迅和马克思主义的生动介绍、鲁迅的书简、萧军的经历、丰富的生活科学知识、民间故事和新式歌曲都强烈地吸引着学生和市民。人们看重的是它的内容，并没有为报纸粗糙的质地和模糊的字迹所影响。很多工厂工人喜欢《文化报》，认为作为一个文化革命战士，更不能不读《文化报》，因为"它刊载了马克思主义研究提纲、鲁迅导师的书简、发表了具有正义感而含有鼓动性的社评，以及各式各样的小品文……且为爱好写作的青年引上光明，而给他们开了一个园地"②。所以，复刊后的《文化报》订量激增，人气更旺。《文化报》和《生活报》"两派力量在机关学校中'平分秋色'，在一般社会中，《文化报》占绝对优势"③。

　　在东北新文化运动中，《文化报》和《生活报》都担负着对民众思想启蒙的重任，并且两报启蒙的方式也相近，都是文化启蒙和政治启蒙并举。然而虽然都是文化和政治的启蒙，但是二者的比重、性质却又不同。就文化启蒙来说，《生活报》上也发表文艺作品，也刊载民众投稿，但其多为著名作家反映政治革命的作品，如周立波的《暴

---

　　① 萧军：《古潭的声音之三——驳〈生活报〉的胡说》，《文化报》1948 年 9 月 10 日。

　　② 一工人：《值得人民担忧》，《文化报》1948 年 9 月 5 日。

　　③ 萧军：《萧军全集》第 20 卷，华夏出版社 2008 年版，第 295 页。

风骤雨》、《南下记》等，数量较《文化报》要少，读者群也以青年知识分子为主。《文化报》的启蒙是五四启蒙思想，针对的是普通市民，刊载的是学生、工人等文学爱好者的习作，报纸变成文学青年练笔的阵地，如"文章理发馆"就是帮助初学者文学进步的平台。相比之下《文化报》的启蒙才是真正意义的大众文化启蒙。若从政治启蒙来讲，《生活报》上的政治启蒙比重要大些，且都是和当时的革命形势结合紧密。《文化报》的政治启蒙则不是重点，并且由于编者的政治身份等原因，时效性、准确性各方面都不如前者。

《文化报》上萧军的新启蒙实践如"昙花一现"般的过去了，它没能留下烟花似的美丽幻影，却将知识分子独立不属的个性解放意识的种子，播撒在哈尔滨文学青年的心中，同时也带给人们对"《文化报》事件"深沉的思考。萧军在《文化报》的新启蒙实践是东北新文化运动的重要组成部分，其五四启蒙思想在社会上产生了广泛的、积极的影响，同时也因为同《生活报》的论争而产生了很大的政治影响。然而萧军和《文化报》所坚持的"写真实"的思想却和革命文艺的主题先行、立场优先的原则相悖，其坚持个体价值、保持自身本色的意图也不被集体化的革命文艺接受。于是萧军的新启蒙思想被主流挤到了边缘，失去了话语权和自身存在的独立空间。在《中共中央东北局关于萧军问题的决定》之后，《文化报》被迫停刊，东北解放区五四启蒙思想的"自留地"也随之被罢园，萧军在东北的新启蒙实践最后以失败告终。

第四节 不应再有的续曲：萧军思想再批判

所谓的"《文化报》事件"主要是由两部分构成，一部分是《文化报》和《生活报》的论争，另一部分是东北文艺协会和中共中央东北局动用行政手段对萧军的处理及批判，这一事件又被称为"东北事件"。1949年4月1日，东北局强令"停止对萧军文学活动的物质方面的资助"。这样，不但萧军的东北新启蒙实践再无从谈起，就连起码的维护自身声誉的反驳申辩的机会也失去了，萧军在文坛上的创作和言论自由被彻底地剥夺了。

　　"《文化报》事件"中，虽然《生活报》对萧军进行了猛烈的政治批判，但其批判者对于萧军的罪名存在与否是心知肚明的。正如参加批判的金人后来承认，"共产党对我过左，他们原来打我，是为了'杀'我底威风，而后让我低头'认罪'，但他们是失败了"①。正是这失败，才引发了后来的政治批判。可见对于事情发展到后来的局面，也是他们所没有预料到的。然而随着萧军论争的失败，批判者不但没有纠正这种讹误，适时停止，相反，却不断将批判深入和扩大化。此时，狂热的"革命热情"刺激着已经失去自制力的人们，这种革命热情在批判者之间激荡、传播。"情感的加速度带来了暴力的加速度"②，萧军的"三反"罪名的真假对人们已经不再重要，但对萧军的批判的声音和文章铺天盖地而来，颇有鲁迅所说的"痛打落水狗"之意。这些人中不乏萧军当年的好友以及《文化报》倒戈过去的一些编辑，人们在享受着这斗争的快乐，不论是否了解萧军都要批判一回萧军，这样方显"时尚"。此时的萧军因失去了《文化报》这反驳的阵地，只能任人宰割，狂热的人们在独自享受没有敌人的战斗的欢乐。

一、从兄弟争到"萁豆煎"

　　《文化报》于1948年11月25日停刊后，两报的论争自然停止，《生活报》也完成了它的批判使命。在之后的一年里，《东北日报》则成为继《生活报》外，对萧军进行批判的最重要阵地。

　　中共中央东北局在1949年4月1日下发了《中共中央东北局关于萧军问题的决定》（以下简称《决定》），在《决定》中判定：

　　　　萧军的反动思想不是一个偶然的现象。萧军是鲁迅先生所指

---

　　① 萧军：《萧军全集》第20卷，华夏出版社2008年版，第645页。
　　② ［法］古斯塔夫·勒庞：《革命心理学》，佟德志等译，吉林人民出版社2004年版，第7页。

出的中国文艺界中"才子加流氓"一型的人物之一。在他的文学活动中，萧军表现自己是一个自私自利的、惯于采取两面手法和敲诈手段的、无原则的野心家。他的带着封建色彩的资产阶级思想，妨碍他真正和人民群众站在一起。当被帝国主义、封建主义统治所压迫的时候，萧军曾经反对这种统治，但是当真正反抗帝国主义、封建主义的革命人民得到了胜利，建立了新的统治，这种统治服从于人民的利益，而并不服从于萧军之流的个人利益的时候，萧军就转而反对人民的统治了。萧军在抗日战争期间来到延安，那时他已经表现他的兴趣是比较的集中在反对人民的统治方面，而不是集中在反对人民的仇敌方面。在他到东北以后，东北局曾经抱着与人为善的态度，从物质条件上帮助他出版他所编辑的《文化报》，希望他在工作中能够像他所宣布的站在人民方面参与东北人民的文化事业。但是萧军却继续发展他的错误立场，用言论来诽谤人民政府，污蔑土地改革，反对人民解放战争，挑拨中苏友谊。[①]

东北局要求在党内外开展对萧军反动思想的批评，东北各地的机关、工厂、学校按其指示都开展了大规模的萧军反动思想批判活动。与此同时，与萧军及《文化报》有往来的学生、工人，也受牵连被批成"萧军分子"，李克异被暗定为"萧军分子"，被控制使用；樊志公、陈隄、马非被停职；张德玉、李学义等青年因"反苏、反共、同情萧军"被吉林东北书店解职。一时间凡和萧军有关系者，人人自危。

《决定》下发后，作为党报的《东北日报》自然成了批评萧军的阵地。从1949年2月开始，大量批评萧军的文章在《东北日报》上发表，如金人在2月26日的《论萧军的反战与和平思想》等。此外，草明、刘白羽、周立波等人都相继著文批判萧军。其间，发表批评文

---

① 中共中央东北局：《中共中央东北局关于萧军问题的决定》，《东北日报》1949年4月2日。

章最多的、最具权威的主要有两人，一个是已升任东北局宣传部长的刘芝明，一个是东北大学的校长张如心。作为来自延安、参加过长征的老干部，并且是萧军东北大学同事的张如心是非常擅长于这类批判的，早在延安时期他就曾在《解放日报》上发表过批判王实味的《彻底粉碎王实味的托派理论及其反党活动》的文章。东北局《决定》发布后，在4月3日到8日的5天时间里，张如心相继发表了《是唯心主义还是唯物主义》、《是"其豆相煎"论还是阶级斗争论》、《是仇视人民反共反苏还是热爱人民拥共拥苏》、《是极端自私的个人主义还是全心全意为劳动人民服务》、《只有马列主义才能彻底解决中国问题》5篇炮轰萧军的文章。这些文章就《决定》中对萧军"诽谤人民政府，污蔑土地改革，反对人民解放战争，挑拨中苏关系"的定论，运用马克思主义逐条加以解释，加以理论佐证，目的是把萧军的罪名落到实处，将对萧军的批评上升到了所谓的"理论层面"。除张如心外，另一个批判萧军的领军人物是刘芝明。这个萧军的东北同乡，一开始就是萧军批判的策划者和参与者。他不但组织起草了东北局的《决定》，还亲自写了《关于萧军及其文化报所犯错误的批评》，在报请中央批准后发表在1949年3月22日的《东北日报》上。发表前刘芝明还将文章给萧军看并征求意见，从而引发了萧军的关于"软骨头"的笑谈。不仅写文章批判萧军，刘芝明还单独或和别人合作出版批判萧军的专著。1949年，他就把自己写的萧军批判的文章以《萧军批评》之名成书出版，另外还和张如心合著了《萧军思想批判》。在批判萧军的同时，"《文化报》事件"也成了他提升个人声望的政治资本。除《东北日报》外，《文学战线》也曾就文艺批评问题发表社论，在社论中，首先指出了"在东北文艺界广泛开展了对萧军及其《文化报》的批评，这是文艺运动中的好现象"①，将萧军作为文艺批评的反面榜样。

萧军"以文乱法"，因"其豆诗"而获罪，被批评把蒋介石和人民比成兄弟是反对人民战争。然而在普通的文学论争中采用政治手段

---

① 《文学战线》社论：《论文艺批评》，《文学战线》1947年第2卷第2期。

将一个与中国共产党同行多年的诤友，一个革命文艺队伍内部的有影响的作家冠以莫须有的罪名，岂不更是名副其实的"萁豆相煎"吗？在信仰的"催眠"下，批判者将理性掩埋，将狂热的情感推进到极端，直到情感的能量耗尽，被批判者的罪名再也没有批判的增长点了，他们才暂时地放过萧军和《文化报》，将批判告一段落。

二、别样的"朝花夕拾"

萧军在 1949 年离开哈尔滨来到沈阳，不久又到煤都抚顺体验生活。在这两年多的时间里，虽然不再对萧军进行大规模的批判了，但是东北文协却不准萧军进行文学创作，甚至连全国第一次文代会也没有让萧军参加。这让萧军非常愤怒，毅然拒绝参加东北的文代会。虽然后来被迫参加，但也是半途就回抚顺了。对于"《文化报》事件"中主流当权者的批判，倔强的萧军从来就没服输过。他默默地积累着生活的素材，实践着自己到工农兵中去的诺言，在回北京后创作了较早反映工人生活题材的长篇小说《五月的矿山》。1951 年到 1958 年这段时间，萧军的生活基本上是比较平静的。虽然政治上的"三反"帽子没有摘除，但萧军在彭真等人帮助下还是拥有了一份比较清闲的文物考古的工作，由毛泽东批示发表的《五月的矿山》和《过去的时代》，也分别在 1954 年和 1955 年面世。表面看来，"《文化报》事件"的影响似乎已经过去，然而事情远非看上去的那么简单。这之后"东北事件"被不断地"旧事重提"，"朝花"似乎永开不败，总是有可供利用的地方吸引着部分热衷批判的人。新中国成立之后，只要文艺界有些许运动，萧军及其《文化报》就会被重新搬上桌面与这些运动进行牵强的重组后被再次批判。

文艺界的斗争都是由于不宽容造成的，"个人之间的宽容虽然困难重重，但毕竟是可能的，而集体之间的宽容根本就不可能"①。1949 年后，文艺界的宗派主义思想不但没有随着新中国的成立而消

---

① ［法］古斯塔夫·勒庞:《革命心理学》，佟德志等译，吉林人民出版社 2004 年版，第 18 页。

失，反而随着各种运动有愈演愈烈之势。非解放区的作家不断被排斥，有的还被无端打击，胡风案就是一例。在宗派主义者眼中，敌人绝不是个体的存在，也一定是有派别的。所以在对其批判时一定要为他找到合适的伙伴，使之成为一派。作为当年有一定声望的作家、鲁迅的学生，加上"《文化报》事件"的影响，萧军成了合适的人选。

1955 年，胡风被钦点为"反革命集团"的首犯，被认为是"宗派主义首领"。在将胡风定为反革命分子的同时，毛泽东指出"许多反革命分子'深入到'我们的'肝脏里面'来了，这决不只是胡风分子，还有更多的其他特务分子或坏分子钻进来了"①。胡风案被毛泽东的讲话扩大化的同时，许多其有来往的人作为胡风分子被牵扯进来。萧军虽然没有被定为"胡风分子"，但是由于他和胡风都是鲁迅上海时的得意的弟子，个人之间又有深厚的友情，兼之胡风被捕时，"万言书"的一部分还在萧军那里，所以萧军也被牵连。办案人员要求萧军写文章表明对胡风的态度，萧军则是坚决不写。他认为胡风不是反革命的理由是："我相信自己是忠于人民，忠于共产党。热爱苏联，而东北局却给我一个'反苏，反共，反人民'的'结沦'，这是不能不使我对胡风事件怀疑的；从延安整风，有若干无辜的人被宣布为'特务'，而结果是好人，这不能不使我怀疑。在我和胡风接触过程中，我没有发觉过他有什么露骨的反革命言论。"② 萧军不合作的态度激怒了当时的办案人，不久在 9 月份第 17 期的《文艺报》上便刊登了黄沫的署名文章《一页斗争的历史——批判萧军反动思想的介绍》，将萧军和胡风案联系起来，企图借此攻击萧军。由于缺乏与胡风案有关的实际证据，加之办案人对"老牌反革命分子萧军"似乎并不十分感兴趣，此事后来不了了之。

胡风事件过去后，"《文化报》事件"对萧军的影响并未结束。在"东北事件"过去后的第 10 个年头，旧事再被重提，一场更大的

---

① 毛泽东：《〈关于胡风反革命集团的材料〉的序言和按语》，《毛泽东选集》第 5 卷，人民出版社 1977 年版，第 164 页。

② 萧军：《萧军全集》第 20 卷，华夏出版社 2008 年版，第 726 页。

批判浪潮又将萧军卷了进去。

1958 年，因"丁玲、陈企霞反革命集团"，萧军及其《文化报》再次被翻出并批判。同萧军的"三反"罪名、胡风的"反革命集团"一样，丁、陈的反革命罪名一样是莫须有的。延安时期，丁玲和萧军曾同罗烽、王实味等人提倡写暴露黑暗的杂文，并引发过有关"暴露黑暗"还是"歌颂光明"的争论，"暴露黑暗"一派曾经被批判过，虽然丁玲当时及时转舵，但还是给人留下了话柄。在对"丁玲、陈企霞反革命集团"的批判中，丁玲的延安旧事被重提，而作为当事人的萧军这次自然又没有被放过。1958 年，以《文艺报》为批判阵地的"再批判"运动中，不仅延安"暴露黑暗"之事被翻出，就连《文化报》的往事也再次被提起，萧军也因此又"光荣"地成为了一次"丁玲、陈企霞反革命集团"的成员。这次批判中对萧军和《文化报》的批判文章主要集中在《文艺报》上，作为对萧军思想和《文化报》的"权威发言人"，严文井和公木在这期《文艺报》上发表了《萧军文艺思想再批判》一文。文章回顾了延安和哈尔滨时期对萧军的批判，并老生常谈般逐条对萧军的反动罪名进行了重批。该文称，"15 年以前，萧军和丁玲、王实味、罗烽，陈企霞等人，勾搭起来，结为帮伙，在延安曾放出一批毒草。此后他们又时分时合、时合时分，或明或暗、或暗或明，在若干年中，进行了一系列的反党活动，成为屡教不改的反党分子"[①]，所以对萧军及其《文化报》来做一次再批判，不仅有意义，而且也有必要。这篇文章中对哈尔滨和《文化报》的批判没有任何新的内容，完全是旧事重提。将萧军和"丁陈反革命集团"联系起来的证据，更是满纸谎言。其实，在延安的"暴露黑暗"和"歌颂光明"的论争中，陈企霞作为《解放日报》的编辑基本没有直接参与，那么他是怎么和其他人勾搭起来结伙的呢？说丁玲和萧军在一起成帮派共同反党更是不实之词。因为萧军在1941 年 4 月 1 日的日记中记载同丁玲的关系，"如今我们成了仇

---

① 严文井、公木：《萧军文艺思想再批判》，《文艺报》1958 年第 7 期。

人"①，也正是丁玲在1948年从东北回北京后给毛泽东的信中谈到萧军在"东北闹恋爱"。同萧军在"文革"中为丁玲辩诬不同，整个"《文化报》事件"过程中丁玲虽未直接批判萧军，但也从未替萧军说过一句好话。这种关系又怎能使他们合伙进行反党活动呢？这篇文章无中生有、上纲上线，不顾实际地再次对萧军展开批判。

　　"再批判运动"中除了对萧军文艺思想的专门批判外，李希凡和马铁丁还批判了萧军的具体作品。李希凡在《萧军的"布尔巴"精神的再现》一文中对萧军的长篇小说《五月的矿山》进行了严厉的批评。李希凡认为，"从《八月的乡村》以后，萧军就没有写出过什么受到欢迎的作品，从津津有味地大写其和时代游离的胡子文学——'第三代'（最近又续写成两卷集的《过去的年代》），到去了革命圣地延安以后，又和丁、陈集团的反党分子们混在一起，写出了《论同志之'爱'与'耐'》之类的杂文，恶毒地攻击党，攻击革命的同志关系。并且在他所办的《文艺月报》上，配合丁、陈反党分子，发表了不少攻击革命的文章，提出所谓'暴露黑暗'的创作口号"②。萧军就是在靠鲁迅混日子。对于《五月的矿山》，李希凡认为"哀伤的基调"贯穿了小说的主题思想。在萧军自我扩张的"布尔巴"精神的笼罩下，不仅社会主义的人际关系、社会主义的劳动竞赛被歪曲了，就是工人阶级的品质也被歪曲了。为了把萧军和"胡风反革命集团"联系起来，李希凡生硬地将《五月的矿山》中的工人形象和"胡风分子"路翎的《青春的祝福》中神经质的工人放在一起比较，从而得出他们都是借工人阶级的形象外衣来宣传反动思想的结论。对萧军作品进行批判的另一篇文章是马铁丁的《斥〈论同志的"爱"与"耐"〉》，这是一篇纯粹的"再批判"文章，主要是对萧军延安时期杂文的批判。文中马铁丁指出萧军的《论同志的"爱"与"耐"》是为国民党说话，"其反抗的呼声""当然不是反抗国民党，而是反

---

① 萧军：《萧军全集》第18卷，华夏出版社2008年版，第402页。
② 李希凡：《萧军的"布尔巴"精神的再现》，《萧军思想批判》，作家出版社1958年版，第92页。

抗共产党,不是反抗旧社会,而是反抗新社会"。认为萧军的"耐"有两层意思,"一层是反党、向党进行斗争,要顽强、要'耐'……萧军'耐的'又一层用意是:先在党的领导者脸上抹上白点,把他丑化,然后迫着党向资产阶级个人主义思想缴械投降"①。在文章中,马铁丁指责萧军宣扬的是代表资产阶级个人主义的反党思想。从这两篇文章中可以看出,在那个阶级斗争扩大化的年代里政治话语的权威是绝对至上的,在批判斗争中对文学作品的批评完全可以不按照文艺理论来评价,文学的批评标准只能从属于政治标准。

尽管萧军擅长孤军奋战,但是《文艺报》的批判阵营却是极其强大的,批判者也不给他任何论争的机会。"一个习惯于用推理和讨论的方式说明问题的人,在群体中是没有地位的。当面对汹汹群情时,他尤其会生出苍白无力的感觉:他意识到他要与之作对的,不仅仅是一种错误的行为,而且还有'多数的力量',还有贯彻这种行为时的偏执态度。"② 面对这样强势的攻击,萧军的反驳则显得软弱无力。他只能通过给相关领导和部门写信来解释和重现历史真实,为洗刷自己不白之冤而努力。从1951年开始,萧军就不断地给毛泽东、周恩来、邓小平、刘少奇、彭真等党和国家领导人写信反映当时的历史情况,请求政治平反。萧军从没有承认过自己"反党、反苏、反人民",他认为:"就这两家报纸论争的性质来说,也还是属于人民内部思想论争的问题。也只是对于一种问题,两样看法,两种主张,所持有的两种不同的态度而已。"③ 对《文化报》的批判,"并非同志式的实事求是,与人为善,惩前毖后,治病救人的态度、企图和目的,而是要'一棍子打死'、'攻其一点不及其余'别有用心的政治陷害性的'批判'……以'同志'之名,而阴行了非同志之实的'批判'。以'维护'革命利益之名,而阴行了损害以至破坏革命利益之

---

① 马铁丁:《斥〈论同志的"爱"与"耐"〉》,《文艺报》1958年第2期。
② 〔法〕古斯塔夫·勒庞:《乌合之众——大众心理研究》,冯克利译,中央编译出版社2000年版,第12—13页。
③ 萧军:《萧军全集》第16卷,华夏出版社2008年版,第19页。

实的'批判'。我可以接受任何批判，却不能接受任何污蔑和政治陷害性的'批判'"①。在给周恩来、邓小平等人的信中，萧军都附上了"《文化报》事件"的说明材料，详细地叙述和介绍了事情的经过。

"《文化报》事件"为萧军带来的影响是巨大的，既有精神上的又有肉体上的。新中国成立后几十年中只要有运动，萧军就会被拉出来批斗。在"文革"中，曾和老舍、骆宾基、荀慧生、白芸生等文艺界知名人士在北京孔门被毒打，不仅自己被关进牛棚，受尽种种迫害，就连家人也被牵连。萧军的儿子萧明就曾经被毒打至休克，几乎被送到火葬场焚为灰烬。然而生活的磨砺已经使萧军真正成熟，不再如年轻时一样冲动了。他坚信自己是清白的，也坚信共产党会给他平反，还一个真实的萧军给人们。32 年来萧军不断写信上访，时时刻刻地都在为还原历史真实，找回自身清白而努力。

1980 年 4 月 1 日，萧军及其《文化报》在经历了一次次的"朝花夕拾"，一回回的恶意把弄玩味，一轮轮的陪绑批判之后终于迎来了期盼已久的时刻。这一天，由中共北京市委政治部、宣传部下发的，经中共中央政治部宣传部批复的《关于萧军同志的复查结论》被送到了萧军手中。"复查结论"肯定了萧军拥护中国共产党、拥护社会主义，是一位有民族气节的革命作家，为人民做过不少有益的工作。指出：

> 1948 年东北局《关于萧军问题的决定》，认为萧军"诽谤人民政府，诬蔑土地改革，反对人民解放战争，挑拨中苏友谊"，这种结语缺乏事实根据，应予改正。1958 年 2 月《文艺报》"再批判"的《编者按语》中，说萧军在延安与某些人"勾结在一起，从事反党活动"，这种提法，与当时的实际情况不符。文化大革命中将萧军同志作为"老牌反党分子"关押、批斗是错误的，应该平反。1967 年阶级异己分子姚文元在《评反革命两面派周扬》的黑文中，定萧军是"反党分子"，这种诬陷不实之词

---

① 萧军:《萧军全集》第 15 卷，华夏出版社 2008 年版，第 280—281 页。

应予推倒。其后，某些出版物中沿用萧军是"反党分子"的错误提法，不足为据。现应为他恢复名誉，使萧军同志重返文坛，发挥所长。①

终于，戴着32年"反党、反苏、反人民"帽子的"文物"得以"出土"重见天日，而此时的萧军已是一位73岁高龄的老人。

———————————

① 参见中共北京市委组织部、宣传部1980年4月21日下发的《关于萧军同志问题的复查结论》。

第五章

"《文化报》事件"引发的思考

　　毫不夸张地说，发生在 1948 年的哈尔滨"《文化报》事件"在中国现代文学史上具有跨时代意义。若单从解放区这条线索来看，对萧军的批判上接到延安时期的"王实味事件"，下连到对胡风和丁玲、陈企霞的批判，这几个事件的主人公都被冠以"反革命"罪名。如果说延安时期文艺界的整风、审干和抢救运动是"前文革"① 的话，那么对萧军及其《文化报》的批判就属于从"前文革"到"文化大革命"这个过渡进程中的第一个阶段，是这一系列思想批判运动链条中的关键环节。它继承了延安文艺批评政治化的标准，见证了主流政治话语对文艺的霸权，为后来的政治文化批判斗争提供了样本，是新中国成立前解放区文艺界最后一次重要思想论争。尽管"《文化报》事件"已经过去 50 多个年头，但揭开那段尘封的历史，透过事件本身仍能带给我们无尽的思考，它所引发的反思对中国现代文学史有着不可替代的现实意义。

　　今天看来，造成"《文化报》事件"的原因是多方面的，这其中既有表层浮因又有深层积淀，既有现实矛盾又有历史恩怨。表面上看，造成这一事件的原因是萧军和党内文艺界个别人的历史恩怨，造成这些历史恩怨的冲突主要有两次：一次是延安时期因"王实味事件"发生的冲突，另一次是哈尔滨时期因秦友梅恋爱事件发生的不快。这两件事使萧军和党内文艺界关系一度紧张，也因此与一些作家结怨。两次事件中，丁玲、周扬、凯丰、严文井、宋之的、白朗、罗烽、金人、舒群、草明等都和萧军发生过不愉快的争论，为后来的两

---

① 黄昌勇：《王实味·野百合花》，中国青年出版社 1999 年版，第 267 页。

报论争埋下了伏笔。对于那些个人恩怨现在已经很难评说孰是孰非了，但需要注意的是所有的这些冲突和纠纷都和萧军的性格有关。萧军讲义气、重感情、敢爱敢恨、敢说敢当，同时性格暴如烈火、疾恶如仇、我行我素、抱打不平，这些既是他的优点又是缺点。可以说，如果没有这种新英雄主义的性格就不会发生后来的"《文化报》事件"。但若没有这种独特的个性，萧军也不会坚守从五四运动中继承得来的知识分子独立品性，萧军也就不是萧军了。在萧军身上，"性格即命运"这句话得到了极好的验证。

从深层来看，引发"《文化报》事件"的原因则复杂得多。这其中既有党为了建立东北解放区新的文化秩序而刻意对东北知识分子的改造，又有延安文学对东北地域文学的改造。在进行这两类改造的过程中，又掺杂了以封建行帮意识为中心的宗派主义思想因素。所以，个人恩怨只是表面原因，性格因素只起催化作用，而起决定作用的乃是隐藏在表层下面的党内宗派主义作风以及对东北新文化秩序的构建需要等原因。

第一节　一体化的文学构架：延安文学对东北地域文学的改造

1942 年是中国现代文学史上一个重要的转型时期，"是中国共产党的文化思想和体制的形成时期，这种形成对整个 20 世纪后半期的文化状态具有决定性的意义"①。这一转型主要以毛泽东《在延安文艺座谈会上的讲话》（以下简称《讲话》）为标志，主要表现在以下两个方面：一是文学创作指导思想的转换，二是文学服务对象的转变。在文学创作思想方面，五四时期的文艺思想已经不再适合当时革命形势的需要，继承了马克思主义思想并将其"中国化"的毛泽东文艺思想已经成熟，这种转换便成了必然。经过转型，马列主义在中国新文化中的正统地位得以确立，文学创作的指导思想得到集中和统

---

① 李书磊：《1942 走向民间》，山东教育出版社 1998 年版，第 1 页。

一，文学"表现革命"成为唯一的主题。转型的另一个表现是文学服务对象的转变，既然表现革命是文学的唯一主题，接下来就是解决表现什么人革命的问题。毛泽东在《讲话》中明确地指出文艺是为工、农、兵服务，即表现的是工、农、兵的革命。但是接下来又提出了文艺批评的标准，将政治标准定为第一。可见，文艺服务的对象是被政治化了的工、农、兵。《讲话》之后，对王实味的批判和审干、抢救等运动帮助延安知识分子阶层克服了自身小资产阶级的劣根性，丢弃文人的浪漫情怀，纠正"先作文人，后入党"的不正确观念，完成了对知识分子的思想改造工作。到1945年前后，延安解放区的集政治化、实用化、革命化于一体的新的文化秩序形成了。

1946年，延安的革命文化机构和文艺团体集中转移到了东北，延安文学和东北地域文学在哈尔滨交汇。因延安文学比东北地域文学更具革命性，并且以《讲话》作为指导，这就赋予了延安文学一种无可争议的合理性和正统地位。根据东北革命文化的需要，延安文学对东北地域文学的各个分支进行整合和改造，并将之纳入新的革命文学体系中。哈尔滨"《文化报》事件"在剔除其中的宗派主义因素后，可以看成是延安革命文学对东北地域文学的改造，是改造运动中的一个重要事件。

一、东北地域文学

东北地域文学是一个宽泛而复杂的概念，主要指东北文学，具体包括东北古代文学、东北近代文学和东北现当代文学三个部分，因地域性特征明显而被称为东北地域文学。作为东北地域文学的现代化阶段，东北现代文学又分为东北新文学、伪满十四年文学和哈尔滨解放区文学三个时期。本书为研究需要截取东北现代文学中东北乡土文学作为东北地域文学的样本，来分析延安文学对东北地域文学的改造，这里所提到的东北地域文学是特指20世纪三四十年代的东北现代文学中的乡土文学。

东北现代文学是中国现代文学的组成部分，也是受五四文学影响而发展起来的。但是由于历史和地理因素，东北文学的发展要较关内滞后，所以东北新文学的起步也较全国要晚一些。最早在东北文坛拓荒播种下新文化思想种子的是一些五四运动的参与者杨晦、穆木天等人，后来加入的有李辉英、刘政同、王卓然、梅弗光、靳以、巴来、安怀音等。他们通过创办社团和报刊来宣传五四新文化，将五四启蒙文学思想传入东北。通常认为，1923年之后"白杨社"和"启明学会"的创立，是"东北文坛新文学运动第一次具体的表现"①。这一时期的东北新文学主要是继承了五四文学传统的乡土文学，它宣扬个性解放和反封建的主题，提出民主和科学的新思想，启蒙性较强。然而东北新文学由于是"脱胎于东北文化比较落后的素质，缺乏文学作为一种社会功能和导向人生的作用"②，同时又远离社会现实，所以发展十分缓慢，直到1930年左右才达到东北新文学的"高峰期"。可是就在东北新文学刚刚迎来它的"文学革命"高峰期的时候，"九一八"事变爆发了，东北新文学不得不带着尚未冷却的五四精神传统的热度，跨入到伪满十四年文学（沦陷区文学）时期。

伪满文学是东北现代文学的主体部分，相当于中国现代文学的革命文学发展时期，也就是说它是直接从文学革命进入到革命文学的发展阶段。在东北沦陷区，由于"特殊的殖民地生活和社会条件、特殊的历史传统和风俗习惯、特殊的地域文化和创作主体心态决定了反映这一时期生活的文学的特殊性和复杂性"③。这一时期的东北现代文学地域性特征仍然非常突出，因为除了东北本土历史文化的软环境之外，被日本占领本身就是一种独特的地域特征。因此，东北地域文化的成分变得更加复杂，悠久的东北关东文化又被植入了部分俄、日、朝文化因子。在这文化体系中，关东文化的粗犷豪放、俄日朝文化的反抗叛逆、传统封建迷信思想的迂腐和殖民文化的奴化思想混合在一

---

① 张毓茂、阎志宏：《论东北沦陷时期小说》，载冯为群等《东北沦陷时期文学国际学术研讨会论文集》，沈阳出版社1992年版，第2页。

② 李春燕：《文学的沦陷和沦陷的文学》，载冯为群等《东北沦陷时期文学国际学术研讨会论文集》，沈阳出版社1992年版，第42页。

③ 张毓茂、阎志宏：《论东北沦陷时期小说》，载冯为群等《东北沦陷时期文学国际学术研讨会论文集》，沈阳出版社1992年版，第3页。

起，形成了一种多元并存的独特文化存在。这种多元文化在文学上的显著反映就是具有反抗精神的乡土文学，再加上伪满文学继承了东北新文学的五四精神传统和乡土文学的特征，所以伪满文学实际上是五四精神指引下的反日文学和乡土文学。当然，文学作为一种文化意识存在并不可能真正的统一。所以在伪满十四年文学期间除抗日文学外，汉奸文学也是有的，但是毕竟是少数。文学的主体还是以比较隐晦的抗日爱国的东北乡土文学为主，这是伪满时期对"王道文学"的积极抵抗。

与五四新文化运动不同，伪满文学虽然秉承五四精神传统，但在创作方法上却主要以坚持写实的现实主义为主。这里受特殊殖民环境的影响，浪漫主义和现代主义创作较少。即使是浪漫主义创作，也是与浪漫主义在本质上大相径庭的反封建、宣传自由的无产阶级的浪漫主义，在这一时期暴露社会黑暗，反映东北人民苦难生活的作品极多，"二萧"的小说集《跋涉》，罗烽的新诗《晒黑了你的脸》，金剑啸的诗歌《哑巴》、《兴安岭的风雪》等，都是这时期比较有影响的作品。继萧军、萧红、罗烽、白朗、舒群等东北作家群等重要作家之后，山丁、秋萤、田贲、袁犀、关沫南等又举起了现实主义乡土实践的大旗。他们提出描写现实、暴露黑暗，与"写与印主义"论争，相继创作了大量反映"乡土的悲剧"和"囚徒的悲歌"的作品：如山丁的小说《绿色的谷》、《山风》、《乡愁》，秋萤的小说《小火车》、《矿坑》，袁犀的小说《泥沼》，关沫南的小说《两船家》、《地下的春天》，陈隄的小说《离婚》和《结婚》等。这些作品从不同的角度批判了所谓"王道乐土"的黑暗和人民对日伪的反抗，具有批判现实主义和革命现实主义色彩。1941 年 1 月，伪满洲国国务院弘报处颁布的《艺文指导要纲》中提出"八不主义"，并对抗日反满的进步作家、左翼作家进行大肆迫害。虽然时局不安、处处白色恐怖，但山丁、袁犀等沦陷区作家仍采取曲折的斗争方式坚持创作同殖民文化做斗争。伪满时期的乡土文学作品反映沦陷区人民的现实生活，表达了人民反抗日本侵略的民族精神，它坚持五四现实主义文学传统，拒绝被"殖民文艺"奴化，奋力与殖民文学和封建旧文学坚持了 14

年的斗争，直至 1945 年东北解放。

光复后，东北本土作家创作热情高涨，东北国统区文学又获得了新生。正如姚远在《十四年的小说和小说人》中所说："假如过去的是含绚未放的花蕾，那么，相信今后定会苞烂地开放起来。……未来的工作正在等待着我们，我们的热力，是向往这工作的，我们的灵魂，愿为这工作而献出的。"① 然而这时的东北文坛却缺少发表文学作品的阵地，因为伪满时期的许多刊物都已经停刊。为了突破眼前充斥于文学界的混沌状态，《东北文学》于 1945 年在长春应运而生。在创刊号上，编者明确地提出"本刊既不是为某部分人垄断的同人杂志，它也不是为某个团体专属的宣传刊物。它广泛的有待于从各角落各方面掷以协力，而是东北爱好文学，并在为文学献身而工作的，同路者的总集体；它的发展和拓进都有待于深湛了解我们的同路者伸出热情的援手"②。这既表明了《东北文学》的自主特征，也彰显了当时文艺界的良好风气。《东北文学》的创刊号集中发表了但娣的《血族》、朱缇的《小银子和她的家族》、舍黎的《吕干娘身边底人们》、庐苓的《泡沫》、韦长明的《诱惑》、李克异的《狱中记》等小说，此外还有张文华的《胜利之歌》、田兵的《黄尘》等诗歌，庐苓的《勿忘草》、乙梅的《弥补》等散文。这些作品题材广泛、形式各异，反映了光复后的东北生活现实，产生了较大的影响。

这一时期的东北地域文学总体上是积极进步的，然而刚刚经历了伪满 14 年伤痛的作家们，其作品中也不时地出现对伪满时期文坛存在的问题以及光复初期社会问题的反思和批评。如吴谓在《所谓伪满作家》中提到有些人光复后得意忘形，发生了"整日酗酒，玩女人，做当官的梦"③ 等不良现象。华民就在《光复与文人》中指出《新群》杂志上发生的不良现象，"竟因逼迫财主赞助不得而发文章诬陷

---

① 姚远：《十四年来的小说与小说人》，《东北文学》1946 年第 1 卷第 2 期。
② 《东北文学发刊之词》，《东北文学》1945 年第 1 卷第 1 期。
③ 吴谓：《所谓伪满作家》，《东北文学》1946 年第 1 卷第 2 期。

谩骂的事情"①。《新群》的行为给当时的"文人",尤其是经历过伪满洲生活的作家"文人"带来了一定负面影响。这种反思和批判在当时还是一种自觉文学现象,并没有被政治化,它的发生与文学自身发展规律有着直接关系,与后来"文革"结束时出现的"伤痕文学"和"反思文学"十分相似。

随着1946年哈尔滨的解放,东北地域文学迎来了一个崭新的历史时期,它也进入到了从伪满文学向解放区文学的过渡阶段。解放后的东北地域文学在创作方法上仍然坚持五四现实主义传统的"写实"本色,不再倡导"暴露社会黑暗面"而是主张"歌颂光明新生活";主题方面也从原来单一的抗日救亡主题转向了土地革命和解放战争的双重主题;作品内容也多以描写革命农民和战士为主。所有的这些转变都自觉地和毛泽东《讲话》精神保持了一致。然而在过渡过程中同延安解放区文学相比,东北地域文学的不足也开始显露出来,这主要表现在它从五四文学中继承而来的反封建和个性自由等思想已经不适合新的革命形势,从而引发了两种文化、两种文学的碰撞。在碰撞中,延安文学以其先进性、合理性和正统地位对东北地域文学开展了改造运动。通过改造,东北地域文学最终得以转化成东北解放区文学。

二、对东北地域文学的改造方法

延安文学对东北地域文学的改造是延安新启蒙思想对东北五四启蒙思想的改造,是在延安《讲话》精神指引下进行的。在新的文化语境中,贯穿东北新文学和伪满时期文学的五四精神已经圆满完成了它的历史使命,由五四启蒙过渡到延安新启蒙成为了历史的必然。延安时期的新启蒙是对五四启蒙的继承和发展,对五四启蒙有着成熟的改造经验,并且拥有延安文艺的光荣传统和宝贵经验,这些都为延安文学对东北地域文学的改造准备了条件。20世纪40年代下半期,对东北地域文学的改造主要经历了以下几个步骤。

---

① 社论:《光复与文人》,《东北文学》1946年第1卷第2期。

（一）由"伪满作家"引发的对东北地域作家的改造

光复后的东北文坛，新作家、新作品不断涌现的同时文学批评也活跃起来。这些批评文章有针对文坛不良现象的，如华民的《光复与文人》；有针对文学作品的，如对《血族》的批评等。这其中影响较大的是1945年《东北文学》上关于"伪满作家"的争论，这是一场关于伪满文学性质以及沦陷区作家属性的论争，也是光复后文艺界第一次有影响的文艺论争。

论争是由要望在《光明日报》"星火栏"发表的一篇文章《我读了东北文学》引发的。这篇文章对但娣的小说《血族》从作家和作品两个方面进行了批评。对于作品，要望认为小说《血族》含有"奴化思想"，因为作品中的人物"哥哥"羡慕日本人家的鸡肥大，并在作品中使用了"日满协和语"。要望批判作品"眼睛被毒害得太厉害，拿着奴化思想来欺骗读者"①。对于作家，要望认为女作家但娣是"伪满作家"。要望对于作品部分的批评但娣是可以接受的，因为这属于文学论争的范畴，可是对"伪满作家"的名号，但娣做出了强烈的反抗。在《东北文学》新年号上，但娣发表了《关于奴化思想和伪满作家——质之于要望先生》一文，回答并反驳了要望对《血族》的两方面批评。但娣先解释了作品的创作背景是伪满时期，这时因政治环境是不能在作品中过于深刻地显露出反抗的意味来，但是在《血族》中这种反日的思想是完全可以看出的，这样写是为了反映真实的事情并不是奴化的思想。至于"哥哥"羡慕日本人的鸡，这样的描写是和后面自己家的鸡比较来写的，是为了写日本人在东北对中国人的剥削。对于称呼自己为"伪满女作家"，但娣认为自己在伪满时日本人都认为根本不够称为"满洲作家"，况且伪满作家"是要依据着我的作品而决定的，而我的作品是否伪满的东西，却又要依据我作品的内容而决定的，假如作品的内容并不是属于伪满的东西，而因为我在伪满的报纸上发表了，硬给我按上伪满女作家的名词，这

---

① 要望：《我读了东北文学》，《光明日报》1945年12月9日。

恐怕有些不合公理吧"①。

　　除了但娣的文章外，还有一些作家著文对要望"伪满作家"的提法表达了自己的看法。金华的《不是篇——质之于要望先生》是这些文章中态度较激烈、语气较严厉的一篇。在文章中，金华从"批判家不是刽子手"、"读文章不是弄义气"、"写文章不是拍电影画卡通"以及"批评不是添削或改窜"四个部分入手，对要望的观点进行了批驳。金华认为光复后文学批评的出现是好现象，但是文学批判的标准不正确，"我们的批评家已经不论作品而论作者，已经不论作者的作品而论作者的什么什么'伪'了，我们的批评家已经由文学的立场升堂入室到捏造汉奸之流的新'特务'的立场去了"②，金华认为批评家针对的应该是作品而不应是对作者的人身攻击。金华的文章通篇运用杂文的笔法，用词犀利，极尽讽刺之意味。虽是批评文章，但是面对的是同一文学阵营的评论者还是显得语气过重，在批评要望"弄义气"的同时自己也过于"弄义气"了。晓戈的《有感一题》也对要望批评《血族》提出了异议。晓戈首先从读者的角度肯定了《东北文学》的重要性，认为"《东北文学》是震动这光复后的东北文坛第一炮，它是负有东北文化振兴的一翼而诞生的"③。对于小说《血族》，晓戈以读者的身份对要望的误读进行了反驳，其观点与但娣大体相同。在这些反驳文章中，比较理性和中肯的当数吴谓的《所谓伪满作家》一文。在这篇小文中吴谓对伪满作家的提法进行了分析，认为要望发明的新词"伪满作家"对于但娣不合适。他指出，对于但娣，称其为伪满时代的作家不合理，因为女作家现在还在创作；称为专属伪满政府的作家，又显得太荒唐；若称为协力于伪满政府的作家，但娣不是汉奸文人，又太冤屈。所以，"伪满作家"的提法不当。关于对作家的批评，吴谓给出了建议，对于经历过伪满洲国

---

①　但娣：《关于奴化思想和伪满作家——质之于要望先生》，《东北文学》1946 年第 1卷第 2 期。

②　金华：《不是篇——质之于要望先生》，《东北文学》1946 年第 1 卷第 2 期。

③　晓戈：《有感一题》，《东北文学》1946 年第 1 卷第 2 期。

的作家,即使有过写拍马文章的经历,"也应该理解他们所站的地位和环境,而不苛责他们,我们只应该以热情的期待,要求他们以后给我们读到真有灵魂的作品,要求他们为这深渊中(既已光复,就不应该用此字样,但看眼前的内乱,实出于自然)的大众,呼吁几声,以唤起为政者们的觉醒。"① 吴谓的文章尽管也是以反驳为主,但是对"伪满作家"的解释和分析相对得当,并在文中提出了对经历过伪满时期作家的应有态度。他的文章可以看作对"伪满作家"争论的一个总结。

《东北文学》上关于"伪满作家"的论争与《文化报》论争的开端非常相像,都是由一方的一篇文章引发的对某一个问题的争论,如《生活报》的《今古王通》之于《光明日报》的《我读了东北文学》。而在对问题的讨论开始后,问题提出者却销声匿迹了。关于"伪满作家"的争论结果并没有形成一致的意见,最后不了了之。但是这一概念却留存下来,并引发了后来解放区对"伪满作家"的改造。值得注意的是,在论争中已经开始显现出文学政治化的倾向。1948年袁犀(李克异)发表了《网和地和鱼》,随后便受到以周立波为代表的党员作家的严厉批判,继而在"文工会"上散发了一份所谓的"伪满作家"名单,袁犀、山丁、秋莹、田兵、朱媞、陈隄等人都在其上。这是继要望提出"伪满作家"称谓之后,解放区文艺界第一次借用这一称号。

对"伪满作家"的改造,开始于东北解放初期的新文化运动。萧军的《目前东北文艺运动我见》中就曾提出"改造旧部",这"旧部"就是指有伪满洲国生活经历的作家。萧军在文中说:"这些人的枪或笔,过去可能是为反对人民而使用的,为麻痹、堕落、奴化……人民而使用的,在今天,如果他们诚心诚意要为人民而使用他们底技术,这应该欢迎。而且应该以大力来帮助这些战友们获得他们底新生,也要使他们成为终生为人民服务的新型英雄主义者或英雄们。"②

---

① 吴谓:《所谓伪满作家》,《东北文学》1946年第1卷第2期。
② 萧军:《目前东北文艺运动我见》,《东北文艺》1946年第1卷第1期。

这里，萧军虽称这些作家为"旧部"，但却站在历史的高度来审视他们的过去，并没有歧视他们而是将其看成"战友"，这既表现出萧军对东北作家的理解，同时也代表着东北解放初期文艺界对东北地域作家的宽容。对待同一问题，金人在《东北文艺》第1卷第2期的《和群众结合起来》中也提出，"必须用新的内容和形式去改造那些旧东西，以便来提高广大群众的文化修养。还要竭尽力量帮助旧戏，洛子，大鼓书及其旧艺人改造"[①]。此外，张如心、张松如、陈先舟、周立波等人都提出过对旧作家、旧艺人和旧文学的改造。在这些作家、艺术家的倡导下，东北新文化运动中提出了"土地还家"和"艺术还家"的口号，著名的"新秧歌剧"运动就是"艺术还家"运动的开端。

在对东北本土的所谓"旧作家"和旧知识分子改造中，由于受极"左"思想的影响，曾经出现过对知识分子改造的错误认识。一些文艺工作者将伪满文学不加区分，一律归为"汉奸文学"，认为：

> 由"文艺服务于政治"的概念出发，形成思维定势。对这一时期的文学全盘否定，一笔抹杀：如"东北沦陷区的作家是同'异族强权政治'结为一体，并为其服务的"。[②]

将"伪满作家"定为汉奸作家，继而进行打击。甚至对出身是小资产阶级和地主阶级的学生知识分子也一样对待，引起了东北知识界的混乱。这一时期东北本土作家的创作积极性受到了打击，作品数量大减，各类刊物报纸上刊载的文章，主要出自延安作家和其他解放区作家之手。为了纠正这种错误认识和行为，中共中央东北局在1948年1月15日及时下发了《关于东北知识分子的决定》（以下简称《决定》），《决定》指出：要"中国共产党对待知识分子的政策：一

---

①　金人：《和群众结合起来》，《东北文艺》1947年第1卷第2期。

②　秋莹：《关于东北沦陷时期乡土文学的争论》，载冯为群等《东北沦陷时期文学国际学术研讨会论文集》，沈阳出版社1992年版，第123页。

贯的是采取争取、教育、改造的方针，引导他们前进，引导他们与工农兵结合，为工农兵服务，重视他们在革命中及在各种工作中的作用"①。《决定》指出对改造知识分子不应盲目根据出身成分来划定，批评了党内文艺界对待知识分子的简单"洗刷"行为，强调"洗刷"只能对那些无法改造的人使用。为了争取和团结广大党外知识分子，1948年7月3日，中共中央发出《关于争取和改造知识分子及对新区学校教育的指示》，明确指出争取和改造知识分子是我党的重大任务。这两个文件重申了党对知识分子的政策，纠正了对知识分子改造中出现的错误倾向，将解放区对作家的改造拉回到正确的轨道上。

（二）解放区优秀作家和作品的榜样作用

将优秀的文学作品树立为解放区文学的榜样，是对东北地域文学改造的又一措施。这一时期东北解放区文学的主要任务是宣传土地改革、支援解放战争，在"为工农兵服务"方向的指引下，一大批来自延安等解放区的作家依照《讲话》精神，创作了大量反映土改和解放战争的作品。这些作品坚持现实主义创作精神，反映现实、歌颂新生活，既起到了为工农兵服务的作用，又成了东北地域文学模仿的样本。

东北解放后，一大批全国知名的作家、艺术家都汇集到这里，他们有丁玲、萧军、田汉、洪深、周立波、宋之的、刘白羽、许广平、塞克、草明、雷加、师田手、金人、陈学昭、戈宝权、李尔重、罗烽、舒群、白朗、马加、黄钢、张庚、周洁夫、华山、公木、严文井、张松如、安波、柳青、华君武、古之、韶华、杨耳、吴伯萧、王大化等作家、诗人、画家和戏剧家。他们以《东北日报》、《东北文艺》、《东北文学》和《东北文化》等报刊为文学阵地，创作发表了大批中长篇小说、报告文学、剧本、诗集。其中小说有周立波的《暴风骤雨》，丁玲的《太阳照在桑干河上》，柳青的《种谷记》，草明的《原动力》、《今天》，马加的《江山村十日》，杨耳的《国事痛》，罗烽的《满洲的囚徒》，范政的《夏红秋》，西虹的《在零下四十度》，

---

① 中共中央东北局：《关于东北知识分子的决定》，东北书店1948年版，第3页。

刘白羽的《战火纷飞》，周洁夫的《铁的连队》，吴伯萧的《黑红点》，陈学昭的《新柜中缘》等；散文有刘白羽的《环行东北》，陈学昭的《漫步解放区》等；戏剧有萧军的《武王伐纣》，马建翎的《血泪仇》等，这些作品反映出东北解放区文学的巨大成就。在这样的创作氛围中，受著名作家及其作品的影响，东北地域文学的作家但娣、蓝苓、田兵、朱媞、李双异、陈隄、山丁等按照解放区的写作题材创作了大量作品，如李克异的《狱中记》、《网和地和鱼》、《马的历史》，陈隄的《歪歪屯的春天》等小说，山丁的《在聂耳的歌声里前进》和《一个医生的经历》等通讯。

解放区作家的作品对东北地域文学的影响和改造不仅仅是做简单的示范，而是通过正面的榜样作用和负面的典型作用的合力完成的。正反典型作用的产生不是改造者主观上安排的，而是客观实际造成的，不同的榜样又产生不同的效果。那些可以成为正面榜样的作品，其作品主题鲜明、创作方法明确、艺术手法高超，各个方面都是东北地域文学乃至整个解放区文学学习的榜样，如周立波的《暴风骤雨》、草明的《原动力》、白朗的《棺材里的秘密》、周洁夫的《好战士》等。这些作品或反映土改斗争生活，或正面描写解放战争场面，或歌颂工人阶级的伟大力量。作品中值得学习的东西非常多，这也是优秀作家作品对东北地域文学影响的主体价值。另一方面，负面典型的作用也对这种改造起到辅助作用。

负面典型的作用是通过文学批评和文学论争的方式体现，通过论争指出东北地域文学的缺点和不足，既有利于对东北地域文学的改造，又为解放区文学的发展提供了并非全然合理的标杆和领导意志。周立波对《网和地和鱼》、《一双黑溜溜的眼睛》等小说的批判就是以土改作家代言人的身份，用《暴风骤雨》作为评价的标准来衡量的。这样做的目的一方面是对沦陷区进步作家的改造，另一方面也通过对作品的主体、内容和艺术的批评达到了对东北地域文学乃至整个东北解放区文学的改造目的。这种批评论争不仅发生在"伪满作家"身上，有时也发生在延安来的东北籍作家的作品上，如对范政的《夏红秋》的论争和对严文井的《一个农民的真实故事》的论争。这些作家虽然不属于"伪满作家",但是他们属于东北籍作家,虽然他们的创作属于延安文学范畴,但是其作品中包含着东北文化的因子,描写的是东北人民。所以对其作品的批评不是单一的文学批评,其中也包含对东北地域文学改造的味道。通过正反两方面的示范,解放区文学得以完成对东北地域文学改造过程中"怎样写"的任务。

（三）培养东北解放区文学人才

对东北本土沦陷区旧作家进行改造的同时,解放区文艺界也非常重视在东北培养扶植青年文学人才,即所谓的"新军"。对于"旧部"有改造价值的要将其变成战友使其为人民服务,不能改造的要"洗刷"出文艺队伍。东北局在《决定》中除纠正一些错误倾向外,还特别强调,"必须注意培养工农子弟新的知识分子"①。通过对东北"旧部"的改造和对"新军"的扶植,逐渐净化东北地域作家队伍,实现东北地域文学向解放区文学的过渡。

在培养文学人才壮大文艺队伍方面,主要是通过创办学校来实现的。1946年,由萧军任院长的东北大学鲁迅文艺学院在佳木斯成立,当时学院共设有文学、音乐、美术、戏剧四个系。因萧军和鲁迅文艺学院的影响,当时前来报考的东北学生非常多。山丁就曾亲自写信向萧军推荐自己的学生报考,其中"靳韬光、杨春荣、张景仪等人都成长为50年代至70年代的党的骨干力量"②和中国文化界的中坚力量。在东北的几年中,鲁迅文艺学院为国家培养了大批文艺人才。除了鲁迅文艺学院,东北局还在安东设立了白山艺术学校,学校的设置与鲁迅文艺学院相近,也是以培养青年文艺工作者为主。

不仅依靠办学校来培养文艺人才,进行短期培训和业余培训也是培养人才的一个重要途径。东北解放后成立了以东北文工一团、文工二团等为主的数十个文艺团体,舒群就是东北文工一团的团长。这些团体为文艺创作和演出的需要经常举办培训班和业余学校,由一些著名的作家和艺术家来主讲。这种培训方式虽然不如学校学习系统,但

---

① 中共中央东北局:《关于东北知识分子的决定》,东北书店1948年版,第9页。
② 陈荒煤:《梁山丁研究资料》,辽宁人民出版社1998年版,第14页。

是因为团员有着实际的创作和演出经验，所以学习效果在某种程度上还要好于学校培养。在东北解放区，通过这种方式培养的文艺人才占有相当大的比例。对青年文艺人才的培养，无论是学校教育还是业余培训，当时都是以延安带来的革命启蒙思想为主，以《讲话》精神为指导，体现了延安文艺和东北文艺思想的一致性。

延安文学对东北地域文学的改造，是两种文学发生碰撞后的一种必然现象。其改造的方法主要是作家改造、作品示范、文学论争和培养人才。因其是在党的领导下进行的，所以采取的是一面倒的思想改造方式。接受并改造良好的成了写解放区作品的作家，不接受改造或改造不了的就进行"洗刷"。改造作家是要解决"写什么"和"为谁写"的问题，所以政治方向性比较强，这从"洗刷"二字可以体味到政治化的气氛。对东北地域文学改造的重点是对原东北沦陷区作家，也就是"伪满作家"的改造。只有解决了作家的思想问题才能解决"写什么"和"为谁写"的问题，即描写解放区的新人新事、为工农兵服务的问题。然后通过作品的示范和文学作品的批评来确定文学创作的标准和文艺批评的标准，来解决"怎样写"的问题。最后即使是作家思想改造成功了，也要后浪推前浪般用新人来代替，使之变成纯正的解放区文学。这种改造作用是明显的，从1947年开始，除了早年离开东北的东北作家群作家和从解放区来的东北籍作家外，原沦陷区的"伪满作家"中只有李克异、山丁、陈隄等少数几个作家还可见作品发表，其余作家的文章已很少见诸报端。对东北文学的改造掺杂在其中的某些政治因素，"左"倾宗派主义思想都沉重地打击了东北本土作家的创作热情。确切地说，东北解放区文学繁荣可以说是延安文学在东北的繁荣，而不是东北地域文学的繁荣。

三、对《文化报》文学的改造

将《文化报》和《生活报》的论争划入到对东北地域文学的改造，主要是因为《文化报》文学和东北地域文学关系密切，二者既相似又有区别。《文化报》的文学作品许多都属东北地域文学，《文化报》所宣扬的文化启蒙思想和东北地域文学的精神传统一样都源于五四。

东北地域文学作为一种区域性文学，在整个现代文学时期所呈现出来的主体特征有两个：一个是蕴含其中的五四精神传统，一个是东北地域文学的乡土性。这种受五四精神影响的乡土文学，由于特殊的地理位置和政治环境等因素与五四运动中的乡土文学不尽相同。尽管二者都提倡现实主义，但东北乡土文学却不仅仅是"为人生"服务，也不仅仅是为了揭露国民陋习而进行"国民性"的改造。虽然反封建的任务尚未结束，但反日救亡已成为了它真正的使命。乡土文学观念的提出主要是为了反对建立"满洲殖民文学"，所以具有一定的针对性和计划性。伪满时期东北乡土文学及其相关的论争，"拨正了一度迷惘的东北沦陷区文学发展的航向。把东北沦陷区文学引导到现实主义方向上来"①。沦陷区时期东北地域文学之所以没有被日本"殖民文学"所奴化，与山丁等人对东北乡土文学的提倡有重要的关系。

《文化报》同东北地域文学具有相近的主体特征，虽有区别但大体相同。萧军创办《文化报》的宗旨就是为推广新文化运动并宣传鲁迅精神，就是要进行一场新启蒙实践。在双轨道启蒙中，五四启蒙是内道核心，共通的五四精神成了东北乡土文学和《文化报》在精神上的联系。作为一份民间性质的文艺报刊，编辑高俊武和萧军都是党外知识分子，在《文化报》投稿发表作品的作者也大都和萧军一样是非党作家或普通市民。因此，《文化报》的内容与党办刊物相比，无论在政治觉悟上还是新闻时效性上都有所落后，这是由其报刊性质以及编者和供稿者的政治身份决定的。《文化报》复刊后，因稿源紧张。萧军不得不自己变换驱遣着十五六个笔名，写下大量的社论和杂感随笔，来支撑报刊避免稿源枯竭停刊。不仅萧军不得不大量为报刊写稿，就连萧军的妻子王德芬也要经常为《文化报》翻译寓言、写些儿歌等来维系报刊的正常运行。在这种困境下，东北本土地域文学作家的稿件对于《文化报》来说无异于雪中送炭，不光解决了稿

① 董兴泉：《"五四"运动与东北沦陷区文学》，载冯为群等《东北沦陷时期文学国际学术研讨会论文集》，沈阳出版社1992年版，第117页。

件紧张问题，东北地域文学作品的主题思想、作品内容、艺术风格还暗合了《文化报》的要求。萧军的作品本身就是乡土文学，有谁能把《跋涉》、《八月的乡村》、《第三代》等作品看成中原背景下的"问题小说"呢？这些东北地域文学作家，如李克昪、关沫南、陈隄、李又然、吴晓邦、李庐湘、冷岩、姜醒民、蒋锡金等几乎都是东北籍并大都是萧军的友人。他们的作品，无论小说、散文、诗歌、评论、随笔几乎都是东北乡土文学或带有东北乡土文学的烙印。《文化报》从某种意义上讲，已经成了东北乡土文学在东北解放后的文学阵地。

《文化报》文学之于东北乡土文学，虽有相近之处亦有不同之分。毕竟萧军经历过延安思想改造，其思想不再是单纯地受以鲁迅为代表的五四精神影响，毛泽东思想对萧军也有较大的引导作用，这种双核心的思想决定了萧军的价值观和文艺观。所以，他在《文化报》上进行的启蒙不只是文化启蒙，同时也在进行着革命启蒙，这从报纸的"马克思主义研究提纲"、"中国民主革命运动大事年表"等栏目可以清楚地看出。同是乡土文学，《文化报》的作品较伪满时期的乡土文学作品的任务也发生了变化，它不再是为反对殖民文学而存在，而成为反映东北地域民俗、歌颂东北人民土地革命的文学存在。然而无论二者怎样向解放区文学靠拢，都很难符合《生活报》的革命文学标准，为了将东北地域文学纳入延安文艺体制之内，就必须对东北乡土文学进行改造，而《文化报》刊载乡土文学本身就与党改造东北地域文学的方针相背离。对《文化报》批判目的就是使乡土文学失去文学阵地，以此来达到对东北地域文学的改造。说到底，对东北地域文学的改造就是延安革命启蒙思想对五四思想的改造，两报的论争就是两种思想的斗争。表面上是一些具体文学问题的论争，而实际却是用什么思想指导创作的问题。在解放区文学改造、整合东北地域文学的过程中，对《文化报》的批判无疑起到了改造东北地域文学的作用，但是这一作用最早却并非改造者主观预想的。起初批判《文化报》只是为了同萧军争夺文化领导权和文艺阵地，而这个文艺阵地恰恰是乡土文学和延安文学都需要的。对《文化报》的批判的肇始目的并不是为打击乡土文学，但在客观上却起到了改造东北地域文学的作用，导致乡土文学失去了一个重要文学阵地，实现了延安文学对东北地域文学的改造。

一类文学对另一类文学的改造总是存在改造的合理性、必然性和时效性，这中间绝不存在偶然性的因素。对东北地域文学进行改造，将其整合到解放区文学之中的目的是为了建立解放区统一的文化秩序、统一的革命文艺体制，这种秩序和体制是符合解放战争宣传需要的，是"武的方面"① 的必要保障。东北地域文学刚刚走出伪满文学的泥淖，正处在文学的转型期，其接受改造是合理的。这一方面是文学自身修复调节机能的要求，另一方面也是接受代表文学正统的延安文学检验的需要。1946 年，延安文学在《讲话》的指导下已经发展到了成熟期，理论和实践方面都具有了较为成熟的经验，对东北地域文学的改造就势在必行了。虽然这一改造是合理的、必然的，但在党内文艺界的一些极"左"思想和宗派主义思想影响下，不合适的改造方法和改造形式也带给东北地域文学一些致命的打击。许多原沦陷区作家被定为"伪满作家"，他们也大都搁笔离开文坛，伪满作家几乎成为了沦陷区东北籍作家的名称。沦陷区文学也被称为"汉奸文学"，直到新时期才得以免冠。从这两方面看，不免使人感到有矫枉过正之嫌。虽有不足，但延安文学对东北文学改造的历史意义还是巨大的，它充分地验证了毛泽东对解放区外文学的"蚕食"策略，为即将到来的大规模的文学改造积累了经验。

第二节 统一知识分子思想：党对东北小资产阶级知识分子的改造

"历史是精神的历史，是精神对于人类集体记忆的再发现。由于精神的介入，历史才是真正可理解的。精神的指向、质量、深入的程

---

① 毛泽东：《统一战线同时是艺术的指导方向》，《毛泽东文艺论集》，中央文献出版社 2002 年版，第 4 页。

度不同，我们回顾时所目及的一切便有了不同的价值。"①"《文化报》事件"虽已成为一段尘封的历史，但带给中国现代知识分子的反思是深刻的。它不仅仅是延安文学对东北地域文学的改造，更是党对以萧军为代表的小资产阶级知识分子的思想改造，是延安知识分子思想改造的延续。这场改造的目的是为了将知识分子纳入大一统的政治文化体制之内。改造的重点是对知识分子本真状态下的独立、自由、自主精神和知识分子尊严的打击和摧毁，改造的目标则是以小资产阶级知识分子为主。

20世纪40年代，中国共产党对知识分子的改造在范围上是全方位的，包括对各个阶层知识分子的改造，这其中最主要的还是对小资产阶级知识分子的改造。延安文艺界整风时期，所有非工农兵出身的知识分子无论其政治面貌是否党员，一概被划为小资产阶级知识分子。小资知识分子的身份从此被社会认同，并陪伴他们经历了延安整风、抢救运动、三反五反、反右斗争以及"文化大革命"。将知识分子称为小资产阶级知识分子是依据毛泽东1925年所写的《中国社会各阶级的分析》一文。毛泽东在文中将自耕农、手工业主、小知识阶层都划归小资产阶级这一类，并指出小知识阶层包括"学生界、中小学教员、小员司、小事务员、小律师、小商人"②。综观全文，这里的小知识阶层即小资产阶级知识分子。如果这个论断成立的话，这应该是可以看到的毛泽东最早关于小资产阶级知识分子的论述。后来，文学家、艺术家也被收入小资产阶级知识分子中来。

一、文化精神的找寻与恪守：萧军与五四精神

不同于留过洋的那些大知识分子，也有别于五四时期的小资产阶级文人，萧军如若从经济地位和出身来看更像一个无产阶级知识分

---

① 林志贤：《五四之魂——中国知识分子精神史》，广西师范大学出版社2008年版，第2页。

② 毛泽东：《中国社会各阶级的分析》，《毛泽东选集》第1卷，人民出版社1991年版，第5页。

子。因为他不仅是农民出身而且还当过兵，他在到达延安之前生活一直很落魄、很贫苦。即使到延安后，萧军和王德芬还经常"讲着关于一些'食物'的梦"①，因此"饥饿叙事"在他的作品中是很常见的。但是萧军做过学生，不仅念过初中还读过军校。步入文坛后又长期作为报人来维系生计，所以萧军便理所当然地成为小资产阶级知识分子了。作为一名小资产阶级知识分子的萧军虽然没有亲身经历过五四，但五四的文化精神传统却深深地植入萧军的思想中，他一生都在恪守着五四知识分子的独立人格和自主品性，是中国现代文学史上为数不多能始终如一地坚守五四精神传统的作家之一，他一生都用大勇的个体精神和群体对抗。

萧军不是五四运动的亲历人，他接受五四思想的过程是间接的。诗人徐玉诺可以说是指引萧军接受五四思想的第一人，在他的推介下，萧军开始读鲁迅的作品并接触到了新文学，继而走上新文学创作之路。在传统生成上，萧军是鲁迅的继承者，为其输送五四思想血液的正是鲁迅。萧军认识了鲁迅后，"才把自己决定为一个现实主义的文学工作者"②，萧军的五四思想几乎全以鲁迅为中介而得来。他不仅学习鲁迅杂文的写法还学习鲁迅独立不群的自主品格，永不屈服的硬骨头精神。虽然萧军不能学得博大精深的鲁迅思想全部，但是这点滴的传承也让这个东北青年终生受用不尽，也成就了萧军在现代文学史上的盛名。

20世纪30年代的萧军和中国大多数知识分子一样，拥有知识分子的尊严和自信，更具有浪漫主义的激情。他们张扬个性、独立不属、热爱自由、崇尚理性、追求民主。萧军一进入文坛就处在这种五四延续下来的自由主义氛围之中，五四精神的这些特性先入为主，牢牢地镶嵌在萧军头脑里。一旦这种已经熟悉的环境消失，他便要把它当作美好的回忆在现实生活中寻找并守护。延安时期的萧军就是这样，他的行为几乎都与对五四文化精神的找寻与恪守有关。如何重建

---

① 萧军：《萧军全集》第19卷，华夏出版社2008年版，第327页。

② 同上书，第164页。

知识分子的独立性是萧军一直关注的问题，他在延安文学座谈会上的讲话就是要求知识分子的独立。他大勇者的精神、他的言行都是在恪守这一精神传统，这可以从以下的行为和事件中得到印证。

首先是高举鲁迅精神大旗。萧军一生高举鲁迅精神旗帜，在他看来坚持鲁迅精神就是坚持五四传统，正如毛泽东所说"鲁迅的方向就是中国新文化的方向"一样，他从未怀疑过鲁迅。萧军一生都以鲁迅的韧性战斗精神为武器驰骋在文学战场上并时刻在宣传鲁迅精神，创建哈尔滨《文化报》目的之一就是宣传鲁迅思想。在人生困境中萧军常听到鲁迅的呼喊，"要战斗呀！韧性地战斗啊！我的孩子！"这呼喊与其说是鲁迅的召唤，倒不如说是五四启蒙的时代号角在吹响。鲁迅之于萧军如师如父，所以当胡乔木批评鲁迅无党派的时候，萧军拍案而起与之论辩。毛泽东在整风的"讲话"里，批评了延安知识分子"暴露"倾向，反对鲁迅的杂文，将"鲁迅对'东方文明'的批判，对'国民性'的批判，对文化人的批判，对革命内部的各种'蛀虫'的批判，都给一笔勾销了"[①]。对于毛泽东的这种态度，萧军却视而不见。毛泽东讲话后，萧军第一个发言，在发言中坚持要求知识分子的独立性，这是一种操守的坚持，可见知识分子本身传统精神的强大。

其次是坚持文化批判。"知识分子永远是批判性的，对权势是反抗的"[②]，在延安，萧军除提倡"暴露黑暗"外最突出的是反权威主义的肆无忌惮的批评。延安的知识分子们崇尚理性，他们通过自身的积极参与来达到批判现实的目的。面对延安的一些不良现象，萧军、丁玲等人用杂文来"暴露黑暗"，从而引发了歌颂还是暴露之争。除了暴露，萧军这时期还大肆进行反权威主义的文化批评。这种批判也是源于鲁迅的反封建思想批判、国民性的批判。不仅写文章，生活中萧军也在践行，因延安个别不良风气他曾经多次和一些官僚者发生冲

---

① 林志贤：《五四之魂——中国知识分子精神史》，广西师范大学出版社2008年版，第161页。

② 许纪霖：《中国知识分子十论》，复旦大学出版社2003年版，第22页。

突，甚至由于追打一位官僚而被判刑。萧军的这些行为，实际是源自于知识分子崇尚理性批评的五四精神。

再次是追求独立品性。萧军对于集体化的文化生活感到无聊，他多次要求知识分子要有独立的地位，反对政治干涉文艺。在其编辑的《文艺月报》上，萧军多次透露出这种思想。延安文艺座谈会上，他在毛泽东讲话后第一个发言，建议"可能时建立一个独立的文艺出版所……可能时制定一种'文艺政策'……"① 等，就是要求知识分子的独立地位。在哈尔滨，他要用鲁迅现实的文化思想作为铲子进行挖根工作，以个人名义创办出版社、报纸也可以看作对知识分子独立性和自由的一种追求。在为中国共产党工作的 40 多年里，萧军一直保持着共产党同路人的身份，就是到了延安之后也是以"客位"自居。萧军始终徘徊在党的大门之外，不愿入党做官，最终仍是"家族"外的人。个中原因，萧军后来在《致北京文化局》的信中谈道："主要的在自己是有意识的要保有自己的小资产阶级知识分子的'王国'，个人意志、行动的思想的'自由'，不愿受组织纪律的约束，更不愿承受什么人具体的'领导'……只满足于做一个自由职业的作家，做个群众。也无意于做政治上、文艺上的领导工作是实情。"② 这封信写于"文革"期间，信中的这段表述与萧军 20 世纪 40 年代思想是一致的。从他身上我们还能看到北大"进德会"知识分子的"不入仕途、不当官"的影子。这种独立品性在当时已经很少能看到了，就连和萧军有过相同思想的丁玲此时也早已加入了中国共产党！

最后是对自由的追求。由于不适应集体生活，感觉到政治文化束缚了自身的自由，萧军多次写信给毛泽东要求离开延安到战斗的一线工作，这表明作为知识分子的萧军从来没有放弃对自由的追求。在评价萧军时，人们总是不忘说他是自由主义知识分子，这种评价是比较中肯的，然而若以此作为批判萧军的罪名恐怕就站不住脚了。这是因为：其一，萧军在延安的思想改造中已经形成了以鲁迅思想和毛泽东

① 萧军：《对于当前文艺诸问题的我见》，《解放日报》1942 年 5 月 4 日。

② 萧军：《萧军全集》第 15 卷，华夏出版社 2008 年版，第 302 页。

思想为双核心的新英雄主义价值观，这种英雄主义是革命的英雄主义，其所追求的自由要义已经远比改造之前要少得多，而在当时其自由主要表现在思想的自由和自由的思想，这本身也是延安新启蒙思想所允许的。抛却思想的自由外，身体的自由似乎又不值一谈了。其二，如果将萧军说成是自由主义知识分子，那么试问一下当时的延安有多少人不是自由主义者呢？凡是和萧军一样沐浴五四阳光成长起来的知识分子几乎都是自由主义知识分子。在中国，"自由主义的公意实际上预设了一种自由的文化——由此产生了中国自由主义的悖谬和自由主义者的困境"①，所以中国知识分子的自由主义和自由主义的本义是有偏差的。在毛泽东的《反对自由主义》文本中，自由主义的使用就完全失去了本义。追求自由是五四知识分子的本性，是五四新文化的一面旗帜，当知识分子还能保持个体独立的时候，自由是他的特征，知识分子不但可以追求自由，而且还可以拥有自由。而一旦知识分子被群体化，当个体和集体、自由和集中成为了两个对立的概念时，那么自由主义的意义也就变了，自由主义的味道发生了变化，人们看自由主义的眼光因身份的变化、角度的不同也发生了质的变化。这样被政治思想改造了的知识分子，从五四和西方学习得来的自由主义和独立品格都被打上了"伪"字烙印。因为真正的自由主义者崇尚理性，而中国人的自由却是靠武力来塑造的。

现在看来，萧军当年敢于在延安大张旗鼓地捍卫知识分子的个人精神立场，张扬五四知识分子的独立品性，追求自由是有一定的底气和心理准备的。其中原因不外乎萧军自身原因和延安的政治环境因素，从自身角度来看，起主要作用的是萧军的党外作家身份。萧军作为有着较大影响的革命作家却不是中共党员，这样的身份使萧军在表达自己思想时一直把自己放在一个共产党同路人的位置上，以朋友的身份来谏言，"和党以及党人的关系上，好了，接近一些；不好，就

---

① ［美］杰罗姆·B.格里德尔：《知识分子与现代中国》，单正平译，南开大学出版社2002年版，第412页。

远一些"①。不仅如此，萧军还拒绝毛泽东要他入党当官的建议，不入党、不当官，只做朋友，不受领导。正是这种无拘束的自由让萧军变得"无欲则刚"，敢于做一些党员知识分子不敢做的事情。萧军两次到延安，第二次是以避难为目的去的，也一直是以客人身份生活在延安，待不下就走的思想也使他无所顾忌，这也是符合萧军的流浪个性和"游侠"身份的。所以，袁犀在哈尔滨将他和党员知识分子对比时说："他们是靠政党的，你是靠群众的，他们时时怕跌，所以每一步全要量着走。你不怕跌跟头，所以你能跌，也能爬起来。"② 袁犀的话既表明了萧军与党内知识分子的不同，也透露出了党员知识分子的处境，那就是一旦知识分子进入到了政治集团之中，个体的独立性便不存在了，个人利益要自觉地服从集体利益，知识分子原有的独立品性便难以固守了。这种自身的优势条件使萧军表现出一种大勇者精神和牺牲精神，这种精神恰恰是延安党内知识分子所不具有的。萧军的这种大勇的牺牲精神在"王实味事件"中表现得淋漓尽致，尽显其批判立场而又富于道德力量的独立知识分子本色！

除个人因素外，还有政治环境的因素影响。1942 年之前，延安的政治环境对非党知识分子来说也非常的宽松，毛泽东等党的领导人充分认识到知识分子对中国革命的重要性，并多次制定关于吸收知识分子的文件，在各类讲话上也多次谈到知识分子对于中国革命的作用。在《新民主主义论》、《整顿党的作风》、《大量吸收知识分子》、《五四运动》等文章中，都有大篇幅的关于知识分子的论述，总的来说是表扬和肯定的。所以，延安大批招揽知识分子，不论学者、作家还是学生，为他们提供较高的生活条件，待遇也较党内作家优厚。宽松的环境和毛泽东对知识分子礼贤下士、以礼相待的态度，刺激了党外知识分子的创作热情，拉近了他们同共产党的距离。本着发现问题、揭露不良现象、一切为了共产党好的出发点，萧军等党外文人才敢于进行"暴露黑暗"的创作，才敢于争取知识分子独立自主的

---

① 萧军:《萧军全集》第 15 卷，华夏出版社 2008 年版，第 302 页。
② 萧军:《萧军全集》第 20 卷，华夏出版社 2008 年版，第 196 页。

权利。

　　萧军坚守五四文化精神传统本来无可厚非，但是将其放在20世纪40年代延安构建政治文化体制的大背景下则显得很是不合时宜。再加上萧军的一些行为是没有经过深思熟虑就做出来的，使得这位东北大汉显得幼稚而可爱，比如他就曾建议将"中国共产党"改成"人民大众党"，这在后来的"文化大革命"中还成了"四人帮"批斗他的一条罪证。萧军和党内知识分子虽然同样是继承五四精神传统，但对五四精神的阐释系统却不同，党内文人是用政治的话语来解释五四，而萧军所遵循的是文化的、知识分子的、有悖于政治的自我阐释。1942年"延安文艺座谈会"之后，毛泽东开始改造知识分子，开始对那些不愿意为工农服务、不愿意入党而只要当作家的知识分子，对那些重暴露轻歌颂的小资产阶级知识分子进行改造。要转变他们客人的身份将其资产阶级或小资产阶级思想改造成无产阶级思想，要他们为革命服务、为工农兵服务，要知识分子为我所用。在这场改造中，坚持知识分子独立、自由要求的萧军也被纳入其中。

二、知识分子的边缘化：不成功的改造

　　在结束党内的整风运动后，为了规范延安文化秩序重新建立适合中国共产党发展的新的意识形态，毛泽东决定对知识分子进行改造，《在延安文艺座谈会上的讲话》可以看作对知识分子改造的开始。整风的主要目的有两个，一个是否定杂文暴露黑暗的写法，主张歌颂解放区的光明并对小资产阶级知识分子身上的独立自由、自主品格和个性解放的思想加以改造，逐步在党内知识分子中树立集体大于个人的观念，彻底根除延安新的文化体制和知识分子直接的对立和矛盾，使改造后的旧知识分子能适应新的社会需求并为工农兵服务。另一个是肃清王明等留苏大知识分子在党内的残留力量。1940年3月，王明的《两条路线》一书在延安再版，这一方面"说明王明错误路线对党的严重影响，还远未肃清"①，另一方面说明党内的知识分子中还

---

① 华世俊、胡育民：《延安整风始末》，上海人民出版社1985年版，第4页。

有王明"左"倾分子。此外，必须打击大知识分子的不满，通过各个改造，利用其知识为革命工作，将知识分子变成政治驯服的工具。对不服从者进行强迫改造教育，这也是后来知识分子思想改造发展成为"抢救运动"阶段的一个原因。

中国共产党对知识分子的态度很大程度上取决于毛泽东对知识分子的态度，毛泽东对于中国知识分子的认识和看法是鲜明的，这在他延安时期的讲话中都有谈及。这几次讲话都是在 1942 年，第一次是在《整顿党的作风》中论及知识分子问题：

> 要争取广大的知识分子，只要他们是革命的，愿意参加抗日的，一概采取欢迎态度。我们尊重知识分子是完全应该的，没有革命知识分子，革命就不会胜利。但是我们晓得，有许多知识分子，他们自以为很有知识，大摆其知识架子，而不知道这种架子是不好的，是有害的，是阻碍他们前进的。他们应该知道一个真理，就是许多所谓知识分子，其实是比较地最无知的，工农分子的知识有时倒比他们多一点。①

这段讲话虽然也肯定了知识分子对于革命的重要性，表达了对他们欢迎和尊重的姿态，但实际上略带讽刺的将知识分子同工农比较，并认为他们无知而且不如工农，这和 1942 年之前毛泽东对知识分子的态度是大相径庭的。毛泽东在文中批评他们"摆架子"，嘲讽他们不如农民，这其中已经隐隐现出对知识分子的反感。紧接着在《讲话》中又这样评价和批评知识分子：

> 那时，我觉得世界上干净的人只有知识分子，工人农民总是比较脏的。知识分子的衣服，别人的我可以穿，以为是干净的；工人农民的衣服，我就不愿意穿，以为是脏的。革命了，同工人

---

① 毛泽东：《整顿党的作风》，《毛泽东选集》第 3 卷，人民出版社 1991 年版，第 815 页。

农民和革命军的战士在一起了，我逐渐熟悉他们，他们也逐渐熟悉了我。这时，只是在这时，我才根本地改变了资产阶级学校所教给我的那种资产阶级的和小资产阶级的感情。这时，拿未曾改造的知识分子和工人农民比较，就觉得知识分子不干净了，最干净的还是工人农民，尽管他们手是黑的，脚上有牛屎，还是比资产阶级和小资产阶级知识分子都干净①。

此刻，对知识分子的评价用毛泽东自己的话叫作"感情起了变化"，也就是"立场的转移"。所谓转移也就意味着放弃，放弃的是知识分子所持的独立品性和个性主义立场。这实际上是对知识分子人格和自尊的击打，所谓的不干净不是身体的不干净，而是思想情感的不干净，这种评语对知识分子的打击是致命的。在《论联合政府》中，毛泽东更是直接提出"今后人民的政府应有计划地从广大人民中培养各类知识分子干部，并注意团结和教育现有一切有用的知识分子"②。这就为知识分子设定了政治命运，因为教育常常是和改造联系在一起的。后来的历史证明，中国的知识分子一直处在改造和批判之中，直至社会主义新时期才得以真正从教育改造中解放出来。这种改造，萧军作为当事人经历了整个过程。

对知识分子的改造，因政治身份不同，改造的方式也有所不同。对于党内知识分子采取的是用党内纪律约束，以行政命令来改造。对于非党文人则是利用宣传、学习、批评、帮助或政治手段来使其改变。知识分子的改造表面上看是思想的改造，是将知识分子的资产阶级和小资产阶级思想转化成无产阶级思想，实际上是一种精神的改造。"对知识分子来说，精神意味着什么呢？精神就是独立，自主，是一种操守的坚持。精神有一种彻底性，它隐含着一种对外部的有原

① 毛泽东：《在延安文艺座谈会上的讲话》，《毛泽东选集》第3卷，人民出版社1991年版，第851页。

② 毛泽东：《论联合政府》，《毛泽东选集》第3卷，人民出版社1991年版，第1082—1083页。

则的对抗，固守也是对抗。这种否定的积极性来源于自我，因此，它不可能惧惮任何压力。"① 这样一来，对真正能恪守五四传统的知识分子的改造就显得尤为费力了。然而现实生活中并不是所有知识分子都能真正恪守这种独立、自主精神，尤其是已经政治化了的党内知识分子。在改造中，无论是党外知识分子的恪守还是党外知识分子的转变，都表现得鲜明而突出。这些转变的知识分子在经过痛苦的改造后，他们的文学从个性主义文学变成了"遵命文学"。所不同的是，鲁迅的"遵命文学"尊奉的不是皇上的圣旨，也不是金元和真的指挥刀，他尊奉的是五四时期不惮前行的前驱者之"令"，是他"自己所愿意尊奉的命令"。而延安改造后的知识分子尊奉的只有"组织"的行政命令。这样，"知识分子之所以成其为知识分子的那种独立思考及批判精神，被无条件地放弃搁置了"②。从某种意义上讲，延安的"知识分子死亡"了。

尽管思想和精神的改造是痛苦的，但经过两年多的整风，延安绝大部分知识分子都被改造成功，从旧知识分子变成了新式文人。经过改造的知识分子大体上可以分为三类：一类是何其芳、丁玲、艾青等改造成功的好典型；一类是王实味这样改造失败的坏典型；还有一类是经过改造有所改变，但是没有完全改造好的知识分子如萧军。"思想权威的确立与知识分子的改造是同时进行的。延安整风就是这样一个双向运动，也可以说是一个教化与整肃一体化的运动"③。在思想改造中效果显著的、改造成功的文人大都是对延安的思想权威人物有崇拜心理的知识分子。何其芳就是怀着无比迫切的心情来到革命圣地延安，极度崇拜党的领导人毛泽东及其思想，所以在改造中何其芳一次次批判自己的小资产阶级思想，无数次进行批评和自我批评，用马克思主义和毛泽东的讲话来洗涤自己的灵魂。这种改造是真诚而痛苦

---

① 林志贤：《五四之魂——中国知识分子精神史》，广西师范大学出版社 2008 年版，第 116 页。

② 李振声：《我是鲁迅的学生》，北京广播学院出版社 2000 年版，第 23 页。

③ 林志贤：《五四之魂——中国知识分子精神史》，广西师范大学出版社 2008 年版，第 154 页。

的，其精神的蜕变过程在他的诗歌《夜歌》中有细腻而生动的抒写。为了表现改造的成功，表达对领袖的忠诚，他相继创作了不少关于革命领袖的通讯报道。被党内外的知名人士当作知识分子改造的好典型。在这类改造好的人物中还有丁玲，因其稍早时候的关于倡导写"暴露黑暗"的杂文，丁玲和萧军、胡风、王实味一样成为被改造的重点人物，但是随着思想改造的深入，丁玲很快纠正了自己的思想跟斗争方向，放弃了原有的、曾为之坚持的知识分子立场，虚心接受改造并转型为批判者，最终将自己变成思想改造成功的代表。作为一名党员知识分子，丁玲思想改造得成功是可以理解的，"一般来说，一个被整合到政治权力中去的知识分子，就不太容易有作为真正知识分子的独立的（不同于政府的）政治立场了"①。所以，对知识分子独立立场的放弃也是她审时度势的结果，这也是真正符合毛泽东思想改造的目的。在思想改造中，艾青等党内大部分知识分子走的都和丁玲一样的道路，极少数不愿改造的经"抢救运动"继续改造或直接被"抢救"掉了。这其中，王实味就是一个特殊的例子。

王实味作为知识分子改造失败的典型，在其身上集中体现了党对知识分子改造的目的。他主观上是愿意接受无产阶级思想改造的，但是从传统生成上看，他身上的中国传统知识分子的精神气场又过于强大，这种强大超过了同时代的萧军，甚至到了他自己也难以驾驭的地步。现在回头来看，王实味当初写的《野百合花》等几篇杂文无论是出发点还是内容都谈不上反动，不过是一名忠实的党员对自己"母亲"说的几句真话罢了。聪明与迂腐本是两个不同的概念，但却同时出现在王实味身上，经历了五年多的改造，直到1947年7月被康生秘密处死时，他还抱着对党给他平反的希望，并亲手代替党中央为自己起草了一份题为"《中央组织部对王实味同志的错误及托派活动嫌疑问题的决定》"②，这个文稿凸显了王实味单纯而愚钝的文人气质。对王实味批判是当时对知识分子的独立人格的一种不尊重，为其定下

---

① 陶东风：《社会转型与当代知识分子》，上海三联书店1999年版，第17页。
② 王首道：《怀念集》，湖南人民出版社1983年版，第41页。

的罪名也是莫须有的。

让人难以接受的不是康生、周扬、胡乔木等改造运动发起者对王实味的批判，而是同王实味一同被批判的同行者反过来对他的批评攻击。随着知识分子改造的深入，对王实味的批判愈演愈烈。作为同是"暴露黑暗"的作家，最先将批判的矛头指向王实味的是丁玲，她在《文艺界对王实味应有的态度和反省》中主张直接以非人道主义、痛打落水狗的态度对待王实味。接着艾青也以《现实不容歪曲》为题发表文章，对王实味进行了极端的歪曲和污蔑。不光是丁玲、艾青两人，这时很多自身正受批判的知识分子也都通过批判王实味来向党表忠心。这些改造后的知识分子面对异端纷纷亮相，或是冲锋陷阵、大打出手，或是明哲保身、积极参与，或是无动于衷、随众而行。总之，五四时期知识分子的理性批判和道德勇气在他们身上已经消失殆尽，一旦政治化了的知识分子阶层就不会有个体的良知，有的只是政治热血激情。用萧军的话来说，就是"红之极就为黑色"①。此时，偌大个延安唯有萧军能以大勇者的精神，恪守知识分子的独立品性来为王实味说两句公道话。可见，当文化批判发展成政治批判的时候，知识分子已经很难保持自身的主体性、独立性和理性的批判性了。

作为小资产阶级知识分子的萧军，自然也参加了思想改造运动。关于思想改造，萧军在认识上是接受的，但萧军也提出了自己的看法，那就是思想改造只能慢慢进行，而不可能一步改造到位。在改造过程中，萧军积极学习整风文件，开展批评与自我批评，也取得了一些进步。然而其独特的个性致使他不愿被动转变思想，他以新英雄主义来防御强迫性的改造，最终他的思想只是部分转变。同何其芳和丁玲不同，萧军是没有被改造好的典型，和冼星海、塞克等人一样都是没有被改造成功的知识分子。中国共产党对萧军的思想改造是连续的，因不同于王实味，萧军既不是托派也不是特务分子，加上他是鲁迅的学生且在国内和国际都有一定的影响，并一度成为毛泽东的座上宾，所以整风运动中共产党对萧军还是比较客气的。但对萧军的改造

---

① 萧军:《萧军全集》第20卷，华夏出版社2008年版，第809页。

教育也从未间断，从延安开始一直到哈尔滨都在进行着，直至到"《文化报》事件"才算告一段落，这一改造的成功与否可以从萧军入党的经过为线索来加以考察。

"纪律可以改造人；一旦摆脱了它的约束，任何民族和军队都可能蜕化为野蛮的游牧部落"①。作为一个革命家，毛泽东深知纪律对军队的重要性，也了解纪律是改造人的最直接的途径。萧军从1939年到达延安后，就和毛泽东建立了比较亲密的半宾半朋的关系，两人一度走得很近。其间毛泽东曾经建议萧军入党当官，希望用党的纪律来规范和约束狂放不羁、自由孤傲的萧军。但萧军不愿入党，在他看来党员是特殊材料制成的，他说："斯大林说过：党员是用特殊材料制成的。入党，我不是那材料；当官，我不是那坯子。不行，不行，我个人主义、自由主义太严重，我这个人就像一头野马，受不了缰绳的约束，到时候我自己也管不住自己。我还是在党外跑跑吧"②。从萧军的回答中可以看出，其思想中五四知识分子的追求独立和自由的意识依然十分浓重。因王实味事件，萧军拒绝中研院代表要求他道歉的建议，因替王实味说话并宣读了"备忘录"而与丁玲、周扬等人发生论辩。丁玲的一句"共产党人的朋友遍天下，你这个朋友是九牛一毛，有没有没干系"致使萧军拂袖离席，这也导致了萧军和延安文艺界的隔阂加深。在这之后，萧军在妻子和朋友的劝说下开始有意识地接近党，并同彭真认真讨论了入党问题。彭真是比较了解萧军的，他告诫萧军入党是要付出原则的，要少数服从多数，个人服从集体。萧军听后连忙摇头表示拒绝，因为在萧军的一生中最看重的只有健康和自由两点，入党没了自由他是不干的。这样，萧军又一次留在了党的大门之外。

萧军一生坚持五四精神传统，这种隐含的对外部有原则的反抗精神与东北汉子的自我积极抗争精神相结合，使萧军从不畏惧任何外来

---

① ［法］古斯塔夫·勒庞：《革命心理学》，佟德志等译，吉林人民出版社2004年版，第189页。

② 王科、徐塞：《萧军评传》，重庆出版社1993年版，第235页。

的压力。用萧军自己的话说，"为孺子牛是可以的，但要把我这条'牛'杀肉吃，我却不干"①。所以，无论外界多大的压力，即使是因为抱不平打了程追而被延安地方法院判刑，也不能使他有些许改变。但是萧军的个性虽有为人称道的一面，也有令人难以接受的一面，那就是脾气十分暴躁。1943年延安整风进入到审干阶段，萧军一家改住中央组织部招待所，因萧军和所长发生冲突而被下了逐客令，萧军一气之下搬到延安县的刘庄，萧军成了延安文艺座谈会之后第一个深入到农村的作家。萧军在农村的这段时间非常艰苦，在冬天砍柴时还要带上孩子，既要干活又担心孩子被狼吃掉，甚至在妻子生产时连接生婆都没有，萧耘就是萧军亲自接生的。这些困难中最大的困难是粮食问题，原先政府答应的供给由小米变成了谷子，后来干脆停止了供给，这事实上等于开除了萧军的公职。边区政府的这种做法都是按照上级的要求来做的，后来，刘乡支书米德银表示，他们是特意让萧军"'吃不开'，'逼'回公家去"②，为的就是磨砺萧军桀骜的个性，改造其思想。1944年3月3日，胡乔木以路过之名看望萧军，萧军为了家小无奈主动要求回城并当场提出入党要求。萧军的这段经历确实让他得到了教训，使之认清了个人和集体力量的区别，看到了共产党之于萧军的强大，这也就是所谓萧军思想的部分转变。萧军虽然表达了入党的想法，但是回到延安后就闭口不提了，因为他"对于共产党还不能够发生爱恋的感情，仅是一种理性上的拥护和同行"③。从这段经历来看，对萧军的改造的确起到一定作用，但是仍然无法全面地将其改造成丁玲等人的层面。

东北解放后，萧军回到哈尔滨积极倡导东北新文化运动，并创办《文化报》进行新启蒙实践。这一时期党对知识分子改造已经告一段落，但对萧军来讲，他的改造不但没有结束反而仅仅是个开始。因与秦友梅的关系问题，萧军和东北文艺协会关系僵化，被迫

---

① 萧军：《萧军全集》第19卷，华夏出版社2008年版，第352页。

② 萧军：《萧军全集》第16卷，华夏出版社2008年版，第304页。

③ 萧军：《萧军全集》第19卷，华夏出版社2008年版，第439页。

到富拉尔基进行土改。这让萧军对个别党员的所作所为感到十分厌恶，于是开始静眼观看。为了缓解和党内知识分子的紧张，萧军也做过努力，希望在出版社建立党小组，自己也一度有入党的想法。萧军对于自己入党有着清醒的认识，他在 1948 年 7 月 25 日的日记中写下了下面这段话。

> 我这次决定入党有以下几点意义：
>
> 从我和共产党之间的历史来看，这是我应该走入党的时候了，否则将来只有生疏和分歧，也许将过去友情历史断送了。
>
> 从目前群众和将来全国群众来看，我这桥梁作用已到了应该撤消的时候了，因为他们可以直接跳上这革命的船了。
>
> 我这样单独存在下去，势必要造成一个特殊体系，这对于革命步调统一上将有害。①

这里谈到桥梁作用是指萧军作为共产党和党外民主知识分子之间的联系。于是萧军从齐齐哈尔回来后认真向彭真谈了入党的请求，经中共中央批准，萧军被接纳成为一名中共党员，萧军的思想改造可以看成又向前迈进了一大步。然而就在这时"《文化报》事件"发生了，萧军还没来得及过党的组织生活就彻底与党绝缘了！

"《文化报》事件"可以看成延安对知识分子改造的延续，因为：第一，《生活报》给萧军罗列的罪名本身并不成立，他们也不是要置萧军于死地，主要是为了打击萧军的威风，让萧军在党员知识分子面前低头。然而萧军誓要做一头舔着自己手掌活下去的熊，绝不低头更不会服输。这让哈尔滨党内文艺界感到无奈，最后不得不动用行政手段来对萧军进行批判。令人不解的是，仅仅两家报纸的论争，而且是思想性质的而非党内组织性质的论争，结果竟由党在东北最高组织机构出面，通过文艺界对一个党外作家来作决定。第二，有两件事需要注意，一个是萧军的入党，一个是对萧军的批判，都是报请中央后得

---

① 萧军：《萧军全集》第 19 卷，华夏出版社 2008 年版，第 275 页。

到批准的。萧军入党时，中央回电大意是：萧军思想个人主义与自由主义很浓重，本不合党的要求，但因其一直从事革命文化工作，决定接受其入党。从萧军入党这件事可以看出萧军当时在共产党内还是有一定影响的，因为如果仅是批准一名同志入党，东北局是用不着上报中央的。批判萧军时，东北局依然给中共中央打了报告，中央批复："对萧军错误思想的批判具有全国意义，同意东北局意见。"综合这两件事可以得出这样的结论，党中央和毛泽东对萧军还是非常关注的，也就是说对萧军的批判和改造不仅仅是《生活报》的事情，也不仅是东北局在支持，其背后还有中央的支持，甚至是毛泽东的意思。

20世纪40年代后期，在解放区的知识话语上，一个统一的知识界和思想界正在形成。延安时期的知识分子思想改造与哈尔滨时期对萧军和《文化报》的批判是一脉相承的。通过思想改造，萧军没有被整合到新的文化体制之内，他依然独傲地恪守着知识分子的五四传统。他没有成为脚踏文学和革命两只船的文学家或革命家，只是忠实地抱着文学这一条大腿过着作家的寂寥生活。萧军和他同时代的小资产阶级党外知识分子在被改造后退居到文学和社会的边缘，"知识分子退居边缘，传统意义上的知识分子已经整个地失去了他们存在的合法性。因为传统意义上的知识分子所赖以存在的，是一整套共同的元话语，"[1]而萧军等知识分子已经不再拥有这套话语权，他们开始沦为民间思想体系中人，成了真正的精神流亡者和文学边缘人。

回顾"《文化报》事件"，其论争已超出了文艺的范畴。论争中，纯粹的说理和论争战胜不了一套词语和套语。最后，在这场主流政治话语和民间话语的对话中，萧军被迫"沉默"而失语。《文化报》的停刊标志着两报论争的结束，也宣告了萧军的东北新启蒙实践运动彻底落幕。

"《文化报》事件"引发的思考，从客观结果上看表现为两点：

---

① 许纪霖：《中国知识分子十论》，复旦大学出版社2003年版，第19页。

第一，在文学上实现了革命文学对东北地域文学的改造。对东北地域文学的改造是我党有目的、有计划进行的，但是《文化报》和《生活报》论争中所体现出的对东北地域文学的改造结果，却不是改造者主观上有意识的行为，虽然它实实在在地起到了文学改造的作用。但是对《文化报》批判所产生的结果明显弊大于利，它严重地伤害了东北作家的创作热情，阻碍了解放区对东北文学的整合发展。第二，实现了对东北旧知识分子的改造。如果说文学改造是客观无意识的结果，那么"《文化报》事件"所反映出的对知识分子的改造则是改造者有意识的表现。通过对知识分子的改造将他们整编到新的文化体制之内，使之变成为无产阶级服务的新知识分子。当然，虽然对萧军的改造不成功，但这并没有抹杀对知识分子思想改造的成果，相反还显示了毛泽东思想的巨大威力。

综观整个"《文化报》事件"，萧军也应负有一定的责任。首先，对于一个和共产党保持若干年"同路人"关系的革命作家，甚至一度加入了中国共产党。然而在思想上却还留恋自由，不愿受组织纪律的约束，导致总是不能真正跨进党的大门。其独特的个性、孤傲的性格、暴躁的脾气使他经常得罪别人，"与个别党员之间有矛盾、有不满、有对立、有冲突、有争执、甚至有对抗"①，萧军同《生活报》的许多编辑和作者都有矛盾，同宋之的、草明、艾青、陈学昭、雷加等在延安时就不和睦，这无疑成为后来对萧军进行批判的一个原因，这种不团结的局面萧军是有部分责任的。其次，内省不足、缺少节制、遇事不冷静、不知道有问题找组织解决是又一个原因。在《文化报》创刊初期，萧军在哈尔滨影响极大，这一时期产生了骄傲情绪，说话气粗、不注意方法、没有做到谦虚谨慎，疏远了和党的距离，以至于引发他人不必要的猜忌和误会。最后，在个别问题上显得主观、片面、绝对化，有时显得不合时宜。比如为《来而不往非礼也》这篇文章改名，明显地显得政治敏感度欠缺。萧军的这些毛病和不足是客观存在的，萧军也从未回避。然而

---

① 萧军：《萧军全集》第 17 卷，华夏出版社 2008 年版，第 302 页。

正是由于萧军的思想还没有达到中共党员的标准，党的文艺界才更应该以教育帮助为主，而不是带着偏见将其置之于死地而后生，这种做法是和党的文艺政策相悖的。

"《文化报》事件"是一场人为导演的"悲剧"，重新研究《文化报》和"《文化报》事件"会引发人们深刻的反思，它能警醒人们提防悲剧重演，具有很强的现实意义。

结　语

　　新中国成立前夕，发生在哈尔滨的"《文化报》事件"是解放区文学史上最后一次重要的文学论争。是在全国解放最早的城市哈尔滨，对中国现代文学有着突出贡献的革命作家萧军进行批判而引发的一场重要的文学事件，这一事件对中国现代文学来说，具有深远的政治文化意义。

　　"我在少年时，看见蜂子或蝇子停在一个地方，给什么来一吓，即刻飞去了，但是飞了一个小圈子，便又回来停在原地点。"① 鲁迅在他的小说《在酒楼上》中借吕纬甫之口指出了"回归原点"的现象，并对其进行了哲学的思考。历史总是存在惊人的相似和巧合，原点理论始于先生之口而践于弟子之行。身为鲁迅弟子的萧军于《在酒楼上》发表24年后，用自己的亲身经历诠释并验证了"回归原点"现象的存在。这个"点"就是哈尔滨，这里既是萧军步入文坛的起点也是他文学上的重要转折点，还是其在政治上折戟沉沙的终点。哈尔滨作为萧军生命中不可或缺的精神家园，"几乎成了他断送政治生命和结束文学生涯的终结处"②。

　　放眼全中国，1948年的哈尔滨地位十分特殊。它是中国解放最早的大城市，既是当时东北亚的文化中心又是解放战争时期重要的经济、工业、军事基地，是中国共产党从延安到北京的过渡城市。这时期"过渡"成了哈尔滨的城市特征。这种"过渡"在文学方面表现为一种转型，既是现代文学的转型，即五四文学、伪满文学（十四年

① 鲁迅：《在酒楼上》，《鲁迅全集》第2卷，人民文学出版社1998年版，第27页。
② 张毓茂：《这团火这阵风》，沈阳出版社2000年版，第109页。

文学）到新启蒙文学的转型，同时又是现代文学到当代文学的转型。
是东北现代文学的结束期和中国当代文学的发轫期。此时的东北地域
文学经过延安文学的改造已经演变为延安解放区文学的分支，有着自
己独特的文学特征。过渡时期的哈尔滨存在着两种文化意识形态（主
流文化意识和民间文化意识）和两种文学（延安文学和东北地域文
学）以及两种启蒙思想（革命启蒙和文化启蒙），它们汇集在哈尔滨
并发生碰撞，由此引发党内知识分子对东北"伪满知识分子"的改
造及延安文学对东北地域文学的改造。"《文化报》事件"就是在这
样的政治文化背景下发生的。

　　萧军是一个有着独立品性的自由主义知识分子，他从鲁迅那里继
承而来的五四启蒙思想使其身上闪耀着启蒙主义的光辉。独特的个性
和五四知识分子品性共同历练出一种不死的"萧军精神"①，即新英
雄主义精神，这使得他成为现代文学史上为数不多的几个始终恪守五
四独立自主精神传统的知识分子之一。他以知识分子的精英心态创办
了《文化报》，并进行着新启蒙的文化实践。《文化报》所奉行的
"是典型的'五四'时期的启蒙主义话语，在这个需要树立'革命话
语'的权威的时代，轻则是'不合时宜'，说严重点就是在争夺话语
领导权"②。但萧军却敢于挑战正统、执着探索，与《生活报》的论
争可以看成是对现代知识分子精神立场的坚守，是对五四启蒙精神的
一种弘扬，是为创立民间立场和庙堂立场、文化启蒙和革命启蒙多元
共存的局面而进行的一场斗争。他以鲁迅的战斗精神和毛泽东的忍耐
精神来激励和改造自己，不断地选择和探索。他的行为"是凝聚在中
国知识分子的'知其不可为而为之'的传统中，凝聚在现代知识分
子的启蒙传统中的一种精神力量"③。

　　作为继承五四启蒙精神的现代知识分子，萧军积极投身东北新文

―――――――――

　　①　原文为"萧军精神不死"。参见陈隄《萧军的一生》，《东北文学研究史料》1988
年第7期。

　　②　钱理群：《批判萧军——1948年8月》，《文艺争鸣》1997年第1期。

　　③　陈思和：《中国现代文学名篇十五讲》，北京大学出版社2003年版，第76页。

化运动并创办《文化报》进行新启蒙是再正常不过的事情。相反，
如果其沉溺于鲁迅文学院的教学工作反而让人觉得有悖于他的个性。
《文化报》作为哈尔滨解放初期党报的重要补充，在宣传马列主义和
党的方针、政策方面起到了积极的作用，教育团结了广大市民，实现
了对青年和市民的文化启蒙，在东北解放区产生了广泛的影响。此
外，《文化报》也是当时重要的文艺工作者的摇篮，为新中国培育了
大批文艺工作者，他们的文学作品也丰富了东北解放区文学。更重要
的是"《文化报》事件"恰如一部时事放大镜，通过对事件的回放，
论争双方的自身优点和不足都被放大。人们可以清晰地认识到解放区
新的文化体制建构的事实，既能看到文化启蒙的必要性，又能看到宗
派主义作风对党的政治、文化事业的危害和影响。反观历史，重阅旧
刊，"《文化报》事件"的事实真相如潮落石出，"它是中国现代革命
过程中所发生的一系列失误之一"①。

关于"《文化报》事件"，铁峰、钱理群、张毓茂、徐塞、王科
等学者都曾经进行过研究，但由于历史和政治原因，这些研究多停留
在表面的浅层维度，多是单一地对"三反罪名"的驳斥和对事件因
由的诠释，且一些原因又难以明说，颇有言之不尽之感。现代文学的
真实历史大都留存在报刊本体之中，对《文化报》和《生活报》进
行重读可以更真切地感受到萧军的新启蒙思想的文化气息。通过对
"《文化报》事件"的仔细分析，我们看到影响事件发展方向的不仅
仅是宗派主义作风，还能看到解放区重构新的体制中主流话语和民间
话语之间的冲突，党内外知识分子争夺文艺领导权的激烈，尤其是对
《文化报》的批判体现着解放区文学对东北地域文学的改造。对萧军
的批判，实际是党对非党知识分子的改造的延续。

在萧军和《文化报》的研究中，为摆脱文学史话语定义的影响，
剥离掉政治化、秩序化、等级化的屏蔽，笔者坚持从《文化报》和
《生活报》等文学文本入手，以俯视的角度看待这段文学史，用公正
客观的态度还原历史真实，来"暴露现存文本中被遗忘、被遮掩、被

---

① 张毓茂：《这团火这阵风》，沈阳出版社 2000 年版，第 117 页。

涂饰的历史多元复杂性"①。然而当接近历史真实，真相呼之欲出时，却又感觉到和历史事件之间总隔着一层亦真亦幻的薄纱。所谓的"还原历史"只能是尽力地接近历史而不能真正地将历史还原，即使是历史事件中的人物本身也不可能真正地绝对地了解事件的真相，也不可能拥有绝对的真理。否则，自认真理在自己一方而坚持批判萧军的刘芝明、宋之的以及发起反右斗争的周扬就不会也在"文革"中被他人批判了。萧军和"《文化报》事件"也是这样，客观地评价，《生活报》确实恶意歪曲了萧军的作品，以莫须有的罪名批判了萧军。但换一角度思考，引发论争的原因无论是宗派主义作风也好，还是为巩固无产阶级政权也罢，在东北解放区的特定历史环境中，这场论争对文艺由多元化向一体化和体制化过渡还是有一定作用的。反观萧军在"《文化报》事件"中虽然含冤受屈，但其自身行事也并非毫无错处，"萧军性格气质上的粗犷、豪爽、耿直，也给他带来了孤傲的弱点，有时主观、片面，看问题绝对化"② 也是导致事件发生的一个原因。可以说"《文化报》事件"本身就是一出悲剧，在这一事件中没有正义与邪恶、好人与坏人之分，因为他们都是同一阵营中的革命文学作家，换言之他们本是一家人。在那个特定的历史时期，"矛盾的双方都没有错，都有各自的道理，只不过由于两者的道理是相互冲突的，从而造成了无法挽回的后果"③。虽然如此，但可以肯定的是"萧军和《文化报》事件"的研究结果表明：首先，从鲁迅精神和毛泽东思想中凝练升华出来的新英雄主义精神是萧军价值观的核心，是其独特个性的集中体现，对萧军的社会生活和文学创作有着极其重要的影响，对萧军研究具有不可替代的作用。其次，对五四启蒙进行否定之否定的新启蒙思想在哈尔滨时期再次被萧军继承和扬弃，他所进行的东北新文化运动是对东北地域文学的发扬，其实质是五四启蒙。最后，

---

① 洪子诚：《文学与历史叙述》，河南大学出版社 2005 年版，第 224 页。

② 王建中、任惜时、李春林等：《东北解放区文学史》，辽宁大学出版社 1995 年版，第 100 页。

③ 张志伟：《西方哲学十五讲》，北京大学出版社 2004 年版，第 53 页。

《生活报》对萧军的批判是在中国共产党构建新的政治文化体制背景下，宗派主义者主观故意的恶意行为，虽然客观上起到了对伪满知识分子和东北地域文学的改造，但同时也显露出主流话语对民间话语的霸权，更重要的是这场论争极大地打击了党外革命知识分子的感情。

《文化报》和《生活报》的论争是新中国成立前解放区文艺界最后一次重要思想论争，"《文化报》事件"是从"前文革"到"文化大革命"过渡进程中的第一个阶段，是这一系列思想批判运动链条中的关键环节，可以看成党的文艺政策从延安到北京过渡期的一个试验场。它见证了东北新文化秩序建构的全过程，为后来的政治文化批判斗争提供了样本。它所引发的反思和启示对于研究这一时期党在哈尔滨的文艺政策和对自由主义知识分子的态度，以及对新中国成立后党对知识分子的政策都具有重要意义。此外，在当代重写文学史的大潮中，这一研究成果对重写东北解放区文学史也有重要的参考价值。

参考文献

国内资料、论著

[1]《文化报》，鲁迅文化出版社 1947—1948 年第 1—73 期。

[2]《文化报增刊》，鲁迅文化出版社 1948 年第 1—8 期。

[3]《生活报》，《生活报》出版社，1948—1949 年第 1—85 期。

[4] 萧军：《萧军全集》第 1—20 卷，华夏出版社 2008 年版。

[5] 鲁迅：《鲁迅全集》第 1—18 卷，人民文学出版社 1998 年版。

[6] 萧军：《人与人间——萧军回忆录》，中国文联出版社 2006 年版。

[7] 萧军：《鲁迅给萧军萧红信简注释录》，黑龙江人民出版社 1981 年版。

[8] 张毓茂：《东北现代文学大系》第 1—14 卷，辽宁人民出版社 1996 年版。

[9] 钱理群：《中国沦陷区文学大系·新文艺小说卷》（上、下卷），广西教育出版社 1999 年版。

[10] 钱理群：《中国沦陷区文学大系·通俗小说卷》，广西教育出版社 1999 年版。

[11] 钱理群：《中国沦陷区文学大系·散文卷》，广西教育出版社 1999 年版。

[12] 钱理群：《中国沦陷区文学大系·评论卷》，广西教育出版社 1999 年版。

[13] 钱理群：《中国沦陷区文学大系·戏剧卷》，广西教育出版

社 1999 年版。

　　［14］钱理群：《中国沦陷区文学大系·诗歌卷》，广西教育出版社 1999 年版。

　　［15］王建中、任惜时、李春林：《东北解放区文学史》，辽宁大学出版社 1995 年版。

　　［16］冯为群、王建中、李春燕等：《东北沦陷时期文学国际学术研讨会论文集》，沈阳出版社 1992 年版。

　　［17］彭放：《黑龙江文学通史》第 1—4 卷，北方文艺出版社 2002 年版。

　　［18］邴正、邵汉明：《东北地域文学研究》，吉林文史出版社 2007 年版。

　　［19］杨义：《中国现代小说史》第 2 卷，人民文学出版社 1986 年版。

　　［20］高翔：《现代东北的文学世界》，春风文艺出版社 2007 年版。

　　［21］沙金成：《东北新文学初探》，吉林文史出版社 1989 年版。

　　［22］何青志：《东北文学五十年》，吉林人民出版社 2006 年版。

　　［23］金汉：《新编中国当代文学发展史》，浙江大学出版社 1997 年版。

　　［24］《东北现代文学史料》，辽宁社会科学院文学研究所 1984 年第 8 辑。

　　［25］《东北文学研究史料》，哈尔滨文学院 1986 年第 4 辑。

　　［26］《东北文学研究史料》，哈尔滨文学院 1988 年第 7 辑。

　　［27］《黑龙江省志》第 50 卷，黑龙江人民出版社 1993 年版。

　　［28］《哈尔滨市志》第 25 卷，黑龙江人民出版社 1994 年版。

　　［29］王德芬：《我与萧军》，广西教育出版社 1992 年版。

　　［30］王德芬：《我和萧军五十年》，中国工人出版社 2008 年版。

　　［31］王德芬：《我和萧军风雨五十年》，中国工人出版社 2004 年版。

　　［32］逄增玉：《黑土地文化与东北作家群》，湖南教育出版社

1995 年版。

[33] 王科、徐塞：《萧军评传》，重庆出版社 1993 年版。

[34] 张毓茂：《萧军传》，重庆出版社 1992 年版。

[35] 王科、徐塞、张英伟：《萧军评传》，中国社会出版社 2008 年版。

[36] 徐塞、王科：《驶过天际的星群》，远方出版社 1998 年版。

[37] 徐塞：《萧军的文学世界》，春风文艺出版社 2008 年版。

[38] 孙琴安、李师贞：《毛泽东与著名作家》，人民文学出版社 2003 年版。

[39] 陈荒煤：《梁山丁研究资料》，辽宁人民出版社 1998 年版。

[40] 张毓茂：《这团火这阵风》，沈阳出版社 2000 年版。

[41] 李士非、李景慈等：《李克异研究资料》，知识产权出版社 2010 年版。

[42] 郑丽娜、王科：《文学审美与语体风格：多维视野中的东北书写》，中国社会出版社 2009 年版。

[43] 江帆：《满族生态与民俗文化》，中国社会科学出版社 2006 年版。

[44] 许宁、李成：《别样的白山黑水——东北地域文化的边缘解读》，黑龙江人民出版社 2005 年版。

[45] 刘芝明：《萧军思想批判》，作家出版社 1958 年版。

[46] 刘芝明：《萧军批判》，中外出版社 1949 年版。

[47] 钱理群：《1948：天地玄黄》，山东教育出版社 1998 年版。

[48] 钱理群：《返观与重构》，上海教育出版社 2000 年版。

[49] 孙陵：《我熟悉的三十年代作家》，成文出版社有限公司 1980 年版。

[50] 庐湘著：《萧军萧红外传》，北方妇女儿童出版社 1986 年版。

[51] 骆宾基：《萧红小传》，黑龙江人民出版社 1981 年版。

[52] 刘小清：《红色狂飙——左联实录》，人民文学出版社 2004 年版。

［53］铁峰：《萧红文学之路》，哈尔滨出版社 1991 年版。

［54］傅滔：《萧红新传》，青海人民出版社 1999 年版。

［55］丁言昭：《萧红传》，江苏文艺出版社 1993 年版。

［56］钟汝霖：《萧红新传与十论萧红》，黑龙江人民出版社 1994 年版。

［57］季红真：《萧萧落红》，人民文学出版社 2001 年版。

［58］王小妮：《人鸟低飞——萧红流离的一生》，长春出版社 1995 年版。

［59］秋石：《萧红与萧军》，学林出版社 1999 年版。

［60］萧耘、建中编：《萧军与萧红》，团结出版社 2003 年版。

［61］庐湘：《萧军萧红外传》，北方妇女儿童出版社 1986 年版。

［62］孙延林：《萧红研究》第 1—3 辑，哈尔滨出版社 1993 年版。

［63］全增嘏：《西方哲学史》（上、下卷），上海人民出版社 1985 年版。

［64］王桧林：《五四运动与中国文化建设》，社会科学文献出版社 1989 年版。

［65］杨寿堪：《冲突与选择》，北京师范大学出版社 1996 年版。

［66］何干之：《近代中国启蒙运动史》，生活书店 1938 年版。

［67］陈乐民：《启蒙札记》，生活·读书·新知三联书店 2009 年版。

［68］贺桂梅：《"新启蒙"知识档案》，北京大学出版社 2010 年版。

［69］丁守和、殷叙彝：《从五四启蒙运动到马克思主义的传播》，生活·读书·新知三联书店 1963 年版。

［70］李凤鸣、姚介厚：《十八世纪法国启蒙运动》，北京出版社 1982 年版。

［71］赵园：《地之子》，北京大学出版社 2007 年版。

［72］周良沛：《丁玲传》，十月文艺出版社 1993 年版。

［73］丁玲：《丁玲文集》第 7 卷，河北人民出版社 2001 年版。

［74］张瑞英：《地域文化与现代乡土小说生命主题》，中国海洋大学出版社 2008 年版。

［75］李振声：《我是鲁迅的学生》，北京广播学院出版社 2000 年版。

［76］萧耘：《萧军》，大象出版社 2004 年版。

［77］辽宁省文学研究所：《东北现代文学研究论文集》，辽宁大学出版社 1986 年版。

［78］马力、吴庆先、姜郁文：《东北儿童文学史》，辽宁少年儿童出版社 1995 年版。

［79］毛泽东：《毛泽东文艺论集》，中央文献出版社 2002 年版。

［80］毛泽东：《毛泽东著作选读》，人民出版社 1986 年版。

［81］毛泽东：《毛泽东选集》第 2 卷，人民出版社 1991 年版。

［82］斯大林：《斯大林选集》，人民出版社 1991 年版。

［83］周扬：《周扬文集》，人民文学出版社 1984 年版。

［84］周扬编：《马克思主义与文艺》，新华书店 1949 年版。

［85］陈晋：《文人毛泽东》，上海人民出版社 1997 年版。

［86］胡乔木：《胡乔木谈文学艺术》，人民出版社 1994 年版。

［87］李健吾：《咀华集·咀华二集》，复旦大学出版社 2005 年版。

［88］王西凡：《双山回忆录》，东方出版社 2004 年版。

［89］艾克恩：《延安文艺运动纪盛》，文化艺术出版社 1987 年版。

［90］艾克恩：《延安文艺回忆录》，中国社会科学出版社 1992 年版。

［91］高新、张树军：《延安整风录》，浙江人民出版社 2000 年版。

［92］胡乔木：《胡乔木回忆毛泽东》，人民出版社 1994 年版。

［93］黄昌勇：《王实味：野一百合花》，中国青年出版社 1999 年版。

［94］黄昌勇：《王实味传》，河南人民出版社 2000 年版。

［95］黄樾：《延安四怪》，中国青年出版社 1998 年版。

［96］张钧：《王实味全传》，吉林文史出版社 2000 年版。

［97］温济泽：《王实味冤案平反纪实》，群众出版社 1993 年版。

［98］金冲及：《毛泽东传 1893—1949 》，中央文献出版社 1996 年版。

［99］朱鸿召：《王实味文存》，生活·读书·新知三联书店 1998 年版。

［100］张毓茂：《跋涉者萧军》，辽宁人民出版社 2000 年版。

［101］周红兴：《艾青传》，作家出版社 1993 年版。

［102］朱鸿召：《众说纷纭话延安》，广东人民出版社 2001 年版。

［103］朱鸿召：《延安文人》，广东人民出版社 2001 年版。

［104］刘心皇：《抗战时期沦陷区文学史》，台北：成文出版社 1980 年版。

［105］刘心皇：《抗战时期沦陷区地下文学》，台北：正中书局 1985 年版。

［106］李春燕：《东北文学综论》，吉林文史出版社 1997 年版。

［107］李春燕：《东北文学文化新论》，吉林文史出版社 2000 年版。

［108］李春燕：《东北文学的历史变迁》第 1 卷，吉林人民出版社 2004 年版。

［109］沈卫威：《东北流亡文学史论》，河南人民出版社 1992 年版。

［110］李书磊：《1942 走向民间》，山东教育出版社 1998 年版。

［111］林志贤：《五四之魂——中国知识分子精神史》，广西师范大学出版社 2008 年版。

［112］许纪霖：《中国知识分子十论》，复旦大学出版社 2003 年版。

［113］华世俊、胡育民：《延安整风始末》，上海人民出版社 1985 年版。

［114］张景超：《文化批判的背反与人格》，黑龙江人民出版社 2001 年版。

［115］陶东风：《社会转型与当代知识分子》，上海三联书店1999年版。

［116］王首道：《怀念集》，湖南人民出版社1983年版。

［117］李洪林：《什么是官僚主义和宗派主义》，上海人民出版社1958年版。

［118］中国社科院文学研究所现代文学研究室：《"两个口号"论争资料选编》，人民文学出版社1982年版。

［119］周海波、杨庆东：《传媒与现代文学之间》，中国社会科学出版社2004年版。

［120］程光炜：《大众媒介与中国现当代文学》，人民文学出版社2005年版。

［121］洪子诚：《文学与历史叙述》，河南大学出版社2005年版。

［122］张竞生：《张竞生文集》，广州出版社1998年版。

国外资料、译著

［1］［美］夏志清：《中国现代小说史》，刘绍铭等译，复旦大学出版社2005年版。

［2］［美］J.希利斯·米勒：《文学死了吗》，秦立彦译，广西师范大学出版社2002年版。

［3］［美］J.希利斯·米勒：《解读叙事》，申丹译，北京大学出版社2002年版。

［4］［美］布鲁克斯：《小说鉴赏》，主万等译，世界图书出版公司2008年版。

［5］［瑞士］卡尔·古斯塔夫·荣格：《未发现的自我》，张敦福译，国际文化出版公司2001年版。

［6］［英］E.M.福斯特：《小说面面观》，冯涛译，人民文学出版社2009年版。

［7］［法］米兰·昆德拉：《小说的艺术》，董强译，上海译文出版社2004年版。

〔8〕〔德〕海德格尔:《人,诗意的安居》,郜元宝译,上海远东出版社 2002 年版。

〔9〕〔奥地利〕西格蒙德·弗洛伊德:《弗洛伊德论创造力与无意识》,孙凯祥译,中国展望出版社 1986 年版。

〔10〕〔美〕劳伦斯·不伊尔:《环境批评的未来》,刘蓓译,北京大学出版社 2010 年版。

〔11〕〔法〕莫里斯·哈布瓦赫:《小说的艺术》,毕然等译,上海人民出版社 2002 年版。

〔12〕〔法〕古斯塔夫·勒庞:《乌合之众——大众心理研究》,冯克利译,中央编译出版社 2000 年版。

〔13〕〔法〕古斯塔夫·勒庞:《革命心理学》,佟德志等译,吉林人民出版社 2004 年版。

〔14〕〔美〕舒衡哲:《中国启蒙运动》,刘京建译,新星出版社 2007 年版。

〔15〕〔美〕杰罗姆 B. 格里德尔:《知识分子与现代中国》,单正平译,南开大学出版社 2002 年版。

〔16〕〔美〕施密特:《启蒙运动与现代性》,徐向东等译,上海人民出版社 2005 年版。

〔17〕〔美〕詹姆斯·施瓦支:《中国的启蒙运动》,李国英译,山西人民出版社 1989 年版。

〔18〕〔德〕E. 卡西勒:《启蒙哲学》,顾伟铭等译,山东人民出版社 1988 年版。

〔19〕〔日〕川村凑:《异乡刃昭和文学——"满洲"与近代日本》,东京:岩波书店 1990 年版。

〔20〕〔美〕约翰·罗尔斯:《正义论》,何怀宏等译,中国社会科学出版社 1988 年版。

〔21〕 John Rawls, *Political Liberalism*, New York:Columbia University Press , 1993.

附录一

《文化报》目录索引（部分）

第八期

第九期

第十期

第十一期

第十二期

小辞典——

"自在阶级与自为" …………………………………………… 本社

第十三期

第十四期

第二十一期

第二十二期

第二十三期

第二十四期

第二十五期

第三十二期

第三十五期

第三十六期

第三十七期

第四十期

第四十一期

第四十二期

第四十七期

第五十期

第五十一期

第五十二期

第六十二期

第六十三期

第六十四期

第六十五期

第六十六期

第六十九期

第七十期

第二期

第三期

第四期

第五期

第六期

附录二

《文化报》萧军作品目录索引

篇名	署名	期数	出版日期
新"五四"运动在东北	萧军	第 1 期	1947 年 5 月 4 日
约法三章	萧军	第 1 期	1947 年 5 月 4 日
大题小作	萧军	第 2 期	1947 年 5 月 11 日
问问答答——九问	栏丁	第 2 期	1947 年 5 月 11 日
旧剧新谈录之一 ——玉堂春	外行	第 2 期	1947 年 5 月 11 日
关于鲁迅先生的旧体诗半解	学生	第 2 期	1947 年 5 月 11 日
说鲁迅社会大学	萧军	第 3 期	1947 年 5 月 18 日
旧剧新谈录之二 ——王春娥	外行	第 3 期	1947 年 5 月 18 日
问问答答栏——四问	栏丁	第 3 期	1947 年 5 月 18 日
读书散记	学生	第 3 期	1947 年 5 月 18 日
《青年问题》和《文化报》	萧军	第 4 期	1947 年 5 月 25 日
抗战八年来的剧作	萧军	第 4 期	1947 年 5 月 25 日
读书散记	夜莺	第 4 期	1947 年 5 月 25 日
旧剧新谈录之三 ——鸳鸯冢	外行	第 4 期	1947 年 5 月 25 日
问问答答栏—— 一问	栏丁	第 4 期	1947 年 5 月 25 日
本报启事——三点	栏丁	第 4 期	1947 年 5 月 25 日
不干不净吃了没病	者也	第 4 期	1947 年 5 月 25 日
旧道德与新道德	萧军	第 5 期	1947 年 6 月 1 日
旧剧新谈录之四——锁麟囊	外行	第 5 期	1947 年 6 月 1 日
毛泽东先生底一首词	S 记	第 5 期	1947 年 6 月 1 日
我底生涯（一）前记	萧军	第 5 期	1947 年 6 月 1 日
问问答答——一问	栏丁	第 5 期	1947 年 6 月 1 日
关于鲁迅先生之思想问题	萧军	第 6 期	1947 年 6 月 8 日
旧剧新谈录之五——沉香扇	外行	第 6 期	1947 年 6 月 8 日

续表

篇名	署名	期数	出版日期
我底生涯（二）第一章：母亲	萧军	第 6 期	1947 年 6 月 8 日
吴晓邦《舞蹈新论》	编者按语	第 6 期	1947 年 6 月 8 日
高尔基与瞿秋白	萧军	第 7 期	1947 年 6 月 15 日
鲁迅与瞿秋白	萧军	第 7 期	1947 年 6 月 15 日
旧剧新谈录之六——荒山泪	外行	第 7 期	1947 年 6 月 15 日
我底生涯（三）第二章：故乡	萧军	第 7 期	1947 年 6 月 15 日
问问答答栏——一问	栏丁	第 7 期	1947 年 6 月 15 日
复刊词	本社	第 8 期	1948 年 1 月 1 日
新年献词	秀才	第 8 期	1948 年 1 月 1 日
《第三代》新版前记	萧军	第 8 期	1948 年 1 月 1 日
我底生涯（四）第三章：家族	萧军	第 8 期	1948 年 1 月 1 日
论："沉默"（一间楼主随笔之一）	一间楼主	第 8 期	1948 年 1 月 1 日
论"级"（一间楼主随笔之二）	一间楼主	第 8 期	1948 年 1 月 1 日
"开市大吉"	小伙计	第 9 期	1948 年 1 月 5 日
论"瞧不起"（随笔之二）	一间楼主	第 9 期	1948 年 1 月 5 日
论"求全责备"（随笔之二）	一间楼主	第 9 期	1948 年 1 月 5 日
问问答答栏——五问	栏丁	第 9 期	1948 年 1 月 5 日
我底生涯（五）第四章：乳娘	萧军	第 9 期	1948 年 1 月 5 日
观影一感	爱看电影的人	第 9 期	1948 年 1 月 5 日
读报春秋之一	标准市民	第 9 期	1948 年 1 月 5 日
论"人性的堕落"（一间楼主随笔之三）	一间楼主	第 10 期	1948 年 1 月 10 日
问问答答栏——一问	栏丁	第 10 期	1948 年 1 月 10 日
文章理发馆	馆丁	第 10 期	1948 年 1 月 10 日
我底生涯（六）第五章：入学	萧军	第 10 期	1948 年 1 月 10 日
读报春秋	萧军	第 10 期	1948 年 1 月 10 日
问问答答栏——四问	萧军	第 11 期	1948 年 1 月 15 日
我底生涯（六）第五章：入学	萧军	第 11 期	1948 年 1 月 15 日
论"科学与技术"（一间楼主随笔之四）	一间楼主	第 11 期	1948 年 1 月 15 日
读报春秋	新市民	第 11 期	1948 年 1 月 15 日
问问答答栏——二问	栏丁	第 12 期	1948 年 1 月 20 日
鲁迅先生对于刊物的主张	栏丁	第 12 期	1948 年 1 月 20 日

续表

篇名	署名	期数	出版日期
我底生涯（七）第五章：入学	萧军	第 12 期	1948 年 1 月 20 日
试谈——古中国与古希腊——读书散记之一	萧军	第 12 期	1948 年 1 月 20 日
读报春秋	新市民	第 12 期	1948 年 1 月 20 日
万事"初"通	大司伏	第 13 期	1948 年 1 月 25 日
我底生涯（八）第五章：入学	萧军	第 13 期	1948 年 1 月 25 日
文章理发馆	馆丁	第 13 期	1948 年 1 月 25 日
我底生涯（九）第五章：入学	萧军	第 14 期	1948 年 2 月 1 日
问问答答栏——二问	栏丁	第 14 期	1948 年 2 月 1 日
读报春秋	新市民	第 14 期	1948 年 2 月 1 日
屈原和司马迁——读书散记之二	萧军	第 15 期	1948 年 2 月 5 日
我底生涯（十）第六章：继母们	萧军	第 15 期	1948 年 2 月 5 日
又是一年春草绿	万年青	第 16 期	1948 年 2 月 10 日
文章理发馆	馆丁	第 16 期	1948 年 2 月 10 日
我底生涯（十一）第六章：继母们	萧军	第 16 期	1948 年 2 月 10 日
问问答答栏——二问	栏丁	第 17 期	1948 年 2 月 15 日
《孟姜女寻夫》	编者	第 17 期	1948 年 2 月 15 日
我底生涯（十二）第六章：继母们	萧军	第 17 期	1948 年 2 月 15 日
读报春秋	新市民	第 17 期	1948 年 2 月 15 日
论："混"（一间楼主随笔）	一间楼主	第 17 期	1948 年 2 月 15 日
火车头（一间楼主随笔）	一间楼主	第 17 期	1948 年 2 月 15 日
夏桀和殷纣	萧军	第 18 期	1948 年 2 月 20 日
问问答答栏——一问	栏丁	第 18 期	1948 年 2 月 20 日
对文章理发馆"挑眼"文章二则	编者附记	第 18 期	1948 年 2 月 20 日
我底生涯（十三）第七章：叔叔们	萧军	第 18 期	1948 年 2 月 20 日
这一期的话	编者	第 19 期	1948 年 2 月 25 日
大勇者的精神	萧军	第 19 期	1948 年 2 月 25 日
未完成的构图——附记	萧军	第 19 期	1948 年 2 月 25 日
启事：二月二十九日	未署名	第 20 期	1948 年 3 月 1 日
问问答答栏——三问	栏丁	第 20 期	1948 年 3 月 1 日
我底生涯（十四）第七章：叔叔们	萧军	第 20 期	1948 年 3 月 1 日
"三八节"献词	本社	第 21 期	1948 年 3 月 5 日

续表

篇名	署名	期数	出版日期
问问答答栏——六问	栏丁	第 21 期	1948 年 3 月 5 日
我底生涯（十五）第七章：叔叔们	萧军	第 21 期	1948 年 3 月 5 日
伟大的不屈——李兆麟将军殉难二周年纪念	本社	第 22 期	1948 年 3 月 10 日
读报春秋	新市民	第 22 期	1948 年 3 月 10 日
问问答答栏——二问	栏丁	第 22 期	1948 年 3 月 10 日
我底生涯（十六）第七章：叔叔们	萧军	第 22 期	1948 年 3 月 10 日
和读者商量	编辑部	第 23 期	1948 年 3 月 15 日
通讯、问答、意见、批评栏	栏丁	第 23 期	1948 年 3 月 15 日
我底生涯（十六）第七章：叔叔们	萧军	第 23 期	1948 年 3 月 15 日
致"一个东北青年的公开复信"——兼致其他青年姊妹兄弟们	萧军	第 24 期	1948 年 3 月 20 日
问问答答栏——一问	栏丁	第 24 期	1948 年 3 月 20 日
我底生涯（十七）第七章：叔叔们	萧军	第 24 期	1948 年 3 月 20 日
试论：《九件衣》——东北人民剧院演出	萧军	第 25 期	1948 年 3 月 25 日
通讯、问答、意见、批评栏	栏丁	第 25 期	1948 年 3 月 25 日
纪念"四四"儿童节——致小学教师们	萧军	第 26 期	1948 年 4 月 1 日
启事：四月一日	未署名	第 26 期	1948 年 4 月 1 日
通讯、问答、意见、批评栏	栏丁	第 26 期	1948 年 4 月 1 日
我底生涯（十八）第八章：姑母们	萧军	第 26 期	1948 年 4 月 1 日
春夜抄二则：一张纸片；哈尔滨	萧军	第 27 期	1948 年 4 月 5 日
论童养媳	不才	第 27 期	1948 年 4 月 5 日
通讯、问答、意见、批评栏	栏丁	第 27 期	1948 年 4 月 5 日
我底生涯（十九）第八章：姑母们	萧军	第 27 期	1948 年 4 月 5 日
春夜抄二则："自由主义"与"不自由"主义；淡淡的回忆	萧军	第 28 期	1948 年 4 月 10 日
论"心平气和"	傻子	第 28 期	1948 年 4 月 10 日
通讯、问答、意见、批评栏	栏丁	第 28 期	1948 年 4 月 10 日
我底生涯（二十）第八章：姑母们	萧军	第 28 期	1948 年 4 月 10 日
春夜抄一则：关于《文化报》答客问	萧军	第 29 期	1948 年 4 月 15 日
通讯、问答、意见、批评栏	栏丁	第 29 期	1948 年 4 月 15 日
我底生涯（二十一）第八章：姑母们	萧军	第 29 期	1948 年 4 月 15 日
春夜抄二则：清明节；关于我答客问	萧军	第 30 期	1948 年 4 月 20 日

篇名	署名	期数	出版日期
鲁迅先生书简（第一封）	萧军选注	第 30 期	1948 年 4 月 20 日
通讯、问答、意见、批评栏	栏丁	第 30 期	1948 年 4 月 20 日
我底生涯（二十二）第八章：姑母们	萧军	第 30 期	1948 年 4 月 20 日
春夜抄之四——关于我底"事业"答客问	萧军	第 31 期	1948 年 4 月 25 日
一个小小"方程式"	一卒	第 31 期	1948 年 4 月 25 日
鲁迅先生书简（第二封）	萧军	第 31 期	1948 年 4 月 25 日
通讯、问答、意见、批评栏	栏丁	第 31 期	1948 年 4 月 25 日
我底生涯（二十五）第八章：姑母们	萧军	第 31 期	1948 年 4 月 25 日
"四重"纪念	编者	第 32 期	1948 年 5 月 1 日
鲁迅先生书简（第三封）	萧军选注	第 32 期	1948 年 5 月 1 日
我底生涯（二十六）第九章：破产	萧军	第 32 期	1948 年 5 月 1 日
通讯、问答、意见、批评栏	栏丁	第 32 期	1948 年 5 月 1 日
春夜抄之五	萧军	第 32 期	1948 年 5 月 1 日
鲁迅先生书简（第四封）	萧军选注	第 33 期	1948 年 5 月 5 日
我底生涯（二十七）第十章：流亡	萧军	第 33 期	1948 年 5 月 5 日
通讯、问答、意见、批评栏	栏丁	第 33 期	1948 年 5 月 5 日
编辑室语	未署名	第 34 期	1948 年 5 月 10 日
鲁迅先生书简（第五封）	萧军选注	第 34 期	1948 年 5 月 10 日
我底生涯（二十八）第十章：流亡	萧军	第 34 期	1948 年 5 月 10 日
通讯、问答、意见、批评栏	栏丁	第 34 期	1948 年 5 月 10 日
风风雨雨话王通——夏夜抄之一	萧军	第 35 期	1948 年 5 月 15 日
编辑室语	未署名	第 35 期	1948 年 5 月 15 日
鲁迅先生书简（第六封）	萧军选注	第 35 期	1948 年 5 月 15 日
通讯、问答、意见、批评栏	栏丁	第 35 期	1948 年 5 月 15 日
我底生涯（二十九）第十章：流亡	萧军	第 35 期	1948 年 5 月 15 日
夏夜抄之二——语录	萧军	第 36 期	1948 年 5 月 20 日
鲁迅先生书简（第八封）	萧军选注	第 36 期	1948 年 5 月 20 日
我底生涯（三十）第十章：流亡	萧军	第 36 期	1948 年 5 月 20 日
夏夜抄之三——语录	萧军	第 37 期	1948 年 5 月 25 日
鲁迅先生书简（第八封续）	萧军选注	第 37 期	1948 年 5 月 25 日
我底生涯（三十一）第十一章：归来之后	萧军	第 37 期	1948 年 5 月 25 日

续表

篇名	署名	期数	出版日期
通讯、问答、意见、批评栏	栏丁	第 37 期	1948 年 5 月 25 日
鲁迅先生书简（第九封）	萧军	第 38 期	1948 年 6 月 1 日
我底生涯（三十二）第十一章：归来之后	萧军	第 38 期	1948 年 6 月 1 日
求真楼吟草	萧军	第 38 期	1948 年 6 月 1 日
编辑室语	未署名	第 38 期	1948 年 6 月 1 日
问问答答——七问	栏丁	第 39 期	1948 年 6 月 5 日
鲁迅先生书简（第十封）	萧军选注	第 39 期	1948 年 6 月 5 日
我底生涯（三十三）——第十一章：归来之后	萧军	第 39 期	1948 年 6 月 5 日
编辑室语	未署名	第 39 期	1948 年 6 月 5 日
问问答答——三问	栏丁	第 39 期	1948 年 6 月 5 日
社评：目前文化界统一战线谈	未署名	第 39 期	1948 年 6 月 5 日
两点回答	萧军	第 39 期	1948 年 6 月 5 日
夏夜抄之四——偶然想起	萧军	第 40 期	1948 年 6 月 10 日
鲁迅先生书简（第十一封）	萧军选注	第 40 期	1948 年 6 月 10 日
我底生涯（三十四）第十一章：归来之后	萧军	第 40 期	1948 年 6 月 10 日
通讯、问答、意见、批评栏	栏丁	第 40 期	1948 年 6 月 10 日
高尔基之所以伟大——逝世十二周年纪念	本社	第 41 期	1948 年 6 月 15 日
鲁迅先生书简（第十二封）	萧军选注	第 41 期	1948 年 6 月 15 日
我底生涯（三十五）第十一章：归来之后	萧军	第 41 期	1948 年 6 月 15 日
通讯、问答、意见、批评栏	栏丁	第 41 期	1948 年 6 月 15 日
夏夜抄之五——悼许寿裳先生	萧军	第 42 期	1948 年 6 月 20 日
鲁迅先生书简（第十三封）	萧军选注	第 42 期	1948 年 6 月 20 日
我底生涯（三十三六）第十一：章归来之后	萧军	第 42 期	1948 年 6 月 20 日
通讯、问答、意见、批评栏	栏丁	第 42 期	1948 年 6 月 20 日
夏夜抄之六——巴金、李陵及其它	萧军	第 43 期	1948 年 6 月 25 日
鲁迅先生书简（第十四封）	萧军选注	第 43 期	1948 年 6 月 25 日
我底生涯（三十七）第十二章：苦难的年代	萧军	第 43 期	1948 年 6 月 25 日
通讯、问答、意见、批评栏	栏丁	第 43 期	1948 年 6 月 25 日

续表

篇名	署名	期数	出版日期
文坛上的"布巴尔"精神	萧军	第 44 期	1948 年 7 月 1 日
鲁迅先生书简（第十五封）	萧军选注	第 44 期	1948 年 7 月 1 日
榴花时节语	萧军	第 44 期	1948 年 7 月 1 日
我底生涯（三十八）第十二章：苦难的年代	栏丁	第 44 期	1948 年 7 月 1 日
通讯、问答、意见、批评栏	萧军选注	第 45 期	1948 年 7 月 5 日
鲁迅先生书简（第十六封）	萧军	第 45 期	1948 年 7 月 5 日
我底生涯（三十九）第十二章：苦难的年代	栏丁	第 45 期	1948 年 7 月 5 日
通讯、问答、意见、批评栏	本社	第 46 期	1948 年 7 月 10 日
"没有共产党就没有新中国"——一解	萧军	第 46 期	1948 年 7 月 10 日
求真楼吟草	萧军选注	第 46 期	1948 年 7 月 10 日
鲁迅先生书简（第十七封）	萧军	第 46 期	1948 年 7 月 10 日
我底生涯（四十）第十二章：苦难的年代	萧军	第 46 期	1948 年 7 月 10 日
通讯、问答、意见、批评栏	栏丁	第 46 期	1948 年 7 月 10 日
社评：和人民一道战斗，一道起来……	未署名	第 47 期	1948 年 7 月 15 日
鲁迅先生书简（第十九封）	萧军选注	第 47 期	1948 年 7 月 15 日
我底生涯（四十一）第十二章：苦难的年代	萧军	第 47 期	1948 年 7 月 15 日
通讯、问答、意见、批评栏	栏丁	第 47 期	1948 年 7 月 15 日
鲁迅先生书简（第二十封）	萧军选注	第 48 期	1948 年 7 月 20 日
通讯、问答、意见、批评栏	栏丁	第 48 期	1948 年 7 月 20 日
夏夜抄之八——偷花者	萧军	第 49 期	1948 年 7 月 25 日
鲁迅先生书简（第二十一封）	萧军选注	第 49 期	1948 年 7 月 25 日
通讯、问答、意见、批评栏	栏丁	第 49 期	1948 年 7 月 25 日
鲁迅先生书简（第二十三封）	萧军选注	第 50 期	1948 年 8 月 1 日
通讯、问答、意见、批评栏	栏丁	第 50 期	1948 年 8 月 1 日
社评：《介绍与批评》	未署名	第 51 期	1948 年 8 月 5 日
求真楼吟草之三：松花江远眺；江边晚坐听胡琴；夜读——明妃与李陵	萧军	第 51 期	1948 年 8 月 5 日
通讯、问答、意见、批评栏	栏丁	第 51 期	1948 年 8 月 5 日
鲁迅先生书简（第二十六封）	萧军选注	第 51 期	1948 年 8 月 5 日
鲁迅先生书简（第二十七封）	萧军选注	第 52 期	1948 年 8 月 10 日

续表

篇名	署名	期数	出版日期
通讯、问答、意见、批评栏	栏丁	第 52 期	1948 年 8 月 10 日
《八·一五》致苏联作家信	未署名	第 53 期	1948 年 8 月 15 日
社评：三周年"八·一五"和第六次劳动"全代大会"	本社	第 53 期	1948 年 8 月 15 日
抚今追昔录	萧军	第 53 期	1948 年 8 月 15 日
鲁迅先生书简（第二十八封）	萧军选注	第 53 期	1948 年 8 月 15 日
编辑室语	未署名	第 54 期	1948 年 8 月 20 日
鲁迅先生书简（第三十封至三十三封）	萧军选注	第 54 期	1948 年 8 月 20 日
鲁迅先生书简（第三十四封至三十五封）	萧军选注	第 55 期	1948 年 8 月 25 日
通讯、问答、意见、批评栏	栏丁	第 55 期	1948 年 8 月 25 日
杂抄偶得二则：一付对联；一个故事	萧军	第 55 期	1948 年 8 月 25 日
社评：文艺上的批评与自我批评	未署名	第 56 期	1948 年 9 月 1 日
古潭里的声音之一——驳《生活报》的胡说	萧军	第 56 期	1948 年 9 月 1 日
通讯、问答、意见、批评栏	栏丁	第 56 期	1948 年 9 月 1 日
古潭里的声音之二——驳《生活报》的胡说	萧军	第 57 期	1948 年 9 月 5 日
鲁迅先生书简（第三十六封）	萧军选注	第 57 期	1948 年 9 月 5 日
通讯、问答、意见、批评栏	栏丁	第 57 期	1948 年 9 月 5 日
古潭里的声音之三——驳《生活报》的胡说	萧军	第 58 期	1948 年 9 月 10 日
古潭里的声音之四——驳《生活报》的胡说	萧军	第 59 期	1948 年 9 月 15 日
"九··八"和"八·一五"——"九·一八"十七周年	徐爱华	第 59 期	1948 年 9 月 15 日
鲁迅先生书简（第三十七封至三十八封）	萧军选注	第 59 期	1948 年 9 月 15 日
鲁迅先生书简（第三十九封、四十封）	萧军选注	第 60 期	1948 年 9 月 20 日
答解龚家人先生	萧军	第 61 期	1948 年 9 月 25 日
几点声明和一个小故事外搭四首诗	萧军	第 62 期	1948 年 10 月 1 日
鲁迅先生书简（第四十一封、四十二封）	萧军选注	第 62 期	1948 年 10 月 1 日
秋夜抄之一：谈萧军的"九点九"与《生活报》底"零点一"	萧军	第 63 期	1948 年 10 月 5 日
通讯、问答、意见、批评栏	栏丁	第 63 期	1948 年 10 月 5 日
鲁迅先生书简（第四十三封至四十六封）	萧军选注	第 63 期	1948 年 10 月 5 日

续表

篇名	署名	期数	出版日期
鲁迅先生书简（第四十七封、四十八封）	萧军选注	第 64 期	1948 年 10 月 10 日
通讯、问答、意见、批评栏	栏丁	第 64 期	1948 年 10 月 10 日
《六十年间的鲁迅及其创作、辑录、编著述略》附记	萧军	第 65 期	1948 年 10 月 15 日
鲁迅先生书简（第四十九封至五十四封）	萧军选注	第 65 期	1948 年 10 月 15 日
评剧脚本武王伐纣第一部	萧军	第 66 期	1948 年 10 月 20 日
评剧脚本武王伐纣第一部（二）	萧军	第 67 期	1948 年 10 月 25 日
评剧脚本《武王伐纣》第一部（三）	萧军	第 68 期	1948 年 11 月 1 日
普世庚与西欧文学——读书摘录	萧军	第 68 期	1948 年 11 月 1 日
社评：《苏联十月革命与文化》	未署名	第 69 期	1948 年 11 月 5 日
通讯、问答、意见、批评栏	栏丁	第 69 期	1948 年 11 月 5 日
评剧脚本《武王伐纣》第一部（四）	萧军	第 69 期	1948 年 11 月 5 日
评剧脚本《武王伐纣》第一部（五）	萧军	第 70 期	1948 年 11 月 10 日
通讯、问答、意见、批评栏	栏丁	第 70 期	1948 年 11 月 10 日
评剧脚本《武王伐纣》第一部（六）	萧军	第 71 期	1948 年 11 月 15 日
评剧脚本《武王伐纣》第一部（七）	萧军	第 72 期	1948 年 11 月 20 日
《铸剑》篇一解	萧军	第 73 期	1948 年 11 月 25 日
文化上的"死"财产和"活"财产以及……	本社	半月增刊第 1 期	1948 年 5 月 4 日
新"启蒙运动"在东北	萧军	半月增刊第 1 期	1948 年 5 月 4 日
再来一个"五四"运动	萧军	半月增刊第 1 期	1948 年 5 月 4 日
"五四"运动中的李大钊先生	编者按语	半月增刊第 1 期	1948 年 5 月 4 日
编余记	萧军	半月增刊第 1 期	1948 年 5 月 4 日
托尔斯泰诞生一百二十周年纪念	编者	半月增刊第 1 期	1948 年 5 月 4 日
"三个臭皮匠……"与"秀才不出门……"	本社	半月增刊第 2 期	1948 年 5 月 15 日
君道章（谈今吹古录之一）	萧军	半月增刊第 2 期	1948 年 5 月 15 日
新式小说与旧式小说谈	萧军	半月增刊第 2 期	1948 年 5 月 15 日

续表

篇名	署名	期数	出版日期
与读者作者约	编者	半月增刊第 2 期	1948 年 5 月 15 日
杂文还废不得说	萧军	半月增刊第 3 期	1948 年 6 月 1 日
目前文化界统一战线谈	本社	半月增刊第 3 期	1948 年 6 月 1 日
一间楼主语录	一间楼主	半月增刊第 3 期	1948 年 6 月 1 日
通讯、问答、意见、批评	萧军	半月增刊第 3 期	1948 年 6 月 1 日
高尔基之所以伟大	本社	半月增刊第 4 期	1948 年 6 月 15 日
鲁迅杂文中的典型人物	萧军	半月增刊第 4 期	1948 年 6 月 15 日
通讯、问答、意见、批评	萧军	半月增刊第 4 期	1948 年 6 月 15 日
政、教泛谈	萧军	半月增刊第 5 期	1948 年 7 月 1 日
榴花时节语	喋喋	半月增刊第 5 期	1948 年 7 月 1 日
和人民一道战斗、一道起来	本社	半月增刊第 6 期	1948 年 7 月 15 日
漫谈文学	萧军	半月增刊第 6 期	1948 年 7 月 15 日
介绍与批评	本社	半月增刊第 7 期	1948 年 8 月 1 日
补白	喋喋	半月增刊第 7 期	1948 年 8 月 1 日
鲁迅先生给中国新兴文学、木刻工作者的路	萧军	半月增刊第 7 期	1948 年 8 月 1 日
文艺上的批评与自我批评	本社	半月增刊第 8 期	1948 年 9 月 1 日
鲁迅先生给中国新兴文学、木刻工作者的路（续）	萧军	半月增刊第 8 期	1948 年 9 月 1 日

后　记

　　《萧军和哈尔滨〈文化报〉》出版了，在激动的同时又伴有一丝担忧，唯恐其令人失望，因为"他"背负着太多人的关注和期望！这期望犹如海中的灯塔和船行的动力，导引、激励、催促我前行。

　　在一次次选择放弃再选择再放弃之后，《萧军和哈尔滨〈文化报〉》定题了，但定题的喜悦很快便被后期工作的艰难所湮没。课题研究资料的收集超乎想象地困难，尤其是《文化报》的搜集让我遍寻国内各大图书馆。此外，在搜集萧军著作方面也颇费周折。同时，还要面对"萧军没有研究价值"、"《文化报》研究选题太小"、"有些话题太敏感"等善意的反对和质疑的声音。庆幸的是倔强的我在师友的支持下，努力坚持并完成了书稿。一个好汉三个帮，何况我这愚鲁之人！在本书的写作过程中，给予我帮助的师友何止三个，正是他们的无私援助，这本书才能得以面世。

　　感谢赵沛林先生，本书从确定题目到形成框架，从推敲语句到更正标点，无不凝结着先生的智慧。先生知识的博学和治学的严谨使人赞叹，博大的胸襟令人叹服。先生所给予我的不只是教我做学问，更重要的是如何做人，其开朗、豁达、无私的品性令人敬重。无论作文、为人，从先生处所得的点滴都足以让我受用终身。

　　感谢东北师范大学的孙中田先生，本书的写作得到了孙先生极大的帮助和鼓励。出版之前，我恳请先生为本书作序，孰料年近九旬的先生竟然在当天写完，并于次日凌晨2点发给我，这种对晚辈后学无私的关爱和帮助令我不禁泪湿衣襟。

　　感谢为本书写作提供无私帮助的专家学者们：萧军的女儿、女婿——萧耘女士、王建中先生，已近百岁的著名作家、学者——

"《文化报》事件"的亲历者陈隄先生，萧军研究专家徐塞先生和张秀荷老师，萧军研究会名誉会长张毓茂先生，辽宁社科院文学所所长王建中先生，著名萧军研究学者王科先生，还有我的学兄吴井泉，师弟吴景明、苏奎等，他们不仅为我提供了重要的资料，还同我探讨内容，提出了宝贵的修改意见。正是因为有了这些"好汉"们的帮助，我的专著才能得以顺利完成。

感谢"哈尔滨师范大学学术著作出版基金项目"对本书的资助。感谢中国社会科学出版社的责任编辑曲弘梅老师、慈明亮老师为本书出版做了大量工作，没有她（他）们的辛勤付出，本书的出版就不会如此顺利。在此，致以衷心的感谢！

"《文化报》事件"在中国现代文学史上是一个有代表性的文学论争事件，"《文化报》事件"和《文化报》的研究具有重要的研究价值，尤其是对《文化报》的研究还处在刚刚起步阶段，尚有很大的拓展空间。由于笔者学养尚浅，本研究还显单薄和不足，但作为抛砖引玉的由头，希望能引起学界专家们的注意，有待学界同人批评指正。这样也算对萧军研究作出些许贡献，套用萧老的诗句便是："但得能为天下雨，白云原自一身轻"罢了！

宋喜坤
2015 年春于哈尔滨